Angelika Feilhauer (Hg.) • Grusel-Abenteuer

OMNIBUS

DIE HERAUS-GEBERIN

Foto: © Foto Design Carlo Perutz

Angelika Feilhauer lebt in Ravensburg. Für das vorliegende Buch hat sie sich in der klassischen englischsprachigen Gruselliteratur umgetan und einige der besten Geschichten ausgewählt und übersetzt.

Von Angelika Feilhauer ist bei OMNIBUS erschienen:

Mach mit – Bandwurm, Brillenbär und Bleistiftfisch (21196)
Der Grusel-Omnibus (20532)
Der große Witz-Omnibus (20708)

Angelika Feilhauer
(Hg.)

Grusel-Abenteuer

OMNIBUS

Band 27030

OMNIBUS

Der Taschenbuchverlag für Kinder
Verlagsgruppe Random House

Umwelthinweis:
Alle bedruckten Materialien dieses Taschenbuches sind chlorfrei und umweltschonend.

Einmalige Sonderausgabe zum Welttag des Buches 2004
Gesetzt nach den Regeln der Rechtschreibreform

Die Originalausgabe erschien unter dem Titel
»Der Grusel-Omnibus«.

Lektorat: Elke Hesse
Innenillustrationen: Bengt Fosshag
Umschlagbild: Krzysztof Wlodkowski
Umschlagkonzeption: Klaus Renner
kb · Herstellung: Peter Papenbrok
Satz: Uhl + Massopust, Aalen
Druck: Clausen & Bosse, Leck
ISBN 3-570-27030-0
Printed in Germany

www.omnibus-verlag.de

Inhaltsverzeichnis

Die Geisterkutsche

Amelia B. Edwards (1831–1892)

Die Ereignisse, von denen ich hier berichten will, haben sich wirklich und wahrhaftig zugetragen. Ich habe sie selbst erlebt und in meiner Erinnerung sind sie noch so lebendig, als wären sie mir erst gestern widerfahren. Doch seit jener Nacht sind zwanzig Jahre ins Land gegangen und in diesen zwanzig Jahren habe ich die Geschichte nur einem Menschen anvertraut. Selbst jetzt erzähle ich sie mit großem Widerstreben, das ich nur schwer zu überwinden vermag. Um eines muss ich Sie jedoch bitten: Drängen Sie mir nicht Ihre eigenen Schlussfolgerungen auf. Ich trachte nicht nach Erklärungen. Ich wünsche keine Diskussionen. Mein Urteil in dieser Angelegenheit steht fest, und da ich meinen Sinnen vertraue, möchte ich es dabei bewenden lassen.

Es trug sich vor genau zwanzig Jahren zu, ein oder zwei Tage vor Ende der Moorschneehuhn-Saison. Ich hatte mich den ganzen Tag auf der Jagd befunden, doch war mir das Glück nicht sonderlich hold gewesen. Der Wind kam aus Osten, es war Dezember, der Ort das öde weite Moor im Norden Englands. Und ich hatte mich verirrt. Es war nicht eben eine angenehme Gegend, um vom Weg abzukommen, während die ersten fedrigen Flocken eines nahenden Schneesturms auf die Heide fielen und die Dämmerung dem Himmel eine bleierne Farbe verlieh. Ich legte die Hand über die Augen und spähte in zunehmender Dunkelheit besorgt in die Ferne, wo in zehn oder zwölf Meilen Distanz das rotbraune Moor mit einer niedrigen Hügelkette verschmolz. Doch wohin ich auch blickte, nirgends konnten meine Augen die dünnste Rauchfahne, den kleinsten Acker, Zaun oder Schafpfad ausmachen. Mir blieb nichts anderes übrig, als meinen Weg fortzusetzen und zu hoffen, dass ich irgendwo Unterschlupf fand. Also schulterte ich mein Gewehr und kämpfte mich mit geschwächtem Magen vorwärts, denn ich war bereits eine Stunde nach Tagesanbruch losgegangen und hatte seit dem Frühstück nichts mehr gegessen.

Mittlerweile fiel der Schnee mit bedrohlicher Stetigkeit und der Wind flaute ab. Die Kälte wurde strenger und die Nacht brach rasch herein. Was mich betraf, so verschlechterten sich meine Aussichten im gleichen Maße, wie sich der Himmel verfinsterte. Bei dem Gedanken, dass meine junge Frau bereits am Fenster unseres kleinen Gasthauszimmers nach mir Ausschau hielt und welchen Kummer ihr diese endlose Nacht noch bereiten würde, wurde mein Herz schwer. Wir waren seit vier Monaten verheiratet und hatten uns nun, nachdem wir den Herbst im schottischen Hochland verbracht hatten, in einem abgelegenen Dorf unmittelbar am Rande der großen englischen Moore einquartiert. Wir waren sehr verliebt und natürlich sehr glücklich. Als wir uns an jenem Morgen voneinander verabschiedeten, hatte sie mich inständig angefleht, vor Einbruch der Dunkelheit zurückzukehren, und ich hatte ihr es hoch und heilig versprochen. Was hätte ich nicht darum gegeben, mein Wort halten zu können!

Selbst jetzt, erschöpft wie ich war, glaubte ich noch, mit einem Nachtmahl, einer einstündigen Rast und einem Führer bis Mitternacht wieder bei ihr sein zu können, wenn sich nur ein Führer und ein Obdach finden ließen.

Der Schnee fiel unablässig und die Nacht wurde schwärzer. Dann und wann blieb ich stehen und rief, doch meine Rufe schienen die Stille nur noch zu vertiefen. Mich beschlich ein vages Gefühl des Unbehagens und mir kamen Geschichten von Wanderern in den Sinn, die im Schneetreiben weiter und weiter marschiert waren, bis sie schließlich vor Erschöpfung umsanken und in einen Todesschlummer fielen. Würde ich, so fragte ich mich, die ganze lange, dunkle Nacht durchhalten? Würde nicht irgendwann der Zeitpunkt kommen, an dem meine Glieder ihren Dienst versagten, meine Entschlossenheit nachließ und auch ich in den Todesschlaf fiel? Tod! Ich erschauerte. Wie schrecklich, gerade jetzt zu sterben, wo doch das Leben so verheißungsvoll vor mir lag! Wie schrecklich für meine Frau, die mich von ganzem Herzen ... Aber dieser Gedanke war unerträglich! Um ihn zu vertreiben, rief ich erneut, diesmal länger und lauter und lauschte dann angestrengt. War mein Ruf beantwortet worden oder bildete ich mir nur ein weit entfernt etwas vernommen zu haben? Ich rief noch einmal und wieder folgte ein Echo. Dann erschien plötzlich ein flackernder Lichtpunkt in der Dunkelheit. Er bewegte sich hin und her, verschwand, erschien wieder und wurde mit jeder Sekunde größer und heller. So schnell ich konnte, rannte ich auf ihn zu und fand mich zu meiner enormen Freude kurze Zeit später einem alten Mann mit einer Laterne gegenüber.

»Dem Himmel sei Dank!«, entfuhr es mir unwillkürlich. Blinzelnd und stirnrunzelnd hob er seine Laterne und starrte mir ins Gesicht.

»Wofür?«, knurrte er mürrisch.

»Nun … für Sie. Ich begann schon zu fürchten, im Schnee sterben zu müssen.«

»Tja, in dieser Gegend laufen immer wieder mal Leute in ihr Verderben und warum sollte es Ihnen anders ergehen, wenn es Gottes Wille ist?«

»Wenn es Gottes Wille ist, dass Sie und ich gemeinsam den Tod finden, mein Freund, dann müssen wir uns wohl fügen«, erwiderte ich. »Doch ich denke nicht daran, ohne Sie zu sterben. Wie weit ist es von hier nach Dowling?«

»Gute zwanzig Meilen.«

»Und bis zum nächsten Dorf?«

»Das nächste Dorf ist Wyke, zwölf Meilen in der anderen Richtung.«

»Und wo wohnen Sie?«

»Da drüben«, sagte er und schwenkte vage die Laterne.

»Sie sind auf dem Nachhauseweg, nehme ich an?«

»Schon möglich.«

»Dann schließe ich mich Ihnen an.«

Der alte Mann schüttelte den Kopf und rieb sich mit dem Griff der Laterne nachdenklich die Nase.

»Ist sinnlos«, knurrte er. »Er lässt Sie nicht rein – er nicht.«

»Wir werden ja sehen«, erwiderte ich rasch. »Wer ist *er*?«

»Der Herr.«

»Wer ist der Herr?«

»Das geht Sie nichts an«, sagte er barsch.

»Na gut. Sie führen mich zu ihm und ich werde dafür sorgen, dass Ihr Herr mir heute Nacht Obdach und ein Nachtmahl gewährt.«

»Na, Sie können es ja versuchen!«, murmelte mein Führer wider Willen und noch immer kopfschüttelnd humpelte er wie ein Gnom durch den fallenden Schnee davon. Kurz darauf tauchte ein Umriss in der Dunkelheit auf und ein riesiger Hund stürzte wild kläffend auf uns zu.

»Ist dies das Haus?«, fragte ich.

»Ja, dies ist das Haus. Sitz, Bey!« Er suchte in seiner Tasche nach dem Schlüssel.

Ich hielt mich dicht hinter ihm, um ihm nicht Gelegenheit zu geben, mir die Tür vor der Nase zuzumachen. In dem kleinen Lichtkegel der Laterne sah ich, dass die Tür über und über mit Eisennägeln beschlagen war wie eine Gefängnistür. Einen Augenblick später hatte er den Schlüssel umgedreht und ich drängte mich an ihm vorbei ins Haus.

Einmal drinnen, sah ich mich neugierig um. Ich stand in einer großen hohen Halle, die augenscheinlich verschiedensten Zwecken diente. An einem Ende häufte sich wie in einer Scheune bis unters Dach Getreide, das andere war mit Mehlsäcken, Ackergerät, Fässern und allem möglichen anderen Kram voll gestopft. Von den Deckenbalken hingen in Reihen Schinken, Speckseiten und Sträuße getrockneter Kräuter für den Winter. In der Mitte stand auf dem Boden ein riesiger Gegenstand, der notdürftig mit einem großen Tuch verhüllt war und der bis in halbe Höhe der Dachsparren reichte. Als ich einen Zipfel des Tuchs anhob, entdeckte ich zu meinem Erstaunen ein Fernrohr von beachtlicher Größe, das auf einen einfachen, fahrbaren Sockel mit vier kleinen Rollen montiert war. Das Rohr bestand aus bemaltem Holz, das grobe Metallbänder umgaben. Der Spiegel maß, soweit ich seine Größe in dem schwachen Licht abschätzen konnte, mindestens fünfzehn Zoll im Durchmesser. Während ich noch das Gerät studierte und mich fragte, ob dies wohl das Werk eines Laienoptikers war, ertönte schrill eine Klingel.

»Das gilt Ihnen«, sagte mein Führer mit einem boshaften Grinsen. »Da drüben ist sein Zimmer.«

Er wies auf eine niedrige schwarze Tür auf der gegenüberliegenden Seite der Halle. Ich ging hinüber, klopfte ziemlich laut und trat ein, ohne eine Aufforderung abzuwarten. Hinter einem mit Büchern und Papieren übersäten Schreibtisch erhob sich ein hünenhafter Mann mit weißem Haar und trat mir mit strenger Miene entgegen.

»Wer sind Sie?«, sagte er. »Wie sind Sie hergekommen? Was wollen Sie?«

»James Murray. Anwalt. Zu Fuß über das Moor. Essen, Trinken und eine Schlafstatt.«

Er zog seine buschigen Augenbrauen zusammen und runzelte Unheil verkündend die Stirn.

»Ich führe kein Gasthaus«, sagte er hochmütig. »Jacob, wie konntest du es wagen, diesen Fremden hereinzulassen?«

»Ich habe ihn nicht hereingelassen«, brummte der alte Mann. »Er ist mir über das Moor gefolgt und hat sich an mir vorbei ins Haus gedrängt. Sechs Fuß und zwei Zoll bin ich nicht gewachsen.«

»Und mit welchem Recht, wenn ich fragen darf, Sir, sind Sie in mein Haus eingedrungen?«

»Mit dem gleichen Recht, mit dem ich mich an Ihr Boot klammern würde, drohte ich zu ertrinken. Dem Recht auf Selbsterhaltung.«

»Selbsterhaltung?«

»Draußen liegt der Schnee bereits einen Zoll hoch«, erwiderte ich knapp, »und noch vor Tagesanbruch wäre er hoch genug, meinen Leichnam zu bedecken.«

Er ging mit großen Schritten zum Fenster, zog einen schweren schwarzen Vorhang beiseite und schaute hinaus.

»Das ist wahr«, sagte er. »Wenn Sie wünschen, können Sie bis morgen früh bleiben. Jacob, trage das Abendessen auf.«

Damit bedeutete er mir mich zu setzen, nahm wieder seinen Platz ein und vertiefte sich augenblicklich in die Studien, aus denen ich ihn aufgestört hatte.

Ich stellte mein Gewehr in eine Ecke, zog einen Stuhl ans Feuer und musterte in aller Ruhe meine Umgebung. Das Zimmer war kleiner als die Halle, dennoch befand sich in ihm einiges, was meine Neugier weckte. Der Boden war ohne Teppiche. Die weiß getünchten Wände waren teilweise mit seltsamen Diagrammen bekritzelt und teilweise von Regalen verdeckt, voll gestopft mit wissenschaftlichen Instrumenten, deren Funktion mir in vielen Fällen unbekannt war. Auf der einen Seite des Kamins stand ein Bücherschrank voller angeschmutzter Folianten, auf der anderen eine kleine Orgel, die mit bemalten Schnitzfiguren mittelalterlicher Heiliger und Dämonen bizarr verziert war. Durch die halb geöffnete Tür eines Schrankes am hinteren Ende des Zimmers sah ich in einer langen Reihe angeordnet Gesteinsproben, in Spiritus konservierte Organe, Tiegel, Destillierkolben und Gläser mit Chemikalien, während auf dem Kaminsims neben mir, inmitten einer Anzahl kleiner Gegenstände, ein Modell des Sonnensystems, eine kleine galvanische Batterie und ein Mikroskop standen. Jeder Stuhl trug seine Last, in jeder Ecke türmten sich Berge von Büchern und auf dem Boden lagen überall verstreut Karten, Berechnungen, Papiere, Zeichnungen und aller erdenklicher gelehrter Krimskrams herum.

Ich sah mich mit einem Staunen um, das mit jedem neuen Gegenstand, auf den mein Blick zufällig fiel, noch wuchs. Ein solch merkwürdiges Zimmer hatte ich mein Lebtag noch nicht gesehen. Doch noch merkwürdiger schien es, ein solches Zimmer in einem abgelegenen Bauernhaus inmitten jenes wilden und einsamen Moors zu finden! Wieder und wieder schaute ich von meinem Gastgeber auf seine Umgebung und von seiner Umgebung zurück auf meinen Gastgeber und ich fragte mich, wer er wohl sein mochte. Sein Kopf war ausgesprochen wohl geformt, doch eher wie der eines Dichters als der eines Wissenschaftlers. Mit seiner hohen gewölbten Stirn und der wilden Fülle schlohweißen Haars ähnelte er der Büste Ludwig van Beethovens. Da fanden sich die gleichen tiefen Linien um den Mund und die gleichen finsteren Furchen zwischen den Brauen. Da lag die gleiche Konzentration im Ausdruck. Während ich ihn noch beobachtete, öffnete sich die Tür und Jacob brachte das Abendessen herein. Darauf schloss sein Herr das Buch, erhob sich und bat mich höflicher, als er sich bisher verhalten hatte, zu Tisch.

Ein Gericht aus Schinken und Eiern, ein Laib dunkles Brot und eine Flasche edler Sherry wurden vor mich auf den Tisch gestellt.

»Ich kann Ihnen nur einfachste Hausmannskost bieten, Sir«, sagte mein Gastgeber. »Doch ich denke, Ihr Appetit wird die Unzulänglichkeiten meiner Küche ausgleichen.«

Ich hatte mich bereits über die Speisen hergemacht und beteuerte nun mit der Begeisterung eines halb verhungerten Sportsmannes, ich hätte noch nie etwas so Köstliches gegessen.

Er verneigte sich steif und setzte sich zu seiner eigenen Mahlzeit nieder, die nur aus einem Krug Milch und einer Schüssel Haferbrei bestand. Wir aßen schweigend, und als wir die Mahlzeit beendet hatten, entfernte Jacob das Tablett. Dann rückte ich meinen Stuhl wieder ans Feuer. Ich war ein wenig überrascht, als mein Gastgeber das Gleiche tat und, sich jäh an mich wendend, sagte:

»Sir, seit dreiundzwanzig Jahren lebe ich hier in strenger Abgeschiedenheit. In dieser Zeit habe ich nicht viele Gesichter gesehen und nicht eine einzige Zeitung gelesen. Sie sind der erste Fremde, der seit mehr als vier Jahren den Fuß über meine Schwelle gesetzt hat. Würden Sie die Freundlich-

keit haben, mir ein wenig über die Welt dort draußen zu erzählen, von der ich mich vor so langer Zeit zurückgezogen habe?«

»Bitte befragen Sie mich«, erwiderte ich. »Ich stehe ganz zu Ihren Diensten.«

Dankend nickte er mit dem Kopf und beugte sich vor. Er stützte seine Ellenbogen auf die Knie und legte sein Kinn in die Hände. Während er unverwandt ins Feuer starrte, begann er mir Fragen zu stellen.

Sie bezogen sich vornehmlich auf naturwissenschaftliche Angelegenheiten, mit deren neueren Entwicklungen, sofern sie praktische Dinge des Lebens betrafen, er fast gänzlich unvertraut war. Da ich keine der Naturwissenschaften studiert hatte, beantwortete ich seine Fragen, so gut es eben mein geringes Wissen erlaubte. Die Aufgabe war alles andere als einfach und mir fiel ein Stein vom Herzen, als wir von der Befragung zum Gespräch übergingen und er seine Schlussfolgerungen aus den Sachverhalten, die ich ihm darzulegen versucht hatte, zu ziehen begann. Er redete und ich lauschte gebannt. Er redete, bis er, wie ich glaubte, meine Anwesenheit praktisch vergessen hatte und nur noch laut dachte. Ich hatte bis dahin noch nie etwas Ähnliches gehört und seitdem auch nie wieder. Er war mit sämtlichen Gebieten der Wissenschaft vertraut, analysierte messerscharf und stellte kühne Verallgemeinerungen an. Seine Gedanken ergossen sich in einem unablässigen Strom, und während er sich immer noch in der gleichen schwermütigen Haltung vorbeugte, die Augen unverwandt ins Feuer gerichtet, wanderte er von Thema zu Thema und von Vermutung zu Vermutung wie ein inspirierter Träumer. Von der angewandten Naturwissenschaft zu den Geisteswissenschaften, von der Elektrizität im Draht zu elektrischen Reizen im Nerv, von Watts zu Mesmer, von Mesmer zu Reichenbach, von Reichenbach zu Swedenborg, Spinoza, Condillac, Descartes, Berkeley, Aristoteles, Plato, den Weisen aus dem Morgenland und den Mystikern des Ostens. Die Übergänge schienen, so verwirrend sie in ihrer Mannigfaltigkeit und Reichweite auch sein mochten, leicht und harmonisch von seinen Lippen zu kommen wie Musiksequenzen.

Ich weiß nicht mehr, durch welche Vermutung oder welches Beispiel er die Verbindung herstellte, doch nach und nach ging er zu jenem Gebiet über, das jenseits der Grenzen aller Wissenschaft und des menschlichen Vorstellungsvermögens liegt. Er sprach von der Seele und ihren Bestrebungen, vom Geist und seinen Kräften, vom zweiten Gesicht, von Weissagung, von jenen Phänomenen, die unter den Namen Geister, Gespenster und übernatürliche Erscheinungen zu allen Zeiten von den Zweiflern geleugnet und von den Leichtgläubigen bezeugt wurden.

»Die Welt«, sagte er, »wird stündlich allem gegenüber, was jenseits ihres beschränkten Gesichtsfeldes liegt, misstrauischer und unsere Wissenschaftler fördern diese verhängnisvolle Entwicklung noch. Sie verdammen alles als Lüge, was sich nicht mittels eines Experimentes beweisen lässt und verwerfen alles, was man nicht im Laboratorium oder Seziersaal einer Prüfung unterziehen kann. Gegen welchen anderen Aberglauben haben sie so lange und hartnäckig Krieg geführt wie gegen den Glauben an Geistererscheinungen? Und dennoch – welcher andere Aberglaube hat sich so lange und so hartnäckig in den Köpfen der Menschen gehalten? Nennen Sie mir einen Sachverhalt in der Physik, der Geschichte, der Archäologie, der durch so viele und umfangreiche Zeugnisse gestützt wird? Dieses Phänomen wurde von allen Völkern, zu

allen Zeiten und in allen Ländern der Erde bezeugt, von den Weisen der Antike bis hin zu den primitivsten Wilden unserer Zeit und Vertretern sämtlicher Weltanschauungen, nur die Wissenschaftler unseres Jahrhunderts tun es als Ammenmärchen ab. Beweise wiegen für sie in der Waagschale nicht mehr als eine Feder. Das Prinzip von Ursache und Wirkung, in der Physik von grundlegender Bedeutung, wird hier als wertlos und unzulänglich abgetan. So entscheidend die Aussage sachkundiger Zeugen in einem Gerichtsprozess auch sein mag, hier zählt sie nichts. Wer nachdenkt, bevor er Stellung bezieht, wird als leichtgläubiger Mensch verdammt. Wer glaubt, ist ein Träumer oder Narr.«

Er sprach voll Bitterkeit, und nachdem er geendet hatte, verfiel er einige Minuten in Schweigen. Dann hob er seinen Kopf und fügte mit veränderter Stimme und veränderter Haltung hinzu:

»Ich, Sir, habe nachgedacht, nachgeforscht, geglaubt und mich nicht geschämt, der Welt meine Überzeugung darzulegen. Auch ich wurde als Träumer gebrandmarkt, von meinen Zeitgenossen verlacht und mit Gejohle vom Feld der Wissenschaft verjagt, auf dem ich während meiner besten Jahre in Ehren gearbeitet hatte. Diese Vorfälle liegen dreiundzwanzig Jahre zurück. Seither lebe ich so, wie Sie mich hier sehen, und die Welt hat mich ebenso vergessen, wie ich sie vergaß. Nun kennen Sie meine Geschichte.«

»Es ist eine sehr traurige Geschichte«, murmelte ich, um Worte verlegen.

»Es ist eine ganz alltägliche Geschichte«, erwiderte er. »Ich habe lediglich um der Wahrheit willen gelitten wie schon viele klügere und weisere Männer vor mir.«

Er erhob sich, als wollte er das Gespräch beenden, und ging zum Fenster hinüber.

»Es hat aufgehört zu schneien«, bemerkte er, als er den Vorhang fallen ließ und zum Feuer zurückkehrte.

»Aufgehört!«, rief ich und sprang ungeduldig auf. »Oh, wenn es nur möglich wäre ... Doch nein! Es ist hoffnungslos. Selbst wenn ich den Weg über das Moor fände, so könnte ich heute Nacht keine zwanzig Meilen mehr laufen.«

»Zwanzig Meilen!«, wiederholte mein Gastgeber. »Woran denken Sie?«

»An meine Frau«, erwiderte ich ungeduldig. »An meine junge Frau, die nicht weiß, dass ich mich verirrt habe, und der in diesem Moment vor Ungewissheit und Angst fast das Herz bricht.«

»Wo befindet sie sich?«

»In Dowling, zwanzig Meilen von hier.«

»In Dowling«, wiederholte er nachdenklich. »Ja, ganz recht, das liegt zwanzig Meilen von hier entfernt. Doch brennen Sie wirklich so sehr darauf, sechs oder acht Stunden zu gewinnen?«

»So sehr, dass ich sofort zehn Goldmünzen für einen Führer und ein Pferd geben würde.«

»Ihr Wunsch lässt sich auf preiswertere Weise erfüllen«, sagte er lächelnd. »Die Nachtpostkutsche von Norden, die in Dowling die Pferde wechselt, kommt fünf Meilen von hier vorbei, und in ungefähr eineinviertel Stunden wird sie bei einer bestimmten Wegkreuzung sein. Wenn Jacob Sie über das Moor führt und Sie bis zur alten Kutschenstraße bringt, dann würden Sie doch gewiss den Weg allein dorthin finden, wo sie auf die neue Straße trifft?«

»Gewiss ... mit Freuden.«

Er lächelte wieder, läutete und erteilte dem alten Diener seine Anweisungen. Dann nahm er eine Flasche Whisky und

ein Weinglas aus dem Schrank, in dem er seine Chemikalien aufbewahrte, und sagte:

»Der Schnee liegt tief und der Weg über das Moor wird heute Nacht beschwerlich sein. Noch ein Glas Whisky, bevor Sie sich auf den Weg machen?«

Ich wollte ablehnen, doch er drängte mir den Alkohol auf und so trank ich. Er rann mir wie flüssiges Feuer die Kehle herunter und raubte mir fast den Atem.

»Er ist stark«, sagte er, »doch er wird gegen die Kälte helfen. Und nun sollten Sie keine Zeit mehr verlieren. Gute Nacht!«

Ich dankte ihm für seine Gastfreundschaft und wollte ihm die Hand schütteln, doch noch ehe ich meinen Satz beenden konnte, hatte er sich abgewandt. Gleich darauf war ich durch die Halle geschritten, Jacob schloss die Haustür hinter mir und wir standen draußen auf dem weiten, weißen Moor.

Obwohl der Wind nachgelassen hatte, war es immer noch bitterkalt. Nicht ein einziger Stern schimmerte am schwarzen Himmel. Abgesehen von dem Knirschen des Schnees unter unseren Füßen unterbrach kein einziger Laut die beklemmende Stille. Jacob, nicht gerade erfreut über seinen Auftrag, trottete mürrisch und schweigend vor mir her, die Laterne in der Hand, sein Schatten zu seinen Füßen. Ich folgte ihm, mein Gewehr geschultert und so wenig zum Plaudern aufgelegt wie er. Meine Gedanken kreisten einzig um meinen Gastgeber. Noch klang mir seine Stimme im Ohr. Noch hielten seine beredten Worte meine Phantasie im Bann. Mit Staunen erinnere ich mich noch heute, wie mein überreiztes Gedächtnis ganze Sätze und Satzteile, geistreiche Ideen und Bruchstücke hervorragender Gedankengänge – genau in seinen Worten – bewahrte. Während ich über das Gehörte nachsann und mich bemühte, mir da und dort einen Zusammenhang, der mir entfallen war, ins Gedächtnis zurückzurufen, folgte ich gedankenverloren und geistesabwesend meinem Führer. Dieser blieb nach – wie mir schien – nur wenigen Minuten plötzlich stehen und sagte:

»Dort drüben ist Ihre Straße. Bleiben Sie an der Steinmauer rechter Hand, dann können Sie den Weg nicht verfehlen.«

»Das ist also die alte Postkutschenstraße?«

»Jawohl, das ist die alte Postkutschenstraße.«

»Und wie weit muss ich noch gehen, bis ich die Kreuzung erreiche?«

»Etwa drei Meilen.«

Ich zog meine Geldbörse heraus und er wurde gesprächiger.

»Die Straße ist recht ordentlich«, sagte er. »Zumindest für einen Wanderer. Für den Verkehr nach Norden war sie jedoch zu steil und zu schmal. Geben Sie an der Stelle Acht, an der die Mauer weggebrochen ist, dicht bei dem Wegweiser. Nach dem Unfall ist sie nicht wieder in Stand gesetzt worden.«

»Nach welchem Unfall?«

»Die Nachtpostkutsche ist dort ins Tal gestürzt – gut fünfzig Fuß tief und mehr –, ausgerechnet auf dem schlechtesten Straßenabschnitt in der ganzen Grafschaft.«

»Schrecklich! Kamen dabei viele ums Leben?«

»Alle. Vier fand man tot auf und die beiden anderen starben am folgenden Morgen.«

»Wie lange ist das her?«

»Genau neun Jahre.«

»Dicht beim Wegweiser, sagen Sie? Ich werde daran denken. Gute Nacht.«

»Gute Nacht, Sir, und vielen Dank.« Jacob steckte seine

halbe Krone ein, tat, als tippe er an den Hut und ging schwerfälligen Schrittes den Weg zurück, den er gekommen war.

Ich blickte dem Licht seiner Laterne nach, bis es nicht mehr zu sehen war, dann wandte ich mich um und setzte meinen Weg fort. Es bereitete mir keinerlei Schwierigkeiten mehr, denn trotz der völligen Finsternis über mir hob sich der Umriss der Steinmauer vor dem fahl schimmernden Schnee deutlich ab. Wie still es nun schien, jetzt da nur noch meine Schritte zu hören waren. Wie still und einsam! Ein seltsam unangenehmes Gefühl der Verlassenheit überfiel mich. Ich beschleunigte meinen Schritt. Ich summte das Bruchstück einer Melodie vor mich hin. Im Kopf zählte ich riesige Summen zusammen und addierte die Zinseszinsen. Kurzum, ich unternahm alle erdenklichen Anstrengungen, die unheimlichen Gedanken zu verscheuchen, und bis zu einem gewissen Grad gelang mir das auch.

Die Nachtluft schien immer kälter zu werden, und obgleich ich ein schnelles Tempo angeschlagen hatte, gelang es mir nicht mich warm zu halten. Meine Füße schienen zu Eis erstarrt. Ich hatte kein Gefühl mehr in den Händen, taub und wie mechanisch hielt ich mein Gewehr umklammert. Selbst das Atmen fiel mir schwer, als würde ich mich nicht auf einer stillen Landstraße im Norden Englands befinden, sondern die höchsten Höhen eines gewaltigen Alpengipfels erklimmen. Letztere Beschwerden wurden bald so qualvoll, dass ich gezwungen war, einige Minuten stehen zu bleiben und mich an die Steinmauer zu lehnen. Als ich dies tat, blickte ich zufällig die Straße zurück und sah dort zu meiner unendlichen Erleichterung einen entfernten Lichtpunkt, ähnlich dem Schein einer sich nähernden Laterne. Zuerst glaubte ich, Jacob sei umgekehrt und würde mir folgen. Doch im selben Augenblick, als mir diese Vermutung durch den Kopf schoss, blitzte ein zweites Licht auf – ein Licht, das sich augenscheinlich parallel zum ersten befand und sich mit derselben Geschwindigkeit näherte. Ich bedurfte keiner weiteren Überlegung, um mir klar zu werden, dass es sich um die Lampen einer Kutsche handeln musste, wenngleich es merkwürdig schien, dass ein Privatgefährt eine Straße nahm, die offenkundig nicht mehr benutzt wurde und als gefährlich galt.

Dennoch bestand an der Tatsache kein Zweifel, da die Lichter mit jeder Sekunde größer und heller wurden, und ich bildete mir sogar ein, bereits die dunklen Umrisse der Kutsche erkennen zu können. Sie näherte sich mit hoher Geschwindigkeit und völlig geräuschlos, denn der Schnee unter ihren Rädern lag fast einen Fuß hoch.

Und nun war die Karosserie des Gefährts hinter den Lampen deutlich erkennbar. Sie wirkte merkwürdig hoch. Ein plötzlicher Verdacht flammte in mir auf. Hatte ich womöglich in der Dunkelheit die Kreuzung passiert, ohne den Wegweiser zu bemerken? Und handelte es sich womöglich um genau die Kutsche, die ich zu nehmen gedachte?

Ich musste mir die Frage kein zweites Mal stellen, denn da kam sie um die Straßenbiegung mit vier vom Schweiß dampfenden Grauschimmeln, mit Kutschergehilfen, Kutscher und einem Fahrgast auf dem Bock. Alle waren in einen schwachen Lichtschleier gehüllt, durch den die Lampen wie ein paar glühende Meteore hindurchleuchteten.

Ich sprang vor, winkte mit dem Hut und schrie. Die Postkutsche näherte sich mit voller Geschwindigkeit und fuhr an mir vorüber. Einen Augenblick lang fürchtete ich, weder gehört noch gesehen worden zu sein, doch nur Bruchteile von Sekunden. Der Kutscher brachte das Gefährt zum Stehen. Der Gehilfe auf dem Notsitz war bis zu den Augen in

Umhänge und Schals gehüllt und schien trotz des Gerumpels offenbar fest zu schlafen, denn er antwortete weder auf meinen Gruß, noch machte er Anstalten abzusteigen. Der auf dem Bock sitzende Fahrgast wandte nicht einmal seinen Kopf. Also öffnete ich den Schlag selbst und schaute in die Kutsche. Drinnen saßen nur drei Fahrgäste und so stieg ich ein, schloss die Tür, schlüpfte in die freie Ecke und gratulierte mir zu meinem Glück.

Die Luft in der Kutsche schien, sofern das überhaupt möglich war, noch kälter als die Luft draußen und war von einem eigenartig dumpfen, unangenehmen Geruch erfüllt. Ich schaute mich unter meinen Mitreisenden um. Es waren drei Männer und alle schwiegen. Zwar schienen sie nicht zu schlafen, doch lehnte jeder in seiner Ecke des Gefährts, als wäre er völlig in seine Gedanken versunken. Ich versuchte ein Gespräch in Gang zu bringen.

»Wie schrecklich kalt es heute Nacht doch ist«, sagte ich an mein Gegenüber gewandt.

Er hob seinen Kopf, sah mich an, doch antwortete er nicht.

»Der Winter«, fügte ich hinzu, »scheint wohl endgültig Einzug gehalten zu haben.«

Obgleich die Ecke, in der er saß, so dunkel war, dass ich seine Gesichtszüge kaum erkennen konnte, sah ich, dass seine Augen direkt auf mich gerichtet waren. Und doch antwortete er mit keinem Wort.

Bei jeder anderen Gelegenheit wäre ich vielleicht ärgerlich geworden und hätte diesen Ärger möglicherweise zum Ausdruck gebracht, doch im Augenblick war mir dafür zu elend zu Mute. Die eisige Nachtluft hatte mir die Kälte bis ins Mark getrieben und der seltsame Geruch in der Kutsche verursachte mir unerträgliche Übelkeit. Ich zitterte am ganzen Leib und fragte, mich an meinen Nachbarn zur Linken wendend, ob er etwas dagegen einzuwenden hätte, wenn ich das Fenster öffnete.

Er sagte kein Wort und rührte sich nicht.

Ich wiederholte die Frage ein wenig lauter, doch mit dem gleichen Ergebnis. Da verlor ich die Geduld und zog das Fenster herunter. Als ich dies tat, riss der Lederriemen in meiner Hand und ich bemerkte, dass die Scheibe mit einer dicken Moderschicht überzogen war, die sich offenbar über Jahre hinweg gebildet hatte. Dadurch wurde meine Aufmerksamkeit auf den Zustand der Kutsche gelenkt, und während ich sie im schwachen Licht der Außenlampen betrachtete, stellte ich fest, dass sie sich im Stadium des Verfalls befand. Sämtliche ihrer Einzelteile waren nicht etwa einfach in einem schlechten Zustand, nein, sie verrotteten bereits. Die Fensterrahmen bröckelten bei der leisesten Berührung und die Lederbeschläge waren mit Schimmel bedeckt und faulten buchstäblich vom Holz ab, der Boden barst beinahe unter meinen Füßen – kurzum: Das ganze Fahrzeug war faulig-feucht und offensichtlich aus irgendeinem Nebengebäude gezerrt worden, in dem es jahrelang vor sich hingemodert hatte, um noch einmal seinen Dienst auf der Straße zu versehen.

Ich wandte mich an den dritten Fahrgast, den ich bisher noch nicht angesprochen hatte, und versuchte mein Glück mit einer weiteren Bemerkung.

»Diese Kutsche ist ja in einem erbärmlichen Zustand«, sagte ich. »Ich nehme an, die reguläre Postkutsche ist in Reparatur?«

Langsam drehte er seinen Kopf und sah mir ins Gesicht, ohne ein Wort zu sagen. Mein Lebtag werde ich diesen Anblick nicht vergessen, denn er ließ mir das Blut in den Adern

erstarren. Und so ergeht es mir bei dem bloßen Gedanken daran noch heute. Seine Augen hatten einen feurigen unnatürlichen Glanz. Sein Gesicht war aschfahl wie das eines Toten. Seine blutleeren Lippen waren wie in Todesqualen zurückgezogen und ließen die schimmernden Zähne sichtbar werden.

Die Worte erstarben mir auf den Lippen. Ein seltsames Grauen – ein entsetzliches Grauen – erfasste mich. Meine Augen hatten sich mittlerweile an die Dunkelheit in der Kutsche gewöhnt und ich konnte nun alles einigermaßen deutlich erkennen. Ich wandte mich meinem Gegenüber zu. Auch er schaute mich an mit der gleichen grässlichen Blässe auf dem Gesicht und dem gleichen steinernen Glitzern in den Augen an. Ich wischte mir mit der Hand über die Stirn. Ich wandte mich an den Reisenden neben mir und sah – oh, gütiger Gott, wie soll ich beschreiben, was ich sah? Ich sah, dass er kein Lebender war … dass keiner von ihnen lebte so wie ich! Ein blasses phosphoreszierendes Licht – das Licht der Verwesung – umspielte ihre grauenhaften Gesichter, ihre von der Grabfeuchte klammen Haare, ihre mit Erde besudelten, zerfledderten Kleider und ihre Hände, die die Hände von lange beerdigten Leichnamen waren. Nur ihre Augen, ihre entsetzlichen Augen lebten. Und diese Augen waren drohend auf mich gerichtet!

Ein Schrei des Entsetzens, ein wilder, unverständlicher Hilfeschrei entrang sich meinen Lippen, als ich mich gegen den Kutschenschlag warf und ihn vergebens zu öffnen suchte.

In diesem Augenblick, kurz und grell wie eine von einem Blitz erhellte Landschaft, sah ich im Mondlicht, das durch eine zerfetzte Gewitterwolke schien, den gespenstischen Wegweiser, der warnend seinen Finger am Wegesrand hob … die zerborstene Mauer … die in die Tiefe stürzenden Pferde … den schwarzen Abgrund darunter. Dann schwankte die Kutsche wie ein Schiff auf See. Dann folgte ein gewaltiges Krachen … ein überwältigender Schmerz … und dann Dunkelheit.

Jahre schienen vergangen, als ich eines Morgens aus einem tiefen Schlaf erwachte und meine Frau neben meinem Bett sitzend fand. Ich will die Szene übergehen, die sich dann abspielte, und nur in kurzen Worten die Geschichte schildern, die sie mir unter Tränen der Dankbarkeit erzählte. Ich war in einen Abgrund gestürzt, unweit der Kreuzung, wo sich die alte und die neue Kutschenstraße trafen, und nur deshalb dem sicheren Tode entgangen, weil am Fuße des Felsens eine hohe Schneewehe aufgetürmt lag, die meinen Sturz gemildert hatte. Dort war ich bei Tagesanbruch von zwei Schäfern entdeckt worden, die mich zum nächsten Haus brachten und einen Arzt zu Hilfe holten. Der Arzt fand mich im Fieberwahn, mit einem gebrochenen Arm und einer komplizierten Schädelfraktur. Den Briefen in meiner Brieftasche entnahm man meinen Namen und meinen Aufenthaltsort und man rief meine Frau zu meiner Pflege herbei. Dank meiner Jugend und meiner guten körperlichen Verfassung war ich irgendwann endlich außer Gefahr. Ich war an ebenjener Stelle gestürzt, wie ich wohl kaum zu erwähnen brauche, an der neun Jahre zuvor die Postkutsche aus dem Norden ihren schrecklichen Unfall gehabt hatte.

Meiner Frau habe ich nie etwas von meinen entsetzlichen Erlebnissen erzählt, von denen ich Ihnen gerade berichtete. Ich vertraute sie dem mich behandelnden Arzt an, aber er tat sie als bloßen Traum ab, der meinem fieberkranken Gehirn entsprungen sei. Wir diskutierten die Frage wieder und wie-

der, bis wir feststellten, dass wir nicht mehr gelassen darüber sprechen konnten, und so ließen wir die Sache auf sich beruhen. Mögen andere darüber urteilen, wie es ihnen beliebt – ich weiß, dass ich vor zwanzig Jahren der vierte Fahrgast in jener Geisterkutsche war.

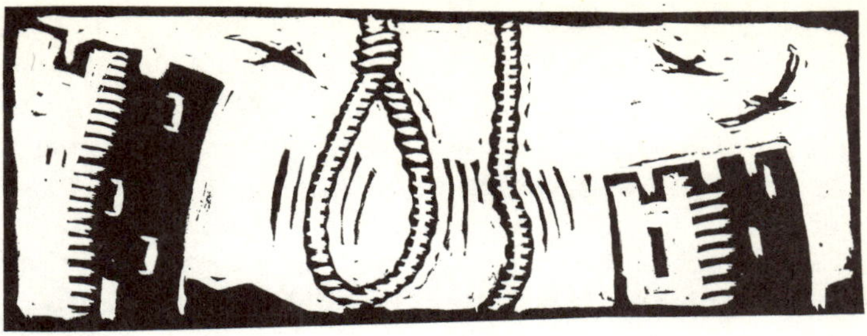

Mit Vorbehalt zu genießen

Charles Dickens (1812–1870)

Es ist mir stets aufgefallen, dass es selbst überdurchschnittlich intelligenten und gebildeten Menschen häufig an Mut fehlt, wenn es darum geht, über persönliche Erfahrungen zu sprechen, die sonderbarer Natur sind. Fast alle Menschen befürchten, dass ihre Schilderungen bei ihrem Zuhörer kein Verständnis finden, nicht ernst genommen oder verspottet werden. Würde ein wahrheitsliebender Reisender einer seltsamen Kreatur ansichtig wie etwa einer Seeschlange, berichtete er bedenkenlos darüber. Hätte der gleiche Mensch eine böse Vorahnung, eine Eingebung, einen verrückten Einfall, eine (so genannte) Vision, einen Traum oder eine andere außergewöhnliche Wahrnehmung, so würde er sich erst nach erheblichem Zögern dazu bekennen. Meiner Ansicht nach lässt sich die Zurückhaltung vor allem darauf zurückführen, dass diese Dinge im Ruch des Geheimnisvollen stehen. Gewöhnlich teilen wir solch subjektive Erlebnisse weniger bereitwillig mit als Erfahrungen objektiver Art. Infolgedessen erscheint alles, was diesbezüglich bekannt wird, außergewöhnlich und ist es auf Grund seiner erbärmlichen Unvollständigkeit tatsächlich auch.

Es liegt nicht in meiner Absicht, mit dem folgenden Bericht irgendeine Theorie aufzustellen, zu widerlegen oder zu untermauern. (...) Mein Fall lässt sich nicht darauf zurückführen, dass ich eine absonderliche Eigenheit geerbt hätte, die nun offenbar geworden war, noch ist mir jemals zuvor oder danach ein ähnlich geartetes Erlebnis widerfahren.

Es ist nicht von Belang, wie viele oder wenige Jahre seit einem bestimmten Mord, der in England großes Aufsehen erregte, ins Land gegangen sind. Wir hören mehr als genug von Mördern, die in der Folge ihrer Tat zu traurigem Ruhm gelangen, und wenn es in meiner Macht stünde, so würde ich die Erinnerung an diesen besonders abscheulichen Menschen begraben, so wie sein Leichnam im Gefängnis von Newgate begraben liegt. Ich gebe auch bewusst keinen direkten Hinweis auf die Person des Verbrechers.

Als der Mord aufgedeckt wurde, fiel zunächst kein Verdacht auf den Mann, dem später der Prozess gemacht wurde – oder, um mich ganz genau an die Wahrheit zu halten, sollte ich vielleicht besser sagen, in der Öffentlichkeit wurden keinerlei Verdachtsmomente gegen ihn bekannt. Auch wurde zu diesem Zeitpunkt sein Name nicht in den Zeitungen erwähnt und so ist es ganz ausgeschlossen, dass sich damals dort eine Personenbeschreibung von ihm fand. Es ist wichtig, dass dieser Umstand nicht vergessen wird.

Als ich beim Frühstück meine Morgenzeitung aufschlug, die den Bericht über jene Entdeckung enthielt, war ich gefesselt. Mit gespannter Aufmerksamkeit las ich den Artikel zweimal, wenn nicht sogar dreimal. Man hatte die Leiche in einem Schlafzimmer gefunden, und als ich die Zeitung niederlegte, da kam es plötzlich wie ein Blitz ... ein Ruck ... eine Woge – ich weiß nicht, wie ich es bezeichnen soll, denn ich finde kein treffendes Wort – über mich und mir schien, als sähe ich jenes Schlafzimmer durch meinen Raum gleiten wie ein Bild, auf einen dahinfließenden Fluss gemalt.

Doch wenn es auch in Sekundenschnelle vorübergeglitten war, hatte ich es doch klar gesehen: so klar, dass ich unzwei-

felhaft mit einem Gefühl der Erleichterung feststellte, dass der Tote nicht im Bett lag.

Diese seltsame Empfindung überkam mich nicht etwa an einem wirklichkeitsfremden Ort, sondern in einer Wohnung in Piccadilly, ganz in der Nähe der St. James' Street. Ich saß in diesem Augenblick in meinem Sessel und die Empfindung wurde von einem sonderbaren Beben begleitet, durch das der Stuhl ins Rutschen geriet. (Allerdings verdient Erwähnung, dass der Sessel Rollen hatte und sich leicht bewegen ließ.) Ich trat an eines der Fenster (das Zimmer besitzt zwei und befindet sich im ersten Stock), um meine Augen an dem geschäftigen Treiben in der Piccadilly Street zu laben. Es war ein strahlender Herbstmorgen und die Straße voll fröhlichen Lebens. Es blies ein kräftiger Wind. Während ich so hinausschaute, fegte der Wind einen Haufen Falllaub vom Park her, das von einer Bö ergriffen und zu einer spiralförmigen Säule emporgewirbelt wurde. Als die Säule in sich zusammenfiel, sah ich auf der gegenüberliegenden Straßenseite zwei Männer, die von West nach Ost gingen. Sie liefen hintereinander und der vordere Mann sah immer wieder über seine Schulter. Der zweite Mann folgte ihm in einer Entfernung von etwa dreißig Schritten, die rechte Hand drohend erhoben. Zunächst erregte die drohende Gebärde in ihrer sonderbaren Art und Beharrlichkeit und so öffentlich auf einer Hauptverkehrsstraße meine Aufmerksamkeit, dann der weitaus merkwürdigere Umstand, dass dem niemand Beachtung schenkte.

Beide Männer bahnten sich ihren Weg so mühelos durch die Menge, wie es üblicherweise auf einem Bürgersteig kaum möglich ist. Soweit ich sehen konnte, gab es keinen einzigen Menschen, der ihnen aus dem Weg ging, mit ihnen in Berührung kam oder ihnen nachsah. Als sie unter meinen Fenstern vorbeikamen, starrten beide zu mir herauf. Ich sah ihre Gesichter ganz deutlich und ich wusste, dass ich sie jederzeit wieder erkennen würde. Nicht, dass mir an einem der Gesichter irgendetwas Besonderes aufgefallen wäre, sah man davon ab, dass der vordere Mann ungewöhnlich finster dreinsah und das Gesicht des ihm folgenden Mannes die Farbe unreinen Wachses hatte.

Ich bin Junggeselle und mein gesamter Haushalt besteht aus meinem Diener und seiner Frau. Ich bin in einer bestimmten Bankfiliale tätig und ich wünschte, meine Aufgaben als Abteilungsleiter gestalteten sich so einfach, wie allgemein angenommen wird. In jenem Herbst hielten sie mich in der Stadt fest, obwohl ich dringend einer Luftveränderung bedurfte. Ich war nicht krank, aber fühlte mich auch nicht wohl. Vielleicht kann sich mein Leser am ehesten eine Vorstellung machen, wenn ich sage, dass ich mich ausgelaugt fühlte, mir das eintönige Leben ein Gefühl der Niedergeschlagenheit gab und ich unter leichten Verdauungsstörungen litt. Mein angesehener Arzt hat mir damals versichert, mein tatsächlicher Gesundheitszustand würde keine ernstere Beschreibung rechtfertigen. Ich zitiere dies aus einem Brief, um den ich ihn gebeten und den er eigens geschrieben hat.

Als die näheren Umstände des Mordes nach und nach ans Licht kamen und der Mord als Gesprächsthema sämtliche Unterhaltungen beherrschte, befasste ich mich trotz der allgemeinen Aufregung nur wenig damit, um das Ganze möglichst von mir fernzuhalten. Bekannt war mir jedoch, dass gegen den mutmaßlichen Mörder Anklage wegen vorsätzlichen Mordes erhoben und er in das Gefängnis von Newgate gebracht worden war. Ebenfalls war mir bekannt, dass man den Prozess auf Grund der allgemeinen Vorverurteilung und des

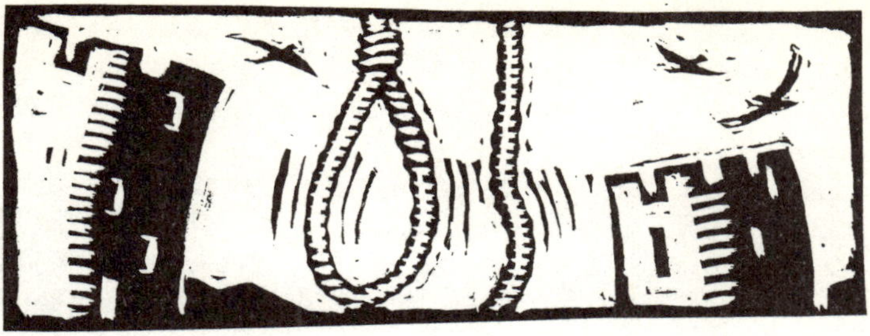

Wunsches der Verteidigung nach einer längeren Vorbereitungszeit um eine Sitzungsperiode verschoben hatte. Möglicherweise war mir darüber hinaus bekannt, wenngleich ich das eher ausschließe, wann oder wann ungefähr die Sitzungsperiode, auf die sein Prozess verschoben worden war, beginnen würde.

Mein Wohnzimmer, mein Schlafzimmer und mein Ankleidezimmer liegen auf demselben Stockwerk und Letzteres ist nur durch das Schlafzimmer zugänglich. Es verfügt zwar über eine Tür, die es ehedem mit dem Treppenhaus verband, doch als vor einigen Jahren meine Badewanne eingebaut wurde, hatte man einen Teil der Installationen quer über die Tür gelegt und gleichzeitig, im Zuge derselben Arbeiten, die Tür vernagelt und mit Gitterleinwand bespannt.

Eines späten Abends befand ich mich in meinem Schlafzimmer und erteilte meinem Diener noch einige Anweisungen, bevor er zu Bett ging. Ich hatte das Gesicht der einzig benutzbaren Verbindungstür zum Ankleidezimmer zugewandt und diese war geschlossen. Mein Diener stand mit dem Rücken zu dieser Tür. Während ich mit ihm sprach, sah ich, wie sie sich öffnete und ein Mann hereinschaute, der mir mit tiefernster Miene und auf sonderbare Weise Zeichen gab. Es war der gleiche Mann, der als zweiter die Piccadilly Street hinuntergegangen war und dessen Gesicht die Farbe unreinen Wachses gehabt hatte. Nachdem die Gestalt mir Zeichen gemacht hatte, trat sie zurück und schloss die Tür. Unverzüglich ging ich durch das Schlafzimmer, öffnete die Tür des Ankleidezimmers und warf einen Blick hinein. Ich hielt bereits eine brennende Kerze in der Hand, doch ich erwartete nicht, die Gestalt im Ankleidezimmer vorzufinden, und genauso verhielt es sich.

Da ich bemerkte, dass mein Diener erstaunt dastand, wandte ich mich zu ihm und sagte: »Derek, können Sie sich, so nüchtern wie ich bin, vorstellen, dass ich soeben zu sehen vermeinte, wie ein …« Und als ich in diesem Moment meine Hand auf seine Brust legte, begann er plötzlich heftig zu zittern und sagte: »O mein Gott, ja, Sir! Wie ein Toter Ihnen ein Zeichen gab!«

Nun glaube ich nicht, dass jener John Derek, der seit über zwanzig Jahren mein treuer und ergebener Diener ist, vor meiner Berührung eine solche Gestalt wahrgenommen hatte. Denn als ich ihn berührte, veränderte er sich auf so bestürzende Weise, dass ich der festen Überzeugung bin, er erlangte seine Wahrnehmung auf übersinnlichem Wege durch mich.

Ich bat den Diener ein wenig Brandy zu bringen, reichte ihm ein Glas und war froh, selbst einen Schluck zu nehmen. Von den Vorfällen, die dieser nächtlichen Erscheinung vorausgegangen waren, sagte ich kein einziges Wort. Als ich darüber nachsann, war ich absolut sicher jenen Mann noch nie zuvor gesehen zu haben, außer das eine Mal in Piccadilly. Ich verglich den Gesichtsausdruck, den er trug, als er in der Tür gestanden und mir Zeichen gegeben hatte, mit jenem, mit dem er zu meinem Fenster heraufgeschaut hatte, und kam zu dem Schluss, dass es bei der ersten Gelegenheit seine Absicht gewesen war, sich unauslöschlich in mein Gedächtnis einzuprägen, während er sich beim zweiten Mal versichern wollte, dass ich ihn sofort wieder erkennen würde.

In jener Nacht schlief ich ziemlich unruhig, wenngleich ich mit einer kaum erklärbaren Gewissheit wusste, dass die Gestalt nicht wiederkehren würde. Bei Tagesanbruch fiel ich in einen tiefen Schlaf, aus dem mich John Derrick riss, der mit einem Brief in der Hand an mein Bett getreten war.

Wie sich herausstellte, war dieser Brief an der Tür bereits

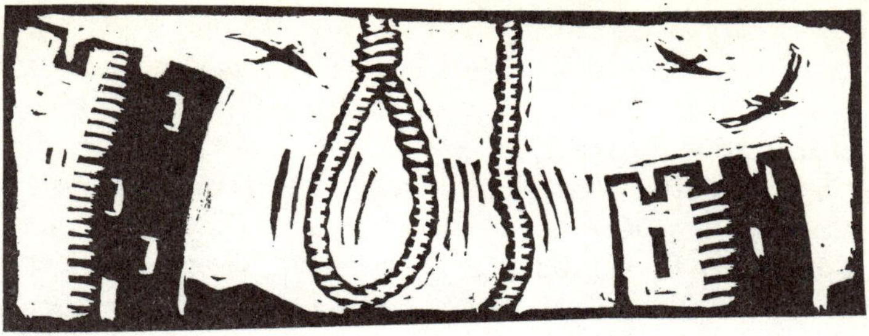

Grund für einen heftigen Wortwechsel zwischen seinem Überbringer und meinem Diener gewesen. Ich erhielt darin die Aufforderung, in der bevorstehenden Sitzungsperiode am Obersten Strafgerichtshof Old Bailey als Geschworener zu fungieren. Ich war bis dahin noch nie in eine solche Jury berufen worden und das wusste John Derek sehr wohl. Er war der Annahme – und ich weiß bis heute nicht, ob aus gutem Grund –, dass man Geschworene gewöhnlich aus weniger qualifizierten Berufsständen auswählte als dem meinen, und daher hatte er sich zunächst geweigert die Aufforderung anzunehmen. Der Zustellbote hatte dies gelassen aufgenommen und gesagt, es sei meine Sache, ob ich dazu bereit sei oder auch nicht. Da sei die Ladung und was ich damit anfinge, läge in meiner Verantwortung und nicht in seiner.

Ein oder zwei Tage war ich unschlüssig, ob ich der Aufforderung Folge leisten oder sie einfach ignorieren sollte. Ich war mir nicht bewusst, in irgendeiner mysteriösen Weise voreingenommen, beeinflusst oder fasziniert zu sein. Darin bin ich mir ebenso sicher wie in jeder anderen Feststellung, die ich hier treffe. Schließlich entschied ich mich zu gehen, um ein wenig Abwechslung in mein eintöniges Leben zu bringen.

Die Sitzung fand an einem nasskalten Morgen im November statt. In Piccadilly hing dichter, bräunlicher Nebel, der östlich von Temple Bar in völliges Schwarz überging und im höchsten Maß bedrückend wirkte. Die Gänge und Treppen des Gerichtsgebäudes waren von Gaslampen grell erleuchtet, ebenso der Gerichtssaal selbst. Ich *glaube*, ehe ich von Beamten in den Saal geführt wurde und sah, wie überfüllt er war, war mir nicht bewusst, dass an diesem Tag die Verhandlung gegen den Mörder stattfinden sollte. Ich *glaube*, dass ich, bevor ich auf diese Weise unter beachtlichen Schwierigkeiten in das Gericht gelangte, überdies auch nicht wusste, in welche der beiden Verhandlungen mich meine Vorladung führen würde. Doch kann ich dies nicht mit letzter Gewissheit sagen, da ich mir in beiden Punkten nicht völlig sicher bin.

Ich nahm auf einem der für die wartenden Geschworenen vorgesehenen Stühle Platz und sah mich im Gerichtssaal um, soweit mir dies durch die Dunstglocke aus Rauch und Atem, die den Raum erfüllte, möglich war. Ich sah den schwarzen Nebel, der wie ein undurchdringlicher Vorhang draußen vor den großen Fenstern hing, vernahm den gedämpften Klang von Rädern draußen auf der Straße und auch das Gemurmel der Menschen dort, das gelegentlich von einem schrillen Pfiff oder lautem Ruf durchbrochen wurde. Kurz darauf betraten die Richter, zwei an der Zahl, den Saal und nahmen ihre Plätze ein. Das Geraune im Gerichtssaal verstummte ehrfürchtig. Dann erging die Anweisung, den Mörder zur Anklagebank zu führen, und er erschien. Und im selben Augenblick erkannte ich in ihm den ersten der beiden Männer, die die Piccadilly Street hinuntergegangen waren.

Wäre in diesem Moment mein Name aufgerufen worden, ich wäre wohl kaum im Stande gewesen, hörbar Antwort zu geben. Doch mein Name stand erst an sechster oder achter Stelle auf der Geschworenenliste und als die Reihe an mich kam, sah ich mich in der Lage, »Hier!« zu sagen. Doch nun hören Sie zu. Als ich vortrat, wurde der Gefangene, der bis dahin das Geschehen aufmerksam, aber ohne jedes Zeichen von Besorgnis verfolgt hatte, plötzlich von heftiger Erregung gepackt und gab seinem Verteidiger ein Zeichen. Es war offensichtlich, dass er meine Ablehnung verlangte, und es entstand eine Pause, in der der Anwalt, die Hand auf der Anklagebank, seinem Klienten etwas zuflüsterte und den Kopf

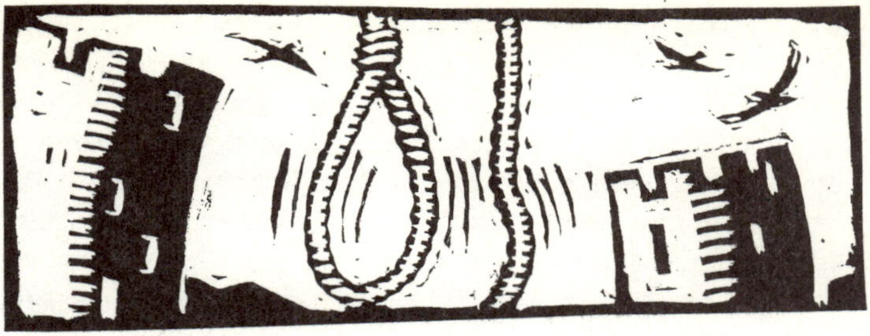

schüttelte. Später erfuhr ich von diesem Gentleman, dass die ersten erschreckten Worte des Gefangenen gewesen waren: »Fordern Sie unter allen Umständen die Ablehnung dieses Mannes!« Doch dieser Forderung wurde nicht stattgegeben, da er keinen Grund dafür angeben konnte und eingestehen musste, dass er nicht einmal meinen Namen gekannt hatte, bevor ich aufgerufen und vorgetreten war.

Im Folgenden werde ich mich nun strikt auf die Geschehnisse jener zehn Tage und Nächte beschränken, in denen wir, die Jury, zusammen waren und die in einem direkten Zusammenhang mit meinem seltsamen Erlebnis stehen. Wie ich bereits ausführte, will ich die unerfreuliche Erinnerung an diesen Mörder nicht wieder beleben und überdies ist ein ausführlicher Bericht über seinen langen Prozess durchaus erlässlich. Schließlich möchte ich das Interesse und die Aufmerksamkeit meiner Leser auf mein Erlebnis lenken, nicht auf den Mörder oder auf eine Seite der Sitzungsprotokolle von Newgate.

Ich wurde zum Sprecher der Geschworenen gewählt. Am zweiten Morgen des Verfahrens, nachdem bereits seit zwei Stunden die Beweisaufnahme erfolgte (ich achtete auf das Schlagen der Kirchturmuhr), ließ ich zufällig meinen Blick über meine Mitgeschworenen schweifen und hatte unerklärlicherweise beträchtliche Schwierigkeiten, sie zu zählen. Ich zählte mehrere Male, doch jedes Mal bereitete es mir dieselbe Mühe. Kurzum, ich kam auf einen zu viel.

Ich stieß den neben mir sitzenden Geschworenen sachte an

und flüsterte ihm zu: »Bitte, erweisen Sie mir den Gefallen und zählen Sie uns.« Er machte ein erstauntes Gesicht, wandte jedoch seinen Kopf und begann zu zählen. »Nun«, sagte er plötzlich, »wir sind drei ... Aber nein, das ist unmöglich. Nein. Wir sind zwölf.« Meinen Zählungen an diesem Tag zufolge stimmte unsere Zahl stets, zählte ich uns einzeln, doch zusammengenommen waren wir stets einer zu viel. Es gab keine Erscheinung – keine Gestalt, die dies erklärte. Insgeheim ahnte ich jedoch, dass die Gestalt gewiss noch erscheinen würde.

Die Jury war in der »London Tavern« untergebracht. Wir schliefen alle in einem großen Raum und standen unter der ständigen Aufsicht eines eigens auf unsere Sicherheit vereidigten Beamten. Ich sehe keinen Grund, den Namen dieses Beamten zu verschweigen. Er war ein kluger Kopf, außerordentlich höflich und zuvorkommend und (ich war erfreut dies zu hören) ein in der Stadt hoch angesehener Mann. Er hatte ein angenehmes Auftreten, freundliche Augen, einen beneidenswerten schwarzen Schnurrbart und eine klare, klangvolle Stimme. Sein Name lautete Mr. Harker.

Wenn wir uns abends in unsere zwölf Betten begaben, wurde Mr. Harkers Bett vor die Tür geschoben. Am Abend des zweiten Tages war ich noch nicht geneigt mich schlafen zu legen, und da ich Mr. Harker auf seinem Bett sitzen sah, ging ich zu ihm, setzte mich neben ihn und bot ihm eine Prise Schnupftabak an. Als Mr. Harker den Tabak aus der Dose nahm und dabei mit seiner Hand die meine berührte, überlief ihn ein sonderbares Schauern und er sagte: »Wer ist denn das?«

Ich folgte Mr. Harkers Augen und schaute durch den Raum. Und wieder erblickte ich die Gestalt, die ich erwartet hatte – den zweiten der beiden Männer, die die Straße hinuntergegangen waren. Ich erhob mich und machte einige Schritte. Dann hielt ich inne und wandte mich um zu Mr. Harker. Er wirkte vollkommen unbeschwert, lachte und sagte in vergnügtem Ton: »Einen Augenblick lang dachte ich, es be-

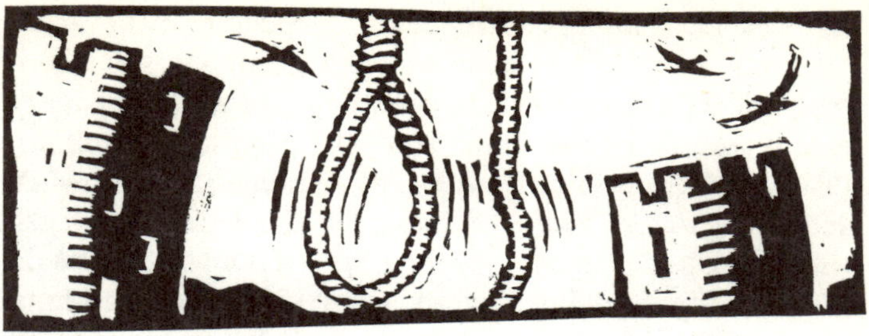

fände sich ein dreizehnter Geschworener hier, der über kein Bett verfügt. Doch wie ich sehe, ist es nur das Mondlicht.«

Ich offenbarte mich Mr. Harker nicht, sondern schlug ihm vor gemeinsam mit mir einen Gang zum Ende des Raumes zu machen, wobei ich beobachtete, was die Gestalt tat. Sie begab sich zu jedem meiner elf Mitgeschworenen und verweilte einige Augenblicke dicht beim Kopfkissen neben dem Bett. Stets trat sie an die rechte Bettseite und ging dann um das Fußende des nächsten Bettes herum. So, wie sie den Kopf bewegte, schien es, als mustere sie die Schlafenden nur nachdenklich. Mir und meinem Bett, das gleich neben Mr. Harkers stand, schenkte sie jedoch keine Beachtung. Dann schien sie dort, wo das Mondlicht durch ein hohes Fenster fiel, wie auf einer in der Luft stehenden Treppe zu entschwinden.

Beim Frühstück am folgenden Morgen stellte sich heraus, dass alle Anwesenden in der vergangenen Nacht von dem Ermordeten geträumt hatten, mit Ausnahme von Mr. Harker und mir.

Ich war mir nun so sicher, dass es sich bei dem zweiten Mann, der die Piccadilly hinuntergegangen war, (sozusagen) um den Ermordeten handelte, als wäre ich durch seine eigene Zeugenaussage zu dieser Erkenntnis gekommen. Doch auch das sollte geschehen, und zwar in einer Art, auf die ich in keiner Weise vorbereitet war.

Am fünften Prozesstag, als die Beweisaufnahme dem Ende zuging, wurde eine Miniatur des Ermordeten vorgelegt, die man bei der Entdeckung der Tat nicht in seinem Schlafzimmer gefunden und später in einem Versteck entdeckt hatte, wo der Mörder beim Graben beobachtet worden war. Nachdem sie der Zeuge, der soeben vernommen wurde, wieder erkannt hatte, reichte man sie zunächst zur Richterbank und anschließend an die Jury weiter. Als sich ein in eine schwarze Robe gekleideter Beamter mitsamt der Miniatur zu mir begab, löste sich die Gestalt des zweiten Mannes ungestüm aus der Menge, nahm dem Beamten die Miniatur ab und reichte sie mir eigenhändig, gleichzeitig sagte sie – noch ehe ich die Miniatur, die sich in einem Medaillon befand, vor Augen hatte – mit hohler, tiefer Stimme: »Damals war ich jünger und mein Gesicht nicht blutleer.« Auch trat sie zwischen mich und meinen Mitgeschworenen, an den ich die Miniatur weiterzureichen gedachte, und dann zwischen ihn und den nächsten Geschworenen und reichte sie auf diese Weise unter uns allen herum, bis schließlich ich sie wieder in Empfang nahm. Von den anderen hatte dies jedoch nicht einer bemerkt.

Bei Tisch und auch stets unter Mr. Harkers Aufsicht hatten sich unsere Unterhaltungen von Anbeginn natürlich häufig um den jeweiligen Verhandlungstag gedreht. An jenem fünften Tag war die Beweisaufnahme abgeschlossen worden, und da dieser Teil der Untersuchung nun in klaren Umrissen vor uns lag, verlief unser Gespräch lebhafter und ernster als sonst. In unseren Reihen befand sich ein Kirchenvorstandsmitglied, der verbohrteste Dummkopf, der mir je zu Gesicht gekommen ist. Er begegnete dem schlüssigsten Beweis mit den albernsten Einwänden und fand dabei die Unterstützung von zwei farblosen, beschränkten Speichelleckern. Als sich diese nichtsnutzigen Dummköpfe am lautesten ereiferten, etwa gegen Mitternacht, während sich einige von uns bereits zum Schlafengehen anschickten, erblickte ich den Ermordeten erneut. Er stand grimmig hinter ihnen und winkte mir zu. Nachdem ich zu ihnen gegangen und in die Debatte eingegriffen hatte, zog er sich sofort zurück. Damit begann eine neue Folge von Erscheinungen, die sich auf jenen Raum beschränkte, in dem wir eingesperrt waren. Wann immer einige

meiner Mitgeschworenen ihre Köpfe zusammensteckten, sah ich den Kopf des Ermordeten unter ihnen, und sobald sich ihre Beratungen gegen ihn wandten, winkte er mir ernst und eindringlich zu.

Man bedenke, dass ich die Erscheinung bis zur Vorlage der Miniatur am fünften Prozesstag niemals im Gerichtssaal gesehen hatte. Als wir nun zur Beweisaufnahme der Verteidigung übergingen, traten drei Veränderungen ein. Zwei will ich zunächst zusammen nennen. Die Gestalt befand sich nun ständig im Gericht, doch sie wandte sich nie mir, sondern stets der Person zu, die gerade sprach. Ein Beispiel: Dem Ermordeten war die Kehle durchgeschnitten worden. In der Eröffnungsrede der Verteidigung wurde nun behauptet, der Verblichene habe dies möglicherweise selbst getan. In ebendiesem Augenblick stand die Gestalt neben dem Redner und zeigte ihren Hals in dem beschriebenen schrecklichen Zustand (bis dahin hatte sie ihn stets bedeckt gehalten). Sie fuhr sich, einmal mit der rechten, einmal mit der linken Hand immer wieder über die Luftröhre, um dem Redner eindrücklich zu demonstrieren, dass es völlig ausgeschlossen war, sich mit eigenen Händen eine solche Wunde zuzufügen. Oder ein anderes Beispiel: Eine Zeugin beschrieb den Gefangenen unter Eid als einen der liebenswertesten Menschen. Augenblicklich stand die Gestalt vor ihr, sah ihr geradewegs ins Gesicht und wies mit ausgestrecktem Arm und Finger auf die boshafte Miene des Gefangenen.

Die dritte Veränderung machte den weitaus nachhaltigsten

Eindruck auf mich, da sie von allen die auffälligste und bemerkenswerteste war. Ich will darüber keine Theorien entwickeln, sondern sie lediglich genauestens schildern und es dabei bewenden lassen. Obgleich die Erscheinung von den Personen, denen sie sich zuwandte, nicht wahrgenommen wurde, löste ihre Nähe bei ihnen ausnahmslos Unsicherheit oder Verstörung aus. Mir schien, als könne die Gestalt diesen Menschen auf Grund von Gesetzen, denen ich nicht unterworfen war, nicht vollkommen in Erscheinung treten, aber dennoch auf unsichtbare, stumme und geheimnisvolle Weise ihren Geist verwirren.

Als der Hauptverteidiger jene Selbstmordtheorie aufstellte und die Gestalt neben dem gelehrten Herrn stand, wobei sie grässlich an ihrer durchschnittenen Kehle herumsägte, war nicht zu leugnen, dass er ins Stocken geriet, bei seinen geschickten Ausführungen kurz den Faden verlor, sich mit seinem Taschentuch die Stirn wischte und kreidebleich wurde. Und als die Gestalt jener Zeugin gegenübertrat, konnte kein Zweifel daran bestehen, dass ihre Augen dem ausgestreckten Arm folgten und voller Zögern kummervoll an dem Gesicht des Gefangenen hängen blieben. Zwei weitere Beispiele mögen genügen. Am achten Prozesstag kehrte ich mit den anderen Geschworenen ein wenig früher als die Richter aus der Pause zurück, die wir stets am frühen Nachmittag einlegten, um uns einige Minuten auszuruhen und zu erfrischen. Während ich mich im Geschworenenstand umschaute, glaubte ich, die Gestalt sei nicht da, bis ich meine Augen zufällig zur Galerie hob. Dort sah ich, wie sie sich über eine Dame beugte, als wolle sie nachschauen, ob die Richter schon ihre Plätze eingenommen hatten. Im selben Augenblick schrie die Frau auf, sank ohnmächtig um und wurde hinausgetragen. Ähnliches geschah mit dem ehrwürdigen, klugen und geduldigen Richter, der im Prozess den Vorsitz führte. Als die Beweisaufnahme abgeschlossen war und der Richter sich niederließ und seine Unterlagen ordnete, trat der Ermordete durch die Richtertür ein, ging zum Tisch seiner

Lordschaft und schaute über seine Schulter hinweg gespannt auf die Seiten mit den Notizen, die dieser umdrehte. Der Gesichtsausdruck seiner Lordschaft änderte sich. Seine Hand hielt inne und das sonderbare Zittern, das ich so gut kannte, überlief ihn. »Entschuldigen Sie mich einen Augenblick, meine Herren«, stammelte er. »Mir macht die schlechte Luft zu schaffen.« Und er erholte sich erst wieder, nachdem er ein Glas Wasser getrunken hatte.

Trotz aller Monotonie an diesen sechs von insgesamt zehn endlos scheinenden Tagen – dieselben Richter und anderen Beteiligten am Richtertisch, derselbe Mörder auf der Anklagebank, dieselben Anwälte, dieselben Fragen und Antworten, die zur Decke des Gerichts emporstiegen, dasselbe Kratzen der richterlichen Schreibfeder, dieselben Gerichtsdiener, die hinein- und hinausgingen, dieselben Lichter, die zur selben Stunde angezündet wurden, sofern es draußen überhaupt Tag geworden war, derselbe neblige Vorhang vor den großen Fenstern, wenn Nebel herrschte, derselbe Regen, der niederprasselte und heruntertropfte, wenn es regnete, tagein, tagaus dieselben Fußspuren der Gefangenenwärter und des Gefangenen in demselben Sägemehl, dieselben Schlüssel, die dieselben schweren Türen auf- und zuschlossen –, trotz all der ermüdenden Monotonie, die mir das Gefühl vermittelte, als wäre ich bereits seit Ewigkeiten Geschworenensprecher, hatte der Ermordete in meinen Augen nie an Klarheit verloren, noch war er auch nur einen Moment weniger deutlich zu sehen gewesen als sonst irgendwer. Ich darf jedoch nicht versäumen die Tatsache zu erwähnen, dass ich die Erscheinung, der ich den Namen des Ermordeten gebe, nicht einmal dabei beobachtete, wie sie den Mörder eines Blickes würdigte. Wieder und wieder fragte ich mich: »Warum nicht?« Doch sie tat es einfach nicht.

Auch mich schaute sie, nachdem die Miniatur vorgelegt worden war, nicht mehr an, bis die letzten Minuten des Prozesses anbrachen. Abends um sieben Minuten vor zehn zogen wir uns zur Beratung zurück. Dieser strohdumme Kirchenvorstand und seine beiden beschränkten Speichellecker bereiteten uns so entsetzliche Schwierigkeiten, dass wir zweimal in den Gerichtssaal zurückkehren und darum ersuchen mussten, uns bestimmte Auszüge aus den richterlichen Aufzeichnungen noch einmal vorzulesen. Neun von uns hegten hinsichtlich dieser Passagen nicht den geringsten Zweifel noch, wie ich glaube, sonst irgendwer im Gericht. Das schwachköpfige Trio jedoch, das nichts als Hintertreibung im Sinn führte, stritt aus ebendiesem Grund darum. Schließlich konnten wir uns durchsetzen und um zehn Minuten nach Mitternacht kehrte die Jury in den Gerichtssaal zurück.

Der Ermordete stand in diesem Augenblick direkt gegenüber des Geschworenenstandes auf der anderen Seite des Gerichtssaals. Als ich meinen Platz einnahm, ruhten seine Augen mit gespannter Aufmerksamkeit auf mir. Er schien befriedigt und schwenkte einen großen grauen Schleier, den er zum ersten Mal über seinem Arm trug, langsam über seinem Kopf und seiner Gestalt. Als ich unseren Urteilsspruch »schuldig« verkündete, sank der Schleier in sich zusammen und sein Platz war leer.

Dem Brauch entsprechend, wurde der Mörder vom Richter befragt, ob er vor der Vollstreckung des Todesurteils noch etwas zu sagen wünsche, und er murmelte undeutlich etwas vor sich hin, was die großen Zeitungen am folgenden Tag als »einige abgehackte, zusammenhanglose und kaum hörbare Worte wiedergaben, mit denen er sich offenbar beschwerte, dass er keinen fairen Prozess gehabt habe, weil der Geschwo-

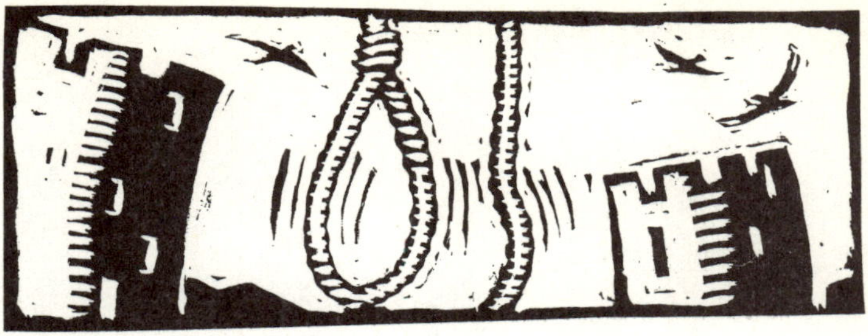

renensprecher gegen ihn voreingenommen gewesen sei. Tatsächlich jedoch gab er folgende bemerkenswerte Erklärung ab: »*Mylord, als der Geschworenensprecher in den Stand trat, wusste ich, dass ich verloren bin. Mylord, ich wusste, dass er mich niemals davonkommen lassen würde, denn bevor man mich fasste, trat er nachts an mein Bett, weckte mich und legte mir eine Schlinge um den Hals.*«

Die Stimme in der Nacht

W. H. Hodgson (1877–1918)

Die Nacht war dunkel und sternenlos. Wir waren im Nordpazifik in eine Windflaute geraten. Unsere genaue Position weiß ich nicht, denn die Sonne hatte sich während einer ganzen zermürbenden windstillen Woche hinter einem dünnen Dunstschleier versteckt, der etwa in Höhe unserer Mastspitzen über uns zu treiben schien und dann und wann auch niedersank und das Wasser um uns herum einhüllte.

Da es keinen Wind gab, hatten wir die Ruderpinne festgemacht und ich befand mich allein an Deck. Die Besatzung, die aus zwei Männern und einem Jungen bestand, schlief weiter vorn in ihren Kojen, während Will – mein Freund und der Kapitän unseres kleinen Schiffes – achtern in seiner Koje auf der Backbordseite der kleinen Kajüte lag.

Plötzlich ertönte, irgendwo aus der Finsternis rundum, ein Ruf: »Schoner ahoi!« Er kam so unerwartet, dass ich, völlig überrascht, nicht sofort Antwort gab.

Dann ertönte er aufs Neue. Die Stimme war merkwürdig heiser und unmenschlich und erklang irgendwo jenseits der Backbordseite vom dunklen Meer:

»Schoner ahoi!«

»Hallo!«, schrie ich, nachdem ich mich wieder etwas gefasst hatte. »Wer sind Sie? Was wollen Sie?«

»Sie brauchen keine Angst zu haben«, erwiderte der Besitzer der seltsamen Stimme, der in meinem Ton vermutlich eine leise Verwirrung herausgehört hatte. »Ich bin nur ein alter – Mann.«

Die Pause klang merkwürdig, aber erst später maß ich ihr Bedeutung bei.

»Warum kommen Sie dann nicht längsseits?«, erkundigte ich mich etwas barsch, denn seine Anspielung auf meine Unsicherheit hatte mir nicht gefallen.

»Ich – ich – kann nicht. Es wäre gefährlich. Ich …« Die Stimme brach ab und dann war Stille.

»Wie meinen Sie das?« Mein Staunen wuchs. »Warum gefährlich? Wo sind Sie?«

Ich lauschte einen Moment, doch es kam keine Antwort. Und dann regte sich in mir plötzlich ein vager Verdacht und ich trat rasch zum Kompasshaus und nahm die brennende Lampe heraus. Gleichzeitig pochte ich mit der Ferse auf das Deck, um Will zu wecken. Dann war ich auch schon wieder an der Seite und schwenkte einen gelben Lichtkegel in die stille Unendlichkeit jenseits unserer Reling. Im gleichen Moment hörte ich einen leisen, gedämpften Schrei und dann das Geräusch plätschernden Wassers, als hätte jemand abrupt Ruder eingetaucht. Ich kann nicht mit Gewissheit sagen, ob ich etwas sah. Aber mir schien, als sei im ersten Lichtstrahl etwas auf dem Wasser gewesen, wo nun nichts mehr war.

»He da!«, rief ich. »Was soll der Unsinn?«

Aber ich vernahm nur die undeutlichen Laute eines Bootes, das durch die Nacht davonruderte.

Dann hörte ich Wills Stimme von der Luke des Achterdecks her: »Was ist los, George?«

»Komm mal her, Will!«, sagte ich.

»Was ist denn?«, fragte er, während er über Deck auf mich zukam.

Ich berichtete ihm von dem seltsamen Vorfall. Er stellte mir ein paar Fragen und dann hob er nach einem Moment des Schweigens die Hände an die Lippen und rief: »Boot ahoi!«

Aus weiter Entfernung kam eine schwache Antwort zu uns zurück und mein Freund rief noch einmal. Dann drang nach kurzer Stille das gedämpfte Geräusch von Rudern an unser Ohr und Will rief wieder.

Diesmal erhielten wir Antwort.

»Nehmen Sie das Licht fort.«

»Ich denke nicht daran«, murmelte ich, doch Will gab mir zu verstehen, ich solle dem Wunsch der Stimme entsprechen und so schob ich die Lampe unter die Schiffswand.

»Kommen Sie weiter herüber zu uns«, sagte Will und die Ruderschläge setzten sich fort. Dann verstummten sie in etwa sechs Faden Entfernung.

»Kommen Sie längsseits«, rief Will. »An Bord ist nichts, wovor Sie sich fürchten müssten!«

»Versprechen Sie mir die Lampe nicht wieder herauszuholen?«

»Was ist los mit Ihnen«, platzte ich heraus, »Warum sind Sie denn so entsetzlich lichtscheu?«

»Weil ...«, begann die Stimme, dann brach sie ab.

»Weil was?«, fragte ich rasch.

Will legte seine Hand auf meine Schulter.

»Sei mal einen Moment still, alter Knabe«, sagte er mit leiser Stimme. »Lass mich das machen.«

Er beugte sich weiter über die Reling.

»Hören Sie, Mister, das ist eine ziemlich merkwürdige Sache, wie Sie hier mitten im verdammten Pazifik bei uns auftauchen. Wie sollen wir wissen, was Sie da für ein Spiel spielen? Sie sagen, Sie wären allein. Aber wie sollen wir sicher sein, wenn wir Sie nicht zu Gesicht bekommen, eh? Und was haben Sie überhaupt gegen die Lampe?«

Als er geendet hatte, hörte ich wieder das Geräusch der Ruder und dann die Stimme, nun aber aus größerer Entfernung. Sie klang entsetzlich hoffnungslos und traurig.

»Es – es tut mir Leid. Ich hätte Sie nicht belästigt, doch ich bin so hungrig und ... meine Verlobte auch.«

Die Stimme erstarb und das Geräusch der Ruder, die in unregelmäßigen Abständen in das Wasser eintauchten, drang zu uns herüber.

»Halt!«, schrie Will. »Ich wollte Sie nicht vertreiben. Kommen Sie zurück! Wenn Sie die Lampe stört, dann holen wir sie nicht heraus.«

Er wandte sich zu mir: »Das ist eine verdammt merkwürdige Geschichte, aber ich glaube nicht, dass wir etwas zu befürchten haben?!«

In seiner Stimme lag ein fragender Ton und ich erwiderte: »Nein, ich glaube, der arme Teufel hat hier irgendwo Schiffbruch erlitten und den Verstand verloren.«

Das Geräusch der Ruder kam näher.

»Stell die Lampe wieder in das Kompasshaus«, sagte Will. Dann beugte er sich über die Reling und lauschte. Ich trug die Lampe fort und kehrte dann an seine Seite zurück. Die Ruderschläge hörten in wenigen Metern Entfernung auf.

»Wollen Sie jetzt nicht längsseits kommen?«, fragte Will mit ruhiger Stimme. »Ich habe die Lampe ins Kompasshaus zurückbringen lassen.«

»Ich – ich kann nicht«, erwiderte die Stimme. »Ich wage es nicht, näher zu kommen. Ich wage es nicht einmal, Ihnen die Lebensmittel zu bezahlen.«

»Das geht schon in Ordnung«, sagte Will. Er zögerte. »Sie können so viel Verpflegung bekommen, wie Sie wollen…« Wieder zögerte er.

»Sie sind sehr gut«, sagte die Stimme. »Möge Gott, der alles versteht, Sie belohnen –« Die Stimme brach heiser ab.

»Die – die Dame?«, sagte Will unvermittelt. »Ist sie…«

»Ich habe sie auf der Insel zurückgelassen«, erwiderte die Stimme.

»Auf welcher Insel?«, warf ich ein.

»Ich weiß nicht, wie sie heißt«, antwortete die Stimme. »Ich würde bei Gott –« Die Stimme hielt plötzlich inne.

»Könnten wir ihr nicht ein Boot schicken?«, fragte jetzt Will.

»Nein!«, sagte die Stimme mit großem Nachdruck. »Mein Gott! Nein!« Einen Moment herrschte Stille. Dann fügte sie in einem Ton, in dem offenbar ein Vorwurf zu liegen schien, hinzu: »Ich kam wegen unserer Not – weil ich ihre Qualen nicht mehr mit ansehen konnte…«

»Ich gedankenloser Grobian«, rief Will. »Wer immer Sie auch sind, warten Sie eine Minute, ich hole sofort etwas nach oben.«

Ein paar Minuten später war er wieder zurück, die Arme voller Lebensmittel. An der Reling blieb er stehen.

»Können Sie nicht zum Schiff herüberkommen?«

»Nein – das wage ich nicht«, antwortete die Stimme und mir schien, als würde ich eine erstickte Sehnsucht darin hören – als würde ihr Besitzer ein schreckliches Verlangen unterdrücken. Wie ein Blitz kam mir der Gedanke, dass das arme Wesen dort draußen in der Finsternis ungeheure Not litt an dem, was Will in seinen Armen hielt, und es doch aus einer unbegreiflichen Furcht heraus nicht wagte, an die Seite unseres kleinen Schoners zu kommen und es zu holen. Und mit dieser blitzartigen Erkenntnis wusste ich auf einmal auch, dass der Unsichtbare nicht verrückt, sondern sich mit all seinen Sinnen einem unaussprechlichen Grauen ausgesetzt sah.

»Verdammt, Will!«, sagte ich voll gemischter Gefühle, die von Mitleid beherrscht wurden. »Hol eine Kiste. Wir müssen die Sachen zu ihm rübertreiben lassen.«

Gesagt, getan. Wir stießen die Kiste mit einem Bootshaken vom Schiff fort, hinaus in die Dunkelheit. Kurz darauf drang ein gedämpfter Schrei des Unsichtbaren zu uns herüber und wir wussten, dass er die Kiste geborgen hatte.

Einige Augenblicke später rief er uns Abschiedsworte zu und einen leidenschaftlichen Dank. Dann hörten wir nur noch das Geräusch von Ruderschlägen in der Finsternis.

»Hat sich ziemlich schnell aus dem Staub gemacht«, bemerkte Will ein wenig gekränkt.

»Warte«, antwortete ich. »Irgendwie habe ich das Gefühl, dass er zurückkommen wird. Er muss die Nahrungsmittel entsetzlich dringend gebraucht haben.«

»Und die Dame«, sagte Will. Er hielt einen Moment inne, dann fuhr er fort: »Das ist die merkwürdigste Sache, die mir je passiert ist, seit ich fische.«

»Stimmt«, sagte ich und verfiel in nachdenkliches Schweigen. Und so verstrich die Zeit – eine Stunde und noch eine und immer noch war Will bei mir, denn der seltsame Vorfall hatte ihm jeden Wunsch nach Schlaf vertrieben.

Die dritte Stunde war zu drei Vierteln vorbei, als wir wieder Ruderschläge über das stille Meer dringen hörten.

»Horch!«, sagte Will mit leiser Aufregung in der Stimme.

»Er kommt zurück, wie ich's mir dachte«, murmelte ich.

Das Geräusch der Ruder kam näher und ich merkte, dass

die Schläge länger und fester waren. Die Nahrung hatte Wirkung gezeigt.

In einiger Entfernung von Backbord hörten die Ruderschläge auf und dann drang wieder die seltsame Stimme durch die Finstenis zu uns herüber:

»Schoner ahoi!«

»Sind Sie es?«, fragte Will.

»Ja«, antwortete die Stimme. »Ich habe Sie kopfüber verlassen, doch – doch der Hunger war einfach zu groß.«

»Und die Dame?«, fragte Will.

»Die Dame – ist Ihnen unendlich dankbar. Sie wird bald noch dankbarer sein – wenn sie endlich im – im Himmel ist.«

Verlegen suchte Will nach einer Antwort, brach jedoch verwirrt ab. Ich schwieg. Ich wunderte mich über die seltsamen Pausen, doch abgesehen von meiner Verwunderung empfand ich ungeheures Mitgefühl.

Die Stimme fuhr fort:

»Wir – sie und ich – haben miteinander gesprochen, als wir die Dinge teilten, die Gottes Güte und Sie –«

Will wehrte ab, brachte aber nur zusammenhanglose Worte heraus.

»Ich bitte Sie, Ihre Tat der christlichen Nächstenliebe nicht herunterzuspielen«, sagte die Stimme. »Doch seien Sie gewiss, dass sie Ihm nicht entgangen ist.«

Eine ganze Minute herrschte Stille, dann sprach die Stimme wieder:

»Wir haben über das gesprochen, was – was uns zugestoßen ist. Wir wollten sterben, ohne dass jemand von dem Grauen erfährt, das in unser – Leben gekommen ist. Doch sie ist mit mir einer Meinung, dass die Geschehnisse heute Nacht besonderen Gesetzen unterliegen und es Gottes Wunsch ist, dass Sie erfahren, was wir alles erlitten haben seit – seit …«

»Ja?«, sagte Will sanft.

»Seit dem Untergang der *Albatross*.«

»Ah!«, rief ich unwillkürlich. »Sie verließ vor sechs Monaten Newcastle in Richtung San Francisco und ist seitdem verschollen.«

»Richtig«, antwortete die Stimme. »Einige Grade nördlich des Meridians kam sie in einen furchtbaren Sturm und verlor den Mast. Als der Tag anbrach, stellten wir fest, dass sie ein großes Leck hatte, und als kurz darauf Windstille eintrat, nahmen die Matrosen die Boote und ließen eine junge Dame – meine Verlobte – und mich auf dem Wrack zurück.

Wir waren unten und rafften einige unserer Sachen zusammen, als sie sich aus dem Staub machten. Die Angst hatte sie völlig gleichgültig werden lassen, und als wir an Deck kamen, sahen wir nur noch ihre Umrisse am fernen Horizont. Aber wir verzweifelten nicht und machten uns daran, ein kleines Floß zu bauen. Wir luden ein paar Dinge darauf, die es zu tragen vermochte, darunter einen kleinen Wasservorrat und etwas Schiffszwieback. Dann, als der Schiffsrumpf bereits tief im Wasser lag, bestiegen wir selbst das Floß und stießen ab.

Einige Zeit später stellte ich fest, dass wir uns in einer Strömung zu befinden schienen, die uns in einem Winkel vom Schiff fortzog. Und so verschwand nach drei Stunden, wie meine Uhr zeigte, sein Rumpf aus unserem Blickfeld, wenngleich seine gebrochenen Masten noch ein wenig länger sichtbar blieben. Dann, gegen Abend, kam Nebel auf. Er hielt sich die ganze Nacht und auch am folgenden Tag waren wir immer noch von dichtem Nebel eingehüllt. Das Wetter blieb ruhig.

Vier Tage lang trieben wir durch diesen seltsamen Dunst,

bis uns am Abend des vierten Tages aus einiger Entfernung das Geräusch von Brandung an die Ohren drang. Langsam wurde es deutlicher und kurz nach Mitternacht schien es, nicht weit entfernt, sich von beiden Seiten zu nähern. Das Floß wurde mehrmals von einer Welle emporgehoben, dann kamen wir in ruhiges Wasser und das Geräusch der Brandung lag hinter uns.

Als der Morgen graute, stellten wir fest, dass wir uns in einer Art großer Lagune befanden. Doch zu diesem Zeitpunkt kümmerte uns das nicht sehr, denn vor uns tauchte in geringer Entfernung der Rumpf eines großen Segelschiffes aus dem Nebel auf. Wir fielen auf die Knie und dankten Gott, denn wir glaubten nun, dass unsere Gefahren ein Ende haben würden. Aber da irrten wir.

Das Floß trieb an das Schiff heran und wir schrien, man solle uns an Bord nehmen, aber niemand antwortete. Kurz darauf stieß das Floß an die Schiffswand und ich sah ein Seil herunterhängen. Ich packte es und begann hinaufzuklettern. Aber dies machte mir große Mühe, denn das Seil war mit einer Art grauem, flechtenartigen Pilz überzogen, der auch die Schiffswand wie mit lebendigen Pusteln bedeckte.

Ich erreichte die Reling und kletterte an Deck. Hier sah ich, dass auch die Decks stellenweise mit großen Stücken dieser grauen Masse überzogen waren und einige erhoben sich zu Auswüchsen beträchtlicher Höhe. Aber in diesem Moment dachte ich weniger über diese Sache nach als über die Möglichkeit, dass sich Menschen an Bord befanden. Ich schrie, doch es antwortete niemand. Ich ging zu einer Tür unter dem Poopdeck, öffnete sie und spähte hinein. Mir schlug modrige Luft entgegen und ich wusste sofort, dass ich hier nichts Lebendes finden würde. Mit diesem Wissen schloss ich die Tür schnell wieder, denn plötzlich fühlte ich mich entsetzlich allein.

Ich ging zu der Seite zurück, über die ich hinaufgeklettert war. Mein – mein Schatz saß immer noch still auf dem Floß. Als sie mich sah, fragte sie, ob jemand an Bord sei. Ich antwortete, das Schiff erwecke den Anschein, als sei es schon vor langem verlassen worden, doch wenn sie sich einen Moment gedulden wolle, würde ich nach einer Leiter oder dergleichen suchen, damit sie an Deck klettern und wir das Schiff gemeinsam erforschen könnten. Auf der gegenüberliegenden Seite des Decks fand ich eine Strickleiter. Ich trug sie hinüber und kurz darauf stand meine Verlobte neben mir.

Gemeinsam durchsuchten wir die Kajüten und Räumlichkeiten im hinteren Teil des Schiffes, aber nirgendwo fanden wir einen Hinweis auf Leben. Hier und dort stießen wir auch in den Kabinen auf merkwürdige Flecken dieses seltsamen Pilzes, die man aber wegputzen könne, wie meine Verlobte meinte.

Als wir uns schließlich davon überzeugt hatten, dass der hintere Teil des Schiffes verlassen war, gingen wir zwischen den hässlichen, grauen Wülsten dieses seltsamen Gewächses hindurch in Richtung Bug. Hier setzten wir unsere Suche fort und kamen zu dem Schluss, dass sich außer uns tatsächlich niemand an Bord befand.

Nachdem dies außer Zweifel stand, kehrten wir zum Heck des Schiffes zurück und begannen uns dort so bequem wie möglich einzurichten. Gemeinsam putzten wir zwei der Kabinen und räumten sie auf. Anschließend machte ich mich auf die Suche nach etwas Eßbaren. Bald hatte ich Erfolg und dankte Gott von ganzem Herzen für seine Güte. Außerdem entdeckte ich die Frischwasserpumpe und nachdem ich sie in Ordnung gebracht hatte, stellte ich fest, dass das Wasser noch

genießbar war, wenngleich es einen etwas unangenehmen Geschmack hatte.

Wir blieben mehrere Tage an Bord des Schiffes, ohne dass wir den Versuch unternahmen, an Land zu gelangen. Wir waren eifrig damit beschäftigt, es uns wohnlich zu machen. Aber jetzt schon wurde uns klar, dass unser Los noch weit weniger angenehm war, als wir zunächst vermutet hatten. Wir hatten zwar als Erstes die seltsamen Flecken des Gewächses weggekratzt, die die Böden und Wände der Kabinen und des Salons bedeckten, doch innerhalb von vierundzwanzig Stunden waren sie fast in ihrer ursprünglichen Größe zurückgekehrt, was uns nicht nur den Mut nahm, sondern in uns auch ein Gefühl vagen Unbehagens weckte.

Doch noch wollten wir uns nicht geschlagen geben. Wir gingen aufs Neue ans Werk und kratzten nicht nur den Pilz fort, sondern tränkten die Stellen, an denen er gewesen war, mit Karbol, von dem ich eine Kanne in der Speisekammer gefunden hatte. Aber am Ende der Woche war das Gewächs in vollem Umfang zurückgekehrt und hatte sich zudem auf andere Stellen ausgedehnt, als hätten sich durch unsere Berührung die Keime weiter ausbreiten können.

Am siebten Morgen wachte meine Verlobte auf und fand auf ihrem Kissen, dicht bei ihrem Gesicht, einen kleinen Fleck. Sie kam zu mir gestürzt, gerade als ich in der Kombüse Feuer für das Frühstück machte.

»Komm mit, John«, sagte sie und zog mich nach hinten. Als ich das Ding auf ihrem Kissen sah, erschauerte ich und dann beschlossen wir das Schiff auf der Stelle zu verlassen. Vielleicht würde es uns an Land besser ergehen.

Eilig rafften wir unsere wenigen Habseligkeiten zusammen, aber ich musste feststellen, dass sich der Pilz selbst dort ans Werk gemacht hatte. Auf einem der Umhängetücher meiner Verlobten wuchs dicht am Rand ein kleiner Knubbel. Ich warf das Tuch über Bord, ohne ihr etwas davon zu sagen.

Das Floß lag noch an der alten Stelle, aber da es nur schlecht manövrierbar war, ließ ich eines der kleinen Boote, die am Heck hingen, hinunter und darin ruderten wir auf die Küste zu. Doch je näher wir kamen, desto deutlicher sah ich, dass auch hier der abscheuliche Pilz, der uns vom Schiff vertrieben hatte, ungehemmt wucherte. An manchen Stellen erhob er sich zu grässlichen phantastischen Gebilden, die wie mit stillem Leben beseelt zu zucken schienen, wenn der Wind darüber strich. Hier und dort nahm er die Form von riesigen Fingern an, an anderen Stellen breitete er sich flach, glatt und tückisch aus. An ein paar Plätzen ähnelte er grotesken, verwachsenen Bäumen, die knorrig und verdreht wirkten – und dies alles erbebte von Zeit zu Zeit abscheulich.

Zuerst schien es uns, als gäbe es an der Küste keine einzige Stelle, die nicht unter dieser schrecklichen Flechte verschwunden war, doch darin irrten wir. Etwas später entdeckten wir, während wir in geringer Entfernung am Ufer entlangruderten, einen glatten, weißen Streifen, der wie ein feiner Sand aussah, und dort gingen wir an Land. Es war kein Sand. Was es ist, weiß ich nicht. Ich weiß nur, dass dort der Pilz nicht wachsen kann. Außer dort, wo sich die sandähnliche Erde seltsam durch die graue Trostlosigkeit der Flechte schlängelt, ist überall nichts als Ekel erregende Gräue.

Sie werden kaum verstehen, wie froh wir waren, dass wir einen Platz gefunden hatten, der vollkommen frei von dem Gewächs war. Wir legten unsere Habseligkeiten ab, dann kehrten wir zum Schiff zurück, um die Dinge zu holen, die für uns von Nutzen zu sein schienen. Neben anderen Dingen konnte ich eines der Segel an Land bringen und baute zwei

kleine Zelte daraus, die, auch wenn sie ziemlich einfach waren, den vorgesehenen Zweck doch erfüllten. In ihnen lebten wir nun und bewahrten unsere Habseligkeiten auf und so gingen etwa vier Wochen ruhig ins Land, in denen wir nicht besonders unglücklich waren. Ich sollte vielleicht sogar sagen, wir waren glücklich, denn – denn wir waren ja zusammen.

Es war am Daumen ihrer rechten Hand, wo sich der Pilz zum ersten Mal zeigte. Es war nur ein kleiner, kreisförmiger Fleck, fast wie ein kleines graues Muttermal. Mein Gott! Welche Angst stieg in mir empor, als sie mir die Stelle zeigte. Wir reinigten sie mit Karbol und Wasser. Am Morgen des folgenden Tages streckte sie mir die Hand wieder hin. Das graue warzenartige Ding war zurückgekehrt. Eine Weile sahen wir uns schweigend an. Dann begannen wir es, immer noch wortlos, zu entfernen. Mittendrin sagte sie plötzlich:

»Was hast du da am Kopf?« Ihre Stimme war schrill vor Angst. Ich hob die Hand und tastete.

»Dort! Unter dem Haar bei deinem Ohr. Ein wenig weiter vorn.«

Mein Finger ruhte auf einer Stelle und dann wusste ich Bescheid. »Wir wollen uns erst um deinen Finger kümmern«, sagte ich. Sie fügte sich, aber nur, weil sie Angst hatte mich zu berühren, bevor er gereinigt war. Als ich ihren Daumen gewaschen und desinfiziert hatte, ging sie an mein Gesicht. Nachdem sie fertig war, setzten wir uns und sprachen über viele Dinge, denn plötzlich waren entsetzliche Gedanken in uns aufgestiegen. Wir fürchteten uns auf einmal vor etwas, das schlimmer war als der Tod. Wir sprachen davon, das Boot mit Proviant und Wasser zu beladen und hinaus auf das Meer zu fahren, doch aus vielerlei Gründen waren wir hilflos und – und das Gewächs hatte uns bereits befallen. Wir beschlossen zu bleiben. Gott würde mit uns tun, was er für richtig hielt. Wir würden abwarten.

Ein Monat, zwei Monate, drei Monate vergingen und die Stellen wurden größer, andere kamen hinzu, doch wir hatten so verzweifelt gegen den Schrecken angekämpft, dass er sich verhältnismäßig langsam ausbreitete.

Dann und wann ruderten wir zu dem Schiff, um die Vorräte zu holen, die wir brauchten. Dort sahen wir, wie der Pilz unaufhaltsam wuchs. Eines der Gebilde auf dem Hauptdeck war schon fast so groß wie ich.

Wir hatten nun jeden Gedanken und jegliche Hoffnung aufgegeben, die Insel noch einmal zu verlassen. Es wäre unverantwortlich gewesen, uns mit dem Grauen, das uns befallen hatte, unter gesunde Menschen zu begeben.

Mit diesem Entschluss und diesem Wissen mussten wir unsere Lebensmittel und unseren Wasservorrat sorgfältig einteilen, denn wir wussten schließlich nicht, wie viele Jahre wir noch leben würden.

Jetzt fällt mir ein, dass ich sagte, ich sei ein alter Mann. In Lebensjahren gerechnet, trifft das nicht zu. Aber – aber …«

Er brach ab. Doch dann fuhr er abrupt fort:

»Wie ich schon sagte, war uns klar, dass wir mit unseren Lebensmitteln sorgsam umgehen mussten. Aber wir ahnten in diesem Moment nicht, wie wenig uns noch geblieben war. Eine Woche später entdeckte ich dann, dass all die anderen Brotbehälter, von denen ich angenommen hatte, sie seien gefüllt, leer waren. Abgesehen von ein paar Dosen mit Gemüse und Fleisch und einigen anderen Dingen hatten wir außer dem Brot in dem Behälter, den ich bereits geöffnet hatte, nichts mehr zum Leben.

Nach dieser Entdeckung begann ich in der Lagune zu fi-

schen, aber ohne Erfolg. Ich war schon der Verzweiflung nahe, als mir der Gedanke kam, es außerhalb der Lagune im offenen Meer zu versuchen.

Hier fing ich nun dann und wann seltsame Fische, jedoch so unregelmäßig, dass sie kaum den Hunger, der uns quälte, lindern halfen. Mir schien, wir würden eher verhungern als an dem Etwas zu sterben, das Besitz von unserem Körper ergriffen hatte.

Dies war unsere Situation, als sich der vierte Monat seinem Ende zuneigte. Dann machte ich eine entsetzliche Entdeckung. Als ich eines Tages gegen die Mittagszeit mit einer Ration der Zwiebäcke, die sich noch auf dem Schiff befanden, zurückkehrte, sah ich meine Verlobte am Eingang ihres Zeltes sitzen und etwas essen.

»Was hast du da?«, rief ich, während ich an Land sprang. Als sie meine Stimme hörte, schien sie verwirrt und warf, sich verstohlen abwendend, etwas zum Rand unseres kleinen Zeltplatzes. Es verfehlte jedoch sein Ziel und da in mir ein vager Verdacht aufgestiegen war, ging ich hinüber und hob es auf. Es war ein Stück des grauen Pilzes.

Als ich mit ihm in der Hand zu ihr ging, wurde sie zuerst totenbleich und dann rot.

Ich war seltsam betäubt und hatte Angst. »Mein Liebling! Mein Liebling!«, sagte ich nur, mehr brachte ich nicht heraus. Doch bei meinen Worten brach sie zusammen und begann bitterlich zu weinen. Als sie sich langsam wieder beruhigte, erfuhr ich von ihr, dass sie den Pilz am vorangegangenen Tag probiert und Geschmack an ihm gefunden hatte. Auf Knien musste sie mir das Versprechen geben, ihn nie wieder anzurühren, so groß unser Hunger auch sein würde. Nachdem sie das versprochen hatte, sagte sie, dass das Verlangen danach ganz plötzlich gekommen sei und sie bis zu diesem Moment nichts als abgrundtiefen Ekel empfunden hätte.

Später an jenem Tag war ich seltsam rastlos und von meiner Entdeckung noch so verstört, dass ich einen der verschlungenen Wege entlangzuwandern begann, die von der weißen, sandähnlichen Substanz gebildet wurden und durch das pilzartige Gewächs führten. Ich war dort früher schon einmal gegangen, doch nur ein kurzes Stück. Diesmal ging ich, in aufwühlende Gedanken versunken, erheblich weiter.

Plötzlich kam ich durch einen seltsamen rauen Ton zu meiner Linken wieder zu mir. Ich drehte mich schnell um und sah, dass sich dicht neben mir eine eigentümlich geformte Pilzmasse bewegte. Ungelenk schwankte sie hin und her, als ob sie Eigenleben besäße. Während ich sie noch anstarrte, kam es mir plötzlich in den Sinn, dass das Ding eine groteske Ähnlichkeit mit dem Körper eines verunstalteten menschlichen Wesens hatte. Und während mir dieser Gedanke kam, ertönte ein leises, widerwärtiges reißendes Geräusch und ich sah, wie sich einer der astartigen Arme von der restlichen grauen Masse löste und auf mich zukam. Der Kopf des Gebildes – ein formloser grauer Ball – neigte sich in meine Richtung. Ich stand einfältig da und der entsetzliche Arm fuhr mir über das Gesicht. Ich stieß einen angstvollen Schrei aus und rannte ein paar Schritte zurück. Auf meinen Lippen, dort, wo das Ding mich berührt hatte, bemerkte ich einen süßlichen Geschmack. Ich leckte meine Lippen ab und war plötzlich von unmenschlicher Gier erfüllt. Ich drehte mich um und aß ein Stück von dem Pilz und dann mehr und immer mehr. Ich war unersättlich. Mittendrin aber kehrte die Erinnerung an meine morgendliche Entdeckung in mein verwirrtes Gehirn zurück. Gott hatte sie mir geschickt. Ich schleuderte das Stück, das ich in der Hand hielt, zu Boden. Mir war entsetz-

lich elend und mit schrecklichen Schuldgefühlen ging ich zu dem kleinen Lager zurück.

Ich glaube, sie wusste es sofort, als sie mich sah. Ihr stilles Verständnis machte es mir leichter und ich erzählte ihr von meiner plötzlichen Schwäche, doch das, was ihr vorausgegangen war, erwähnte ich nicht. Ich wollte ihr jeden unnötigen Schrecken ersparen.

Ich aber trug ein neues unerträgliches Wissen in mir, das mir unaufhörliches Grauen verursachte. Ich zweifelte nicht daran, dass ich das Ende eines jener Männer gesehen hatte, die mit dem Schiff in der Lagune zur Insel gekommen waren. Und mit seinem entsetzlichen Ende hatte ich auch unseres gesehen.

Danach hielten wir uns von der schrecklichen Nahrung fern, obwohl uns die Gier danach erfasst hatte. Doch unser furchtbares Schicksal war besiegelt und Tag für Tag ergriff der Pilz mit grässlicher Geschwindigkeit mehr und mehr von unseren armen Körpern Besitz. Wir konnten nichts tun, um ihn aufzuhalten und so – und so wurden wir, die wir einmal Menschen gewesen waren ..., nun es verliert jeden Tag mehr an Bedeutung. Doch – doch wir sind einmal Mann und Frau gewesen.

Mit jedem Tag wird der Kampf schrecklicher, dem Heißhunger auf die grauenhafte Flechte zu widerstehen. Vor einer Woche aßen wir unseren letzten Zwieback und seitdem habe ich drei Fische gefangen. Auch heute Nacht habe ich hier draußen gefischt, als Ihr Schoner aus dem Nebel auf mich zutrieb. Ich rief. Den Rest kennen Sie und mag Gott Ihnen Ihre Güte vergelten, die Sie zwei – zwei ausgestoßenen Seelen entgegengebracht haben.«

Wir hörten einen Ruderschlag – dann noch einen. Dann kam die Stimme wieder und zum letzten Mal drang sie durch den umliegenden Nebel, traurig und geisterhaft.

»Gott segne Sie! Leben Sie wohl!«

»Leben Sie wohl«, riefen wir rau und mit schwerem Herzen.

Ich blickte mich um und sah, dass der Morgen dämmerte. Die Sonne warf einen verirrten Strahl auf das verhüllte Meer, drang glanzlos durch den Nebel und erhellte das sich entfernende Boot in einem trüben Feuer. Undeutlich sah ich zwischen den Rudern etwas nicken. Es erinnerte mich an einen Schwamm – einen großen, grauen, nickenden Schwamm. Die Ruder senkten sich weiter ins Wasser. Sie waren grau – so wie das Boot – und meine Augen suchten einen Moment vergebens die Stelle, wo Hand und Ruder zusammenkamen. Mein Blick kehrte zurück zu dem – Kopf. Er nickte nach vorn, wenn die Ruder nach hinten ausholten. Dann tauchten die Ruder ein, das Boot schoss aus dem Lichtfleck heraus und das – das Ding verschwand nickend im Nebel.

Draculas Gast

Bram Stoker (1847–1912)

Als wir zu unserer Spazierfahrt aufbrachen, lag München in strahlendem Sonnenschein und die Luft war voll frühlingshafter Beschwingtheit. Gerade wollten wir losfahren, als Herr Delbrück (der Besitzer des Hotels »Vier Jahreszeiten«, in dem ich abgestiegen war) mit unbedecktem Haupt die Treppe zur Kutsche hinunterkam und, nachdem er mir eine angenehme Fahrt gewünscht hatte, den Türgriff noch in der Hand haltend, zum Kutscher sagte:

»Sehen Sie zu, dass Sie bei Einbruch der Dunkelheit wieder zurück sind. Der Himmel sieht freundlich aus, doch weht von Norden eine frische Brise, die auf ein plötzliches Unwetter hindeuten könnte. Aber ich bin sicher, Sie werden sich nicht verspäten.« Und lächelnd fügte er hinzu: »Denn Sie wissen ja, welche Nacht heute ist.«

Johann antwortete mit einem nachdrücklichen »Ja, mein Herr«, wobei er an seinen Hut tippte und rasch anfuhr. Als wir die Stadt hinter uns gelassen hatten, gab ich ihm ein Zeichen anzuhalten.

»Sagen Sie mir, Johann, was ist heute für eine Nacht?«

Er bekreuzigte sich und erwiderte wortkarg: »Walpurgisnacht.« Dann zog er seine Uhr heraus, ein altmodisches Monstrum aus Neusilber, so groß wie eine Mohrrübe, zog die Augenbrauen hoch und zuckte ein wenig ungeduldig die Achseln. Mir war klar, dass dies seine Art war, respektvoll gegen die unnötige Verzögerung zu protestieren. Ich ließ mich in die Polster zurücksinken und winkte ihm nur weiterzufahren. Eilig fuhr er los, als wollte er die verlorene Zeit wettmachen. Hin und wieder schienen die Pferde die Köpfe zu heben und argwöhnisch in der Luft zu schnuppern. In solchen Augenblicken sah ich mich dann und wann beunruhigt um. Die Strecke war ziemlich öde, denn wir fuhren über eine windgepeitschte Hochebene. Auf einmal entdeckte ich eine Straße, die offenbar wenig benutzt war und in ein sich windendes kleines Tal zu führen schien. Sie wirkte so einladend, dass ich Johann befahl anzuhalten, selbst auf die Gefahr hin, seinen Unwillen zu erregen. Als er das Gefährt zum Stehen gebracht hatte, sagte ich zu ihm, dass ich gern jene Straße hinabfahren würde. Er machte allerlei Ausflüchte und bekreuzigte sich dabei immer wieder. Dies weckte meine Neugier umso mehr und ich begann ihn auszufragen. Er antwortete ausweichend und sah immer wieder protestierend auf seine Uhr. Schließlich sagte ich:

»Nun, Johann, ich möchte diese Straße nehmen. Und wenn Sie nicht mit mir kommen wollen, so werde ich Sie nicht zwingen, sagen Sie mir nur, was Sie davon abhält.«

Als Antwort stürzte er sich förmlich vom Kutschbock, so plötzlich stand er auf dem Boden. Dann streckte er mir flehend die Hände entgegen und beschwor mich nicht zu gehen. In seine deutschen Sätze mischten sich genügend englische Worte, dass ich den Sinn seiner Rede verstand. Er versuchte etwas zu erzählen, doch schon der bloße Gedanke daran versetzte ihn offenbar in Angst und Schrecken. Und jedes Mal biss er sich wieder auf die Zunge und sagte sich bekreuzigend: »Walpurgisnacht!«

Ich versuchte die Sache mit ihm zu erörtern, doch wie soll

man mit jemandem diskutieren, dessen Sprache man nicht beherrscht. Zweifellos war er mir gegenüber im Vorteil, denn obleich er in – unbeholfenem und gebrochenem – Englisch begann, packte ihn doch immer wieder heftige Erregung und er fiel in seine Muttersprache zurück, wobei er jedes Mal auf die Uhr schaute. Dann begannen die Pferde unruhig zu werden und in der Luft zu schnuppern und Johann erbleichte. Er schaute sich ängstlich um, dann stürzte er plötzlich los, packte die Pferde bei den Zügeln und führte sie etwa zwanzig Schritte weiter. Ich folgte ihm und erkundigte mich nach dem Grund. Statt zu antworten bekreuzigte er sich, deutete auf die Stelle, an der wir eben noch gestanden hatten, und zog sein Gefährt in Richtung der anderen Straße, wobei er fahrig ein Kreuz schlug und erst auf Deutsch, dann auf Englisch sagte: »Haben ihn da begraben – den, der sich umgebracht hat.«

Ich entsann mich des alten Brauchs, Selbstmörder an Wegkreuzungen zu begraben. »Ah, ich verstehe, ein Selbstmörder. Wie interessant!« Doch ich konnte mir um nichts in der Welt erklären, was die Pferde so erschreckt hatte.

Während wir noch miteinander sprachen, vernahmen wir auf einmal einen Laut, der halb wie ein Heulen und halb wie ein Bellen klang. Er kam aus weiter Ferne und doch wurden die Pferde wieder unruhig und Johann hatte seine liebe Not, sie zu beruhigen. Kreidebleich sagte er: »Das klingt wie ein Wolf – obwohl es um diese Jahreszeit hier keine Wölfe gibt.«

»Nein?«, sagte ich und fragte dann: »Ist es nicht schon lange her, dass Wölfe so dicht an die Stadt herankamen?«

»Frühjahrs und sommers sind schon sehr lange keine Wölfe mehr aufgetaucht«, antwortete er. »Doch dass sie mit dem Schnee kamen, ist noch gar nicht so lange her.«

Während er die Pferde tätschelte und zu beruhigen versuchte, jagten dunkle Wolken über den Himmel. Die Sonne verschwand und ein kalter Windhauch strich an uns vorüber. Doch es war nicht mehr als ein Hauch und eher Warnung als Wirklichkeit, denn die Sonne kam wieder strahlend heraus. Johann legte die Hand über die Augen und betrachtete den Horizont. »Es wird nicht mehr lange dauern und ein Schneesturm zieht auf«, sagte er. Und wieder schaute er auf die Uhr und kletterte, während er die Zügel fest gepackt hielt – denn die Pferde scharrten immer noch rastlos auf dem Boden und warfen ihre Köpfe hin und her –, unverzüglich auf seinen Kutschbock, als wäre nun endgültig Zeit unsere Fahrt fortzusetzen.

Mich packte eine gewisse Starrköpfigkeit und ich machte keine Anstalten in den Wagen zu steigen.

»Erzählen Sie mir etwas über den Ort, zu dem diese Straße führt«, sagte ich und zeigte die Straße hinunter.

Wieder bekreuzigte er sich und murmelte ein Gebet, ehe er erwiderte: »Es ist gottlos.«

»Was ist gottlos?«, bohrte ich.

»Das Dorf.«

»Dort ist also ein Dorf?«

»Nein, nein. Dort lebt seit Jahrhunderten niemand mehr.«

Meine Neugier war geweckt. »Aber Sie sagten doch, dort wäre ein Dorf.«

»Früher einmal.«

»Und was ist aus ihm geworden?«

Darauf sprudelte er eine lange Geschichte in einem derartigen deutsch-englischen Kauderwelsch hervor, dass ich den genauen Sinn seiner Worte nicht verstand, doch so viel begriff ich immerhin: Vor Jahrhunderten waren dort Menschen ge-

storben und in Gräbern beigesetzt worden, aber dann drangen Laute aus der Erde, und als man die Gräber öffnete, fand man Männer und Frauen mit rosigen Gesichtern und Lippen rot von Blut. Um ihr Leben zu retten (ja, und ihre Seelen! – wieder bekreuzigte Johann sich), flohen die Hinterbliebenen Hals über Kopf an andere Orte, wo die Lebenden lebten und die Toten tot waren und nicht … nicht etwas … Offensichtlich scheute er sich davor, die letzten Worte auszusprechen. Im Verlauf seiner Erzählung hatte ihn immer heftigere Erregung gepackt. Es schien, als sei seine Phantasie mit ihm durchgegangen und am Ende hatte ihn die Furcht völlig übermannt. Er war leichenblass, schwitzte, zitterte und blickte um sich, als ob er erwarten würde, dass ihm bei strahlendem Sonnenschein auf offener Ebene irgendein schrecklicher Geist erschiene. Schließlich rief er in äußerster Verzweiflung: »Walpurgisnacht!«, und deutete auf die Kutsche, um mich zum Einsteigen zu veranlassen. Das brachte jedoch mein englisches Blut in Wallung und ich trat zurück und sagte:

»Sie haben Angst, Johann … Sie haben Angst. Fahren Sie nach Hause. Ich finde schon allein zurück. Die Wanderung wird mir gut tun.« Der Kutschenschlag stand offen. Ich nahm meinen eichenen Spazierstock, den ich auf meinen Ferienausflügen stets bei mir trug, schloss den Schlag, wies in Richtung München und sagte: »Fahren Sie heim, Johann – die Walpurgisnacht ficht einen Engländer nicht an.«

Die Pferde waren jetzt unruhiger denn je. Johann versuchte

sie im Zaum zu halten, während er mich erregt beschwor, doch nicht so töricht zu sein. Der arme Kerl tat mir Leid, denn es war ihm vollkommen ernst. Dennoch musste ich lachen. Sein Englisch war ihm inzwischen völlig abhanden gekommen. In seiner Angst dachte er nicht mehr daran, dass er sich mir nur in meiner Sprache verständlich machen konnte, und so schwatzte er deutsch drauflos. Langsam fand ich die Sache ein wenig ermüdend. Also erteilte ich ihm die Anweisung »Nach Hause!« und wandte mich um, um über die Kreuzung und hinab in das Tal zu gehen.

Mit einer verzweifelten Gebärde wandte Johann die Pferde gen München um. Ich stützte mich auf meinen Stock und schaute ihm nach. Eine Weile fuhr er langsam die Straße entlang. Dann erschien auf dem Kamm des Hügels ein dünner, hoch gewachsener Mann. Genaueres konnte ich aus der Entfernung nicht erkennen. Als er sich den Pferden näherte, begannen sie zu scheuen und auszuschlagen und wieherten schließlich in panischer Angst. Johann konnte sie nicht mehr halten. Sie gingen ihm durch und stürmten die Straße hinunter. Ich sah ihnen nach, bis sie außer Sichtweite verschwanden. Dann hielt ich nach dem Fremden Ausschau, doch musste ich feststellen, dass auch er verschwunden war.

Leichten Herzens ging ich nun das Sträßchen hinab in das sich vertiefende Tal, vor dem Johann so viel Angst gehabt hatte. Ich konnte nicht den geringsten Grund für seine Bedenken entdecken und ich wanderte wohl zwei Stunden dahin, ohne auf Zeit oder Entfernung zu achten und ohne auch nur eine Menschenseele oder ein Haus zu sehen. Was die Gegend betraf, so war sie die Trostlosigkeit selbst, doch das fiel mir nicht besonders auf, bis ich hinter einer Straßenbiegung den lichten Rand eines Waldes erreichte. Jetzt spürte ich, dass mich die Trostlosigkeit der Landschaft, durch die ich gegangen war, unmerklich durchdrungen hatte.

Ich ließ mich zu einer Rast nieder und schaute mich um. Mir fiel auf, dass es jetzt merklich kühler war als zu Beginn

meiner Wanderung. Die Luft um mich herum schien mit einem Seufzen erfüllt und dann und wann vernahm ich hoch über mir ein dumpfes Brausen. Als ich nach oben sah, stellte ich fest, dass in großer Höhe riesige schwere Wolken von Norden nach Süden über den Himmel jagten. Sich auftürmende Wolkenberge kündigten ein herannahendes Unwetter an. Ich fröstelte ein wenig, und weil ich dies darauf zurückführte, dass ich nach der körperlichen Anstrengung still dasaß, setzte ich meine Wanderung fort.

Die Umgebung, durch die ich nun schritt, war viel malerischer. Dabei gab es nichts, was das Auge besonders auf sich gezogen hätte. Vielmehr lag in allem eine anmutige Schönheit. Ich achtete nicht auf die Zeit und erst die einsetzende Dämmerung zwang mich zu der Überlegung, wie ich wohl nach Hause finden würde. Die Beschwingtheit des Tages war verflogen und die Luft kalt. Hoch oben am Himmel zogen immer mehr Wolken auf und sie wurden von einem weit entfernten Tosen begleitet, durch das in Abständen jener seltsame jammervolle Laut zu dringen schien, von dem der Kutscher gesagt hatte, er stamme von einem Wolf. Einen Augenblick lang zögerte ich. Doch ich hatte beabsichtigt, das verlassenene Dorf aufzusuchen und so ging ich weiter. Bald erreichte ich eine breite Fläche offenen Geländes, die ringsum von Hügeln umschlossen war. Ihre Hänge waren mit Bäumen bedeckt, die sich bis in die Ebene erstreckten und in den Senken, die hier und dort zu sehen waren, Wäldchen bildeten. Mit den Augen verfolgte ich die Windungen der Straße und sah, dass sie eng an eines der dichtesten Wäldchen heranführte und schließlich dahinter verschwand.

Noch während ich schaute, wurde die Luft von einem kalten Hauch erfüllt und es begann zu schneien. Ich dachte an die Meilen um Meilen öder Landschaft, durch die ich gewandert war, und eilte dann auf den schützenden Wald vor mir zu. Der Himmel verfinsterte sich zusehens und der Schnee fiel schneller und heftiger, bis die Erde um mich herum ein glitzernder weißer Teppich war, dessen Rand sich irgendwo in der nebligen Ungewissheit verlor. Zwar gab es die Straße noch, doch war sie holprig und ihre Begrenzung nicht mehr so deutlich erkennbar wie zuvor. Und kurze Zeit später stellte ich fest, dass ich von ihr abgekommen sein musste, denn ich spürte nicht mehr den harten Straßenbelag unter den Füßen und meine Schuhe sanken in Gras und Moos ein. Dann frischte der Wind auf und blies zunehmend heftiger, bis ich schließlich vor ihm wegrannte. Die Luft wurde eisig kalt und trotz der körperlichen Anstrengung begann ich die Kälte zu spüren. Der Schnee fiel jetzt so dicht und wirbelte so schnell um mich herum, dass ich kaum noch etwas sah. Dann und wann wurde der Himmel von einem grellen Blitz zerrissen und im Schein der Blitze konnte ich vor mir eine große Baumgruppe sehen, vornehmlich Eiben und Tannen, auf denen dick der Schnee lastete.

Bald hatte ich den Schutz der Bäume erreicht und dort, in der verhältnismäßigen Stille, konnte ich das Tosen des Windes hoch über mir hören. Kurze Zeit später war die Schwärze des Unwetters mit der Dunkelheit der Nacht verschmolzen. Doch dann schien der Sturm allmählich abzuflauen. Nun kamen nur noch gelegentlich heftige Windstöße oder Böen. Und immer dann schien der unheimliche Laut des Wolfes in vielen gleichartigen Tönen um mich herum widerzuhallen.

Dann und wann brach durch das schwarze Meer der dahinziehenden Wolken ein verirrter Mondstrahl, der die Landschaft erhellte und mir zeigte, dass ich mich am Rand eines dichten Hains aus Tannen und Eiben befand. Da es zu

schneien aufgehört hatte, trat ich aus meinem Schutz heraus und begann mich genauer umzusehen. Ich glaubte zwischen den vielen alten Fundamenten, an denen ich vorübergekommen war, vielleicht doch noch ein Haus – und sei es nur eine Ruine – finden zu können, das mir für eine Weile Schutz gewährte. Während ich am Rande des Wäldchens entlangging, bemerkte ich, dass es von einer niedrigen Mauer umgeben war. Ich folgte ihr und fand bald eine Öffnung. Hier bildeten die Tannen eine Allee, die zu irgendeinem quadratischen Gebäude führte. Doch in dem Augenblick, als mein Blick darauf fiel, verhüllten ziehende Wolken den Mond und ich schritt den Weg in Finsternis hinauf. Der Wind musste kälter geworden sein, denn ich spürte, dass ich beim Gehen zitterte. Aber es bestand Hoffnung auf ein schützendes Dach und so tastete ich mich blind voran.

Ich hielt inne, denn plötzlich herrschte völlige Stille. Der Sturm hatte sich gelegt und auch mein Herz schien – vielleicht aus Sympathie mit der Stille der Natur – zum Stillstand gekommen zu sein. Dies währte jedoch nur einen Augenblick, denn plötzlich brach das Mondlicht durch die Wolken und ich sah, dass ich auf einem Friedhof stand. Bei dem quadratischen Ding vor mir handelte es sich um eine gewaltige marmorne Gruft, so weiß wie der Schnee, der auf ihr und um sie herum lag. Mit dem Mond kam ein heftiges Seufzen des Sturmes, der sein Treiben mit einem langen tiefen Heulen, wie von zahllosen Hunden oder Wölfen, wieder aufzunehmen schien. Von Ehrfurcht und Angst ergriffen merkte ich, wie die

Kälte spürbar in mir emporkroch, bis sie mein Herz umklammerte.

Und während noch das Mondlicht die Marmorgruft überflutete, begann der Sturm von Neuem loszubrechen, als kehrte er auf seiner eigenen Fährte zurück. Wie unter einem Bann stehend, schritt ich auf das Grabmal zu, um herauszufinden, was es damit auf sich hatte und warum es einsam und verlassen an einem solchen Ort stand. Ich ging darum herum und las über der dorischen Eingangstür:

GRÄFIN DOLINGER AUS GRAZ
IN DER STEIERMARK
GESUCHT UND TOT AUFGEFUNDEN
1801

Oben auf dem Grabmal befand sich ein riesiger eiserner Dorn oder Pfahl, der offensichtlich durch den massiven Marmor getrieben worden war, denn das Gebäude bestand nur aus wenigen gewaltigen Steinquadern. Dann begab ich mich auf die Rückseite und dort fand ich in großen russischen Lettern eingemeißelt:

Tote reisen schnell

Das ganze Ding hatte etwas so Seltsames, so Unheimliches an sich, dass es mir kalt den Rücken herunterlief und ich mich der Ohnmacht nahe fühlte. Zum ersten Mal wünschte ich, ich hätte Johanns Rat befolgt. Und dann durchzuckte mich plötzlich und aus fast unerklärlichen Gründen ein Gedanke, der mir einen furchtbaren Schrecken einjagte: Es war Walpurgisnacht!

Walpurgisnacht, in der nach dem Glauben von Millionen von Menschen der Teufel umging … in der sich die Gräber öffneten und die Toten herauskamen. In der alle bösen Geschöpfe der Erde, der Luft und des Wassers ihr Unwesen trieben und ebendiesen Ort hatte der Kutscher besonders meiden

wollen. Dies war das entvölkerte Dorf von ehedem. Hier kam der Selbstmörder her. Und an ebendiesem Ort war ich nun allein – entkräftet, vor Kälte schlotternd und in ein Leichentuch aus Schnee gehüllt, während sich über mir erneut ein Unwetter zusammenbraute! Es bedurfte meiner ganzen Lebenserfahrung, meines ganzen Glaubens, den man mich gelehrt hatte, und meines ganzen Mutes, um nicht völlig von der Angst übermannt zu werden.

Und jetzt brach ein regelrechter Orkan über mir los. Die Erde erbebte, als donnerten tausende von Pferden über sie hinweg, und diesmal trug der Sturm auf seinen eisigen Schwingen nicht nur Schnee mit sich, sondern auch riesige Hagelkörner, die mit einer solchen Wucht niederprasselten, als wären sie mit einer Schleuder abgefeuert worden – Hagelkörner, die Blätter und Zweige zerschlugen, sodass die Stämme der Bäume nicht mehr Schutz boten als Getreidehalme. Bei Ausbruch des Unwetters hatte ich mich unter den nächsten Baum geflüchtet, doch bald musste ich ihn verlassen und mich an den einzigen Flecken retten, der Schutz zu bieten schien, den tiefen dorischen Eingang des Marmorgrabmals. Dort kauerte ich mich an die massive Bronzetür und fand einen gewissen Schutz vor den herabprasselnden Hagelkörnern, die mich jetzt nur noch trafen, wenn sie vom Boden oder von den Marmorwänden abprallten.

Als ich mich gegen die Tür lehnte, gab sie ein wenig nach und öffnete sich nach innen. Selbst der Schutz einer Gruft schien mir in diesem gnadenlosen Orkan willkommen und eben wollte ich eintreten, da erleuchtete ein zickzackförmiger Blitz die ganze Weite des Himmels. Meine Augen waren in diesem Augenblick in die Finsternis des Grabmals gerichtet und dort sah ich – so wahr ich hier stehe – eine wunderschöne Frau mit runden Wangen und roten Lippen wie schlafend auf einer Totenbahre liegen. Als der Donner über mir losbrach, wurde ich wie von einer Riesenhand gepackt und in das Unwetter hinausgeschleudert. Das alles spielte sich so schnell ab, dass ich schon die Hagelkörner auf mich niedertrommeln fühlte, noch ehe ich irgendwelche Angst empfand. Gleichzeitig hatte ich das seltsame, alles beherrschende Gefühl nicht allein zu sein. Ich warf einen Blick zu dem Grabmal. Genau in diesem Augenblick zuckte wieder ein greller Blitz, der den Eisenpfahl über der Gruft zu treffen und durch ihn hindurch in die Erde zu fahren schien, wobei der Marmor wie in einem Flammenmeer zerbarst und zermalmt wurde. Die Tote bäumte sich einen Augenblick lang qualvoll auf, während die Flammen sie einhüllten und ihr bitterer Schmerzensschrei im Getöse des Donners unterging. Es war diese furchtbare Mischung aus schrecklichen Lauten, die ich als Letztes hörte, denn wieder wurde ich von der Gigantenhand gepackt und fortgerissen, während die Hagelkörner auf mich niederprasselten und die Luft um mich herum von Wolfsgeheul widerzuhallen schien. Das Letzte, was ich sah, war eine verschwommene weiße, sich bewegende Masse, als hätten alle Gräber um mich herum die Geister ihrer in Laken gehüllten Toten ausgesandt, die nun durch den weißen Schleier des tosenden Hagels immer näher kamen.

Ganz allmählich erlangte ich wieder das Bewusstsein, dann verspürte ich eine grauenhafte Müdigkeit. Eine Zeit lang konnte ich mich an nichts erinnern, doch langsam kehrten meine Sinne zurück. Meine Füße taten weh, aber ich konnte sie nicht bewegen. Sie schienen wie gelähmt. In meinem Nacken und die ganze Wirbelsäule hinab fühlte ich eine Eiseskälte und meine Ohren waren, wie meine Füße, taub und

schmerzten dennoch qualvoll. Aber in meiner Brust empfand ich eine Wärme, die mir vergleichsweise herrlich erschien. Es war wie ein Alptraum – ein körperlicher Alptraum, wenn man so sagen darf, denn ein großes Gewicht auf meiner Brust erschwerte mir das Atmen.

Ich lag wohl lange Zeit teilnahmslos so da, und als ich wieder zu mir kam, musste ich geschlafen haben oder ohnmächtig gewesen sein. Dann stieg ein Ekelgefühl in mir auf, ähnlich wie im ersten Stadium der Seekrankheit, und ein wildes Verlangen, mich von etwas zu befreien – wovon, wusste ich nicht. Eine unbeschreibliche Stille hüllte mich ein, als sei die Welt in Schlaf gesunken oder tot. Die Stille wurde nur durch ein leises Hecheln unterbrochen, als befände sich ganz in meiner Nähe ein Tier. Ich spürte ein warmes Kratzen an meiner Kehle und plötzlich wurde mir die schreckliche Wahrheit bewusst. Mein Herz erstarrte und das Blut schoss mir in den Kopf. Auf mir lag ein riesiges Tier und leckte meine Kehle. Ich wagte nicht mich zu rühren, denn eine instinktive Vernunft befahl mir still zu liegen. Doch die Bestie schien zu merken, dass mit mir eine Veränderung vorgegangen war, denn sie hob ihren Kopf. Durch einen Spalt meiner Augenlider erblickte ich über mir die großen flammenden Augen eines riesigen Wolfes. Seine spitzen weißen Zähne blitzten in seinem aufgerissenen roten Maul und ich spürte seinen heißen Atem scharf und ätzend über mir.

Wieder verlor ich für eine Weile die Sinne. Dann drang ein tiefes Knurren in mein Bewusstsein vor, dem ein anhaltendes

Geheul folgte. Dann hörte ich, offenbar weit entfernt, ein »Hallo, Hallo!«, als riefen viele Stimmen zugleich. Vorsichtig hob ich den Kopf und blickte in die Richtung, aus der die Rufe kamen, doch das Grabmal versperrte mir die Sicht. Der Wolf heulte immer noch so eigenartig, und als folgte er dem Heulen, begann sich ein roter Lichtschein um den Tannenhain zu bewegen. Mit dem Näherkommen der Stimmen bellte der Wolf rascher und lauter. Ich wagte weder einen Laut von mir zu geben noch mich zu rühren. Immer näher kam der rote Schein über das weiße Leichentuch, das sich in der Finsternis um mich herum erstreckte. Und plötzlich tauchte im Trab ein Reitertrupp mit Fackeln hinter den Bäumen auf. Der Wolf erhob sich von meiner Brust und lief auf das Grabmal zu. Ich sah einen der Reiter (den Mützen und langen Militärmänteln nach zu urteilen handelte es sich um Soldaten) seinen Karabiner anlegen und zielen. Ein Gefährte fiel ihm in den Arm und ich hörte, wie die Kugel über meinen Kopf hinwegpfiff. Offenbar hatte er mich für den Wolf gehalten. Ein anderer nahm das sich fortschleichende Tier ins Visier und es fiel ein Schuss. Dann ritt der Trupp im Galopp weiter. Einige kamen auf mich zu, die anderen sprengten dem Wolf hinterher, der zwischen den schneebeladenen Tannen verschwand.

Als die Männer sich näherten, versuchte ich mich zu bewegen, doch mir fehlte die Kraft, obgleich ich alles sah und hörte, was um mich herum geschah. Zwei oder drei Soldaten sprangen von ihren Pferden und knieten neben mir nieder. Einer von ihnen hob meinen Kopf und legte die Hand auf meine Brust.

»Gute Nachrichten, Kameraden!«, rief er. »Sein Herz schlägt noch!«

Dann flößten sie mir ein wenig Brandy ein, der mich stärkte. Ich konnte meine Augen vollends öffnen und schaute mich um. Zwischen den Bäumen bewegten sich Lichter und Schatten und ich hörte, wie Männer einander etwas zuriefen. Dann sammelten sie sich, wobei furchtsame Ausrufe zu ver-

nehmen waren. Lichter blitzten auf, als die anderen wie Besessene Hals über Kopf aus dem Friedhof stürmten. Während die Männer, die sich in weiterer Entfernung befunden hatten, zu uns kamen, fragten diejenigen, die um mich herumstanden, ungeduldig:

»Und? Habt ihr ihn gefunden?«

Gehetzt ertönte die Antwort:

»Nein! Nein! Nichts wie fort von hier, schnell … schnell! Dies ist kein Ort zum Verweilen. Schon gar nicht in dieser Nacht!«

»Was war es?«, ertönte die Frage in verschiedensten Tonlagen. Die Antworten waren vage, so als bewegte ein gemeinsamer Impuls die Männer zum Sprechen und als hindere eine gemeinsame Furcht sie gleichzeitig, ihre Gedanken zu offenbaren.

»Es … es … nein wirklich!«, murmelte einer, der offenbar vorübergehend den Verstand verloren hatte.

»Ein Wolf … und doch kein Wolf!«, warf ein anderer erschauernd ein.

»Sinnlos, ihn ohne die geweihte Kugel jagen zu wollen«, bemerkte ein Dritter in einem normaleren Ton.

»Warum mussten wir auch ausgerechnet in dieser Nacht herkommen? Unsere tausend Mark haben wir uns wahrhaftig verdient!«, rief ein Vierter.

»Auf dem geborstenen Marmor war Blut«, sagte jemand nach einer Pause. »Der Blitz jedenfalls kann es nicht hinterlassen haben. Und was ist mit ihm – ist er unversehrt? Seht euch seine Kehle an! Schaut, Kameraden. Der Wolf hat auf ihm gelegen und ihn gewärmt.«

Der Offizier blickte auf meinen Hals und erwiderte:

»Alles in Ordnung. Die Haut ist unversehrt. Was hat das alles zu bedeuten? Ohne das Heulen des Wolfes hätten wir ihn niemals gefunden.«

»Wohin ist er verschwunden?«, fragte der Mann, der meinen Kopf hielt und von allen am furchtlosesten schien, denn seine Hände waren ruhig und zitterten nicht. Auf seinem Ärmel befand sich das Abzeichen eines Unteroffiziers.

»Er ist nach Hause gelaufen«, antwortete der Mann. Sein langes Gesicht war kreidebleich und er zitterte vor Angst, während er furchtsame Blicke um sich warf. »Hier gibt's ja Gräber genug, in die er sich legen kann. Auf, Kameraden ... kommt! Schnell fort von diesem verfluchten Ort.«

Während der Offizier mich aufrichtete, gab er einen Befehl und dann setzten mich mehrere Männer auf ein Pferd. Er schwang sich hinter mir in den Sattel, legte seine Arme um mich und gab Weisung zum Aufbruch. Rasch ritten wir in militärischer Ordnung davon.

Da meine Zunge immer noch ihren Dienst versagte, schwieg ich. Dann musste ich eingeschlafen sein, denn meine nächste Erinnerung ist, dass ich auf dem Boden stand, auf beiden Seiten von einem Soldaten gestützt. Es war beinahe heller Tag und im Norden spiegelte sich ein roter Sonnenstrahl wie ein blutiger Pfad in der Schneewüste wider. Der Offizier befahl den Männern, über das, was sie gesehen hatten, Stillschweigen zu bewahren und nur zu berichten, sie hätten einen fremden Engländer gefunden, der von einem großen Hund bewacht worden war.

»Ein Hund! Das war kein Hund«, platzte der Mann heraus, der sich so entsetzlich gefürchtet hatte. »Ich denke, ich werde doch wohl einen Wolf erkennen.«

»Ich sagte: ein Hund«, erwiderte der junge Offizier ruhig.

»Ein Hund«, wiederholte der andere höhnisch. Es war offenkundig, dass sein Mut mit der aufgehenden Sonne stieg.

Und auf mich weisend, sagte er: »Schauen Sie sich seine Kehle an. War das vielleicht ein Hund?«

Unwillkürlich hob ich die Hand an die Kehle, und als ich sie berührte, schrie ich vor Schmerz auf. Die Männer drängten sich um mich, ein paar beugten sich aus ihren Sätteln herab. Und noch einmal erklang die ruhige Stimme des jungen Offiziers.

»Es war ein Hund, sage ich. Wenn wir etwas anderes erzählen, würden wir nur ausgelacht.«

Dann hob man mich hinter einem Kavalleristen aufs Pferd und so ritten wir in die Randbezirke von München ein, wo wir eine Kutsche fanden. Ich wurde hineingesetzt und sie fuhr los zu den »Vier Jahreszeiten«. Der junge Offizier begleitete mich, während uns ein Kavallerist mit seinem Pferd folgte. Die anderen ritten in ihre Kaserne zurück.

Als wir eintrafen, kam mir Herr Delbrück so rasch die Treppe herunter entgegengeeilt, dass er nur hinter einem Fenster nach uns Ausschau gehalten haben konnte. Er nahm meine beiden Hände und führte mich besorgt ins Haus. Der Offizier salutierte und wandte sich zum Gehen, als ich seine Absicht erkannte und darauf bestand, dass er mich in meine Suite begleitete. Bei einem Glas Wein dankte ich ihm und seinen tapferen Kameraden wärmstens für meine Rettung. Er antwortete bescheiden, dass er sich äußerst glücklich schätzte und überdies Herr Delbrück bereits dafür gesorgt habe, den Suchtrupp zufrieden zu stellen. Bei dieser vieldeutigen Bemerkung lächelte der Hotelbesitzer. Dann entschuldigte sich der Offizier mit dienstlichen Pflichten und verabschiedete sich.

»Aber Herr Delbrück«, fragte ich, »wie kam es überhaupt dazu, dass die Soldaten auf die Suche nach mir gingen?«

Er zuckte die Achseln, als seien seine Bemühungen nicht der Rede wert und erwiderte:

»Glücklicherweise erhielt ich von dem Kommandanten des Regiments, in dem ich einmal diente, die Erlaubnis, mir Freiwillige zu suchen.«

»Doch woher wussten Sie, dass ich mich verirrt hatte?«, fragte ich.

»Der Kutscher kehrte mit den Überresten seines Gefährts, das umgestürzt war, als die Pferde durchgingen, hierher zurück.«

»Aber allein deswegen schickten Sie doch gewiss keinen militärischen Suchtrupp los?«

»O nein!«, erwiderte er. »Aber bevor noch der Kutscher hier eintraf, erhielt ich dieses Telegramm von dem Grafen, dessen Gast Sie sind.« Er zog ein Telegramm aus der Tasche und reichte es mir herüber. Ich las:

Bistritz

Kümmern Sie sich um meinen Gast – sein Wohlbefinden liegt mir sehr am Herzen. Sollte ihm etwas zustoßen oder wird er vermisst, so scheuen Sie keine Mühen, ihn zu finden und seine Sicherheit zu gewährleisten. Er ist Engländer und daher abenteuerlustig. Oft lauern durch Schnee, Wölfe oder die Nacht Gefahren. Sollten Sie befürchten, dass ihm ein Unglück widerfahren ist, dürfen Sie keinen Augenblick verlieren. Ich werde Sie für Ihre Mühen reich entlohnen.

Dracula

Noch während ich das Telegramm in den Händen hielt, begann sich der Raum um mich zu drehen. Und hätte mich der aufmerksame Hotelbesitzer nicht festgehalten, so wäre ich wohl umgesunken. An alledem war etwas so Seltsames, etwas

so Unheimliches und Unvorstellbares, dass in mir das Gefühl emporstieg, irgendwie Spielball gegnerischer Mächte geworden zu sein – und allein diese verschwommene Vorstellung schien mich zu lähmen. Ohne Zweifel stand ich unter einem geheimnisvollen Schutz. Aus einem fernen Land war, gerade im rechten Moment, eine Botschaft eingetroffen, die mich der Gefahr des Erfrierens und den Fängen des Wolfes entrissen hatte.

Thurnley Abbey

Perceval Landon (1869–1927)

Es liegt nunmehr drei Jahre zurück, dass ich mich auf dem Weg in den Orient befand. Und da es von einiger Wichtigkeit war, noch einen Tag in London zu verbringen, nahm ich den Freitagabend-Postzug nach Brindisi statt wie gewöhnlich den Morgenexpress nach Marseille. Viele scheuen die lange achtundvierzigstündige Bahnreise quer durch Europa und die sich anschließende Fahrt auf der *Isis* oder der *Osiris* über das Mittelmeer mit neunzehn Knoten Geschwindigkeit, dabei ist man weder im Zug noch auf dem Postschiff irgendwelchen Unbequemlichkeiten ausgesetzt.

Diesmal – wir hatten Anfang September, so entsinne ich mich, und die Schiffssaison hatte gerade erst begonnen – waren nur wenige Reisende unterwegs und seit Calais hatte ich ein Abteil des Indienexpresses für mich allein. Den lieben langen Sonntag betrachtete ich die blauen Wellen, die sich im Adriatischen Meer kräuselten, den blassen Rosmarin entlang der Eisenbahnstrecke, die schlichten weißen Städte mit ihren flachen Dächern und imposanten Kirchen und die grau-grünen knorrigen Olivenhaine Apuliens. Die Reise verlief wie jede andere. Wir aßen im Speisewagen so oft und ausgiebig, wie es der Anstand erlaubte. Nach dem Essen hielten wir ein Schläfchen und den Nachmittag vertrödelten wir mit Sensationsromanen. Manchmal plauderten wir auch im Raucher-coupé über belanglose Dinge und eben dort traf ich Alastair Colvin.

Colvin war ein Mann mittlerer Statur mit einem energischen wohl geformten Kinn, ergrauendem Haar und einem von der Sonne gebleichten Schnurrbart, ansonsten jedoch glatt rasiert – offensichtlich ein Gentleman und unverkennbar auch ein sehr gedankenverlorener Mann und nicht besonders eloquent. Sprach man ihn an, machte er zwar an den richtigen Stellen die üblichen Bemerkungen, aber er entging wohl nur Banalitäten, weil er weniger sprach als wir anderen. Die meiste Zeit vergrub er sich in den Fahrplan der Schlafwagengesellschaft, doch schien er außer Stande, sich auch nur auf eine einzige Seite zu konzentrieren. Als er erfuhr, dass ich eine Reise mit der sibirischen Eisenbahn unternommen hatte, unterhielt er sich mit mir eine Viertelstunde darüber, doch dann verlor er das Interesse und erhob sich, um sich in sein Abteil zu begeben. Nach kurzer Zeit kam er jedoch zurück und schien froh, das Gespräch wieder aufnehmen zu können.

Natürlich maß ich dem keinerlei Bedeutung bei. Die meisten Zugreisenden befällt eine gewisse Unrast, nachdem sie sechsunddreißig Stunden durchgerüttelt wurden. Doch Colvins Rastlosigkeit stand nach meinem Dafürhalten in krassem Widerspruch zu seiner Persönlichkeit und würdevollen Erscheinung. Als ich seine Hände betrachtete, fiel mir eine lange, tiefe, gezackte und noch ziemlich frische Narbe auf. Dennoch wäre es vermessen zu behaupten, ich hätte daran etwas ungewöhnlich gefunden. Am Sonntagnachmittag zog ich mich dann gegen fünf Uhr zurück, um die ein oder zwei Stunden zu schlafen, die wir bis zu unserer Ankunft in Brindisi noch durchzustehen hatten.

In Brindisi angekommen, brachten wir Passagiere – ganze zwanzig an der Zahl – unser Handgepäck zum Schiff. Wir

kümmerten uns um unsere Kabinen und nach einem halbstündigen, planlosen Stadtbummel durch Brindisi kehrten wir zum Abendessen in das Hotel »International« zurück. Nach dem Abendessen war ich gerade voller Andacht in den Anblick eines von Rotweinreben überwucherten Spaliers vertieft, als Colvin durch den Raum auf meinen Tisch zukam. Er nahm die Zeitung *Il Secolo* in die Hand, gab es jedoch augenblicklich wieder auf, so zu tun, als würde er lesen. Er wandte sich mir zu und sagte ohne Umschweife:

»Würden Sie mir einen Gefallen erweisen?«

Nun erweist man sich Zufallsbekanntschaften in Orientexpressen nicht ohne weiteres gefällig, wenn man so wenig von jemandem weiß, wie ich von Colvin wusste. Doch ich lächelte unverbindlich und erkundigte mich nach seinem Wunsch. Ich hatte mich in der Einschätzung seiner Person nicht geirrt, denn er sagte direkt: »Dürfte ich Ihre Kabine auf der *Osiris* mit Ihnen teilen?« Dabei errötete er ein wenig.

Nun ist nichts unangenehmer, als auf See seine Kabine teilen zu müssen, und ich fragte ihn daher recht unverblümt:

»Gewiss ist doch ausreichend Platz für uns alle vorhanden?« Ich glaubte, er sei vielleicht mit einem schmuddeligen Mitreisenden zusammengesteckt worden, dem er nun um jeden Preis zu entkommen wünschte.

»Ich habe eine Kabine für mich«, sagte Colvin, der noch immer verwirrt schien. »Doch würden Sie mir einen sehr großen Gefallen erweisen, wenn Sie mir gestatteten Ihre Kabine zu teilen.«

Das war gut und schön, doch einmal von der Tatsache abgesehen, dass ich allein einen angenehmeren Schlaf finde, waren in jüngster Zeit auf englischen Dampfern immer wieder Diebstähle begangen worden und daher zögerte ich, so offen und ehrlich und vertrauenswürdig Colvin auch wirkte.

In eben diesem Augenblick fuhr unter lautem Geratter und mit einer Dampfwolke der Postzug ein und ich bat Colvin, mich bei der Abfahrt des Schiffes noch einmal in dieser Angelegenheit anzusprechen. Offensichtlich spürte er mein Misstrauen, denn er erwiderte knapp: »Ich bin Mitglied im White's Club.« Als er das sagte, musste ich insgeheim lächeln, doch zugleich wurde mir klar, dass dieser Mann – sofern der Schein nicht trog und daran hatte ich keinen Zweifel – sich in großer Not befand, sonst hätte er diesen Umstand nicht einem gänzlich Fremden gegenüber in einem Hotel in Brindisi als Beweis für seine Ehrbarkeit angeführt.

Und als wir an diesem Abend die roten und grünen Hafenlichter von Brindisi hinter uns ließen, erzählte mir Colvin seine Geschichte.

»Als ich vor einigen Jahren Indien bereiste, machte ich fernab der Zivilisation die Bekanntschaft eines jungen Mannes. Wir verbrachten gemeinsam eine Woche in einem Zeltlager und ich lernte ihn als angenehmen Gefährten schätzen. In seiner Freizeit war John Broughton eine unbeschwerte Seele, in seiner Dienststelle erwies er sich bei all den kleinen Notfällen, die ständig auftraten, als nüchtern denkender, tüchtiger Mann. Broughton besaß die Sympathie und das Vertrauen der Einheimischen, und wenn er mitunter auf seinen Ausflügen in die Zivilisation von Simla oder Kalkutta auch über die Stränge schlug, war seine Zukunft im Dienst der Regierung doch gesichert. Dann wurde er unvermutet Erbe eines stattlichen Anwesens und hoch erfreut schüttelte er den Staub der indischen Ebenen von den Füßen und kehrte nach England zurück. Fünf Jahre hielt er sich in London auf, wo ich ihn gelegentlich traf. Im Abstand von ungefährt achtzehn Mona-

ten begegneten wir uns bei einem gemeinsamen Abendessen und ich konnte recht genau verfolgen, wie der Müßiggang Broughton allmählich krank machte. Dann begab er sich auf einige lange Reisen, kehrte jedoch nicht minder rastlos zurück. Schließlich berichtete er mir, dass er zu heiraten und sich auf seinem Anwesen Thurnley Abbey niederzulassen gedenke, das lange Zeit leer gestanden habe. Er wolle sich nun um seinen Besitz kümmern und, wie es so üblich war, in seinem Wahlbezirk kandidieren. Vermutlich hatte Vivian Wilde, seine Verlobte, die Dinge für ihn in die Hand genommen. Sie war ein hübsches Mädchen mit üppigem, blondem Haar und sicherem Auftreten. Sie war sehr gläubig, zwar mit einer gewissen Engstirnigkeit, zugleich jedoch liebenswürdig und sehr lebhaft, und ich fand, dass Broughton sich glücklich schätzen konnte. Er machte auch einen glücklichen Eindruck und steckte voller Pläne für die Zukunft.

Unter anderem befragte ich ihn über Thurnley Abbey. Er gestand ein, das Anwesen kaum näher zu kennen. Der letzte Pächter, ein gewisser Clarke, hatte fünfzehn Jahre einen Flügel bewohnt, jedoch nie Besuch empfangen. Er war ein Geizhals und Einsiedler gewesen. Kaum einmal hatte nach Einbruch der Dunkelheit Licht in der Abtei gebrannt. Nur die lebensnotwendigen Dinge waren bestellt worden und die hatte der Pächter am Seiteneingang persönlich in Empfang genommen. Sein Diener, ein Halbblut, hatte das Haus nach einem Monat fluchtartig und ohne vorherige Ankündigung verlassen und war in die Südstaaten zurückgekehrt. Eines beklagte Broughton bitterlich: Clarke hatte bewusst unter den Dorfbewohnern das Gerücht verbreitet, in der Abtei spuke es, und sich sogar dazu hergegeben, Leuten, die des Nachts unbefugt das Grundstück betreten hatten, mit Spirituslampen oder Salz kindische Streiche zu spielen, um sie zu verjagen. Er war dabei auf frischer Tat ertappt worden, dennoch fand die Geschichte Verbreitung und außer am helllichten Tag, so Broughton, wagte sich niemand mehr in die Nähe des Hauses. Der Spuk von Thurnley Abbey, sagte er mit einem Lächeln, galt in der Gegend sozusagen als Tatsache, doch er und seine Frau würden das schon alles ändern. Ich solle sie doch einmal besuchen, wann immer es mir beliebe. Gewiss, erwiderte ich, und ebenso gewiss war, dass ich ohne klare Einladung nichts dergleichen tun würde.

Das Haus wurde einer gründlichen Renovierung unterzogen, ohne dass man jedoch ein einziges altes Möbelstück oder einen einzigen Wandbehang entfernte. Fußböden und Decken wurden erneuert, das Dach abgedichtet und der Staub eines halben Jahrhunderts hinausgekehrt. Broughton zeigte mir einige Fotos des Anwesens. Zwar wurde es »Abtei« genannt, tatsächlich aber handelte es sich nur um das Krankenhaus der Abtei von Closter, die sich etwa fünf Meilen entfernt befunden hatte und schon lange nicht mehr existierte. Der größere Teil des Gebäudes war so wie in den Tagen vor der Reformation erhalten geblieben, zur Zeit Jacobs I. hatte man jedoch einen weiteren Flügel angebaut. Dieser Teil des Hauses war von Mister Clarke einigermaßen in Stand gehalten worden. Sowohl im Flur des Erdgeschosses als auch im ersten Stock hatte er zwischen dem älteren Teil und dem neueren schwere Holztüren mit wuchtigen Eisenriegeln eingesetzt. Den älteren Teil hatte er völlig verkommen lassen, sodass eine Menge Arbeit anstand.

In dieser Zeit traf ich Broughton zwei- oder dreimal in London. Er machte seine Späße darüber, dass sich die Arbeiter entschieden weigerten, nach Sonnenuntergang im Haus zu bleiben. Selbst als in jedem Zimmer elektrisches Licht instal-

liert worden war, konnte sie nichts dazu bewegen, obgleich elektrisches Licht der Tod jedes Gespenstes war, wie Broughton bemerkte. Die Legende um die Gespenster von Thurnley Abbey war weithin bekannt und die Männer ließen sich auf keinerlei Risiko ein. Sie begaben sich in Fünfer- oder Sechsergruppen auf den Heimweg und selbst am helllichten Tag schwatzten sie ungewöhnlich viel miteinander, sobald sich einer von ihnen zufällig einmal außer Sichtweite befand. Insgesamt kam es trotz ihrer blühenden Phantasie während der fünfmonatigen Arbeiten an der Abtei zu keinem außergewöhnlichen Vorfall. Dennoch wuchs in Thurnley der Geisterglaube noch, denn die Männer wirkten zweifellos nervös, und es verbreitete sich das Gerücht über den Geist einer eingemauerten Nonne.

»Die gute alte Nonne!«, sagte Broughton.

Ich fragte ihn, ob er Geistererscheinungen grundsätzlich für möglich hielte, und zu meinem Erstaunen erwiderte er, dass er das nicht völlig von der Hand weisen könne. In einem Zeltlager in Indien hätte ihm eines Morgens ein Mann erzählt, er glaubte, seine Mutter daheim in England sei gestorben, denn sie sei ihm vergangene Nacht in seinem Zelt erschienen. Zwar hätte er keine Angst verspürt, dennoch habe er geschwiegen und die Gestalt sei wieder verschwunden. Und tatsächlich brachte der nächste Bote ein Telegramm, in dem ihm der Tod seiner Mutter mitgeteilt wurde.

»Da lag der Beweis, schwarz auf weiß«, sagte Broughton, doch was Thurnley betraf, betrachtete er die Sache nüchtern.

Er verwünschte Clarkes törichte Selbstsucht und dessen alberne Possen, die all die Unannehmlichkeiten verursacht hatten, rundheraus. Zugleich konnte er nicht umhin, den Arbeitern ein gewisses Verständnis entgegenzubringen. »Meines Erachtens sollte man, sofern man je einem Geist begegnet, mit ihm reden«, schloss er.

Ich stimmte ihm zu. Denn so gering meine Kenntnisse von der Geisterwelt und ihren Gepflogenheiten auch waren, so hatte ich doch immer gewusst, dass ein Geist warten musste, bis er angesprochen wurde. Das schien mir keine große Sache zu sein und davon abgesehen würde einem der Klang der eigenen Stimme bestätigen, dass man bei wachen Sinnen war.

Und so fand die Hochzeit statt. Ich begab mich mit einem Zylinder, den ich eigens für diesen Anlass gekauft hatte, dorthin und die neue Mrs. Broughton lächelte mir huldvoll zu. Gemäß meinen Plänen nahm ich noch am selben Abend den Orientexpress und war für beinahe sechs Monate nicht in England. Kurz vor meiner Rückkehr erhielt ich einen Brief von Broughton. Er fragte an, ob ich ihn in London treffen oder nach Thurnley kommen könne, ich würde besser in der Lage sein, ihm zu helfen, als sonst irgendwer. Der Brief schloss mit einigen freundlichen Worten von seiner Frau. Ich schrieb ihm aus Budapest, dass ich ihn zwei Tage nach meiner Ankunft in London in Thurnley besuchen würde und fragte mich, von welchem Nutzen ich Broughton wohl sein konnte. Ich war mit ihm zu Fuß auf Tigerjagd gewesen und mir fielen nur wenige Menschen ein, die sich allein besser zu helfen wussten als er.

Aber ich hatte nichts Besseres zu tun, und nachdem ich in London einige kleine geschäftliche Angelegenheiten geregelt hatte, die in meiner Abwesenheit angefallen waren, packte ich meine Reisetasche und machte mich auf den Weg nach Euston.

Am Bahnhof Thurnley Road erwartete mich Broughtons große Limousine und nach einer Fahrt von fast sieben Meilen hallten die Geräusche des Wagens in den verschlafenen Dorf-

gassen von Thurnley wider, bis wir das Haupttor des Parks erreichten. Von dem Tor führte eine breite, von Buchen gesäumte Straße eine Viertelmeile in den Park hinein. Unter den Bäumen grenzte ein gepflegter schöner Rasenstreifen an die Straße an, den weiter hinten jedoch das Falllaub begrub. Auf der Straße waren zahllose Reifenspuren zu sehen und eine bequeme kleine zweirädrige Ponykutsche mit einem Landpfarrer, seiner Frau und seiner Tochter holperte an mir vorüber. Offensichtlich fand in der Abtei ein Gartenfest statt. Am Ende der Allee führte die Straße nach rechts und jenseits einer großen Wiese und einer breiten Rasenfläche, auf der sich Gäste drängten, sah ich die Abtei liegen.

Nach ihrem Bau musste sie beinahe gnadenlos abweisend gewirkt haben, doch die Zeit hatte die Kanten abbröckeln und den Stein, wo immer er hinter dem Vorhang aus Magnolien, Jasmin und Efeu hervorschaute, grau werden lassen oder mit orangefarbenen Flechten überzogen. Dahinter lag, hoch aufragend und majestätisch, das dreistöckige Haus aus der Zeit Jacobs I. Es war nicht der leiseste Versuch unternommen worden, ein Teil dem anderen anzupassen, doch hatte der freundliche Efeu die Nahtstelle kaschiert. In der Mitte des Gebäudes befand sich ein hoher Spitzturm, der einen kleinen Glockenturm überragte. Hinter dem Haus erstreckte sich, den gesamten Berghang hinauf, das üppige Grün gewaltiger Edelkastanien.

Broughton hatte mich von weitem kommen sehen und entfernte sich von den anderen Gästen, um mich zu begrüßen, ehe er mich der Obhut des Butlers anvertraute. Der Mann hatte rotblonde Haare und schien einem Schwatz nicht abgeneigt. Fragen bezüglich des Hauses konnte er jedoch kaum beantworten, da er, wie er sagte, seinen Dienst erst seit drei Wochen versah. Eingedenk Broughtons Erzählungen erkundigte ich mich jedoch nicht nach Gespenstern, wenngleich das Zimmer, in das er mich führte, wohl alles gerechtfertigt hätte. Der Raum war sehr groß und niedrig und hatte eine weiße Decke mit Eichenbalken. Jeder Zentimeter der Wände und auch die Türen waren mit Wandbehängen bedeckt. Ein ausnehmend schönes italienisches Himmelbett mit schweren Vorhängen betonte die düstere, würdevolle Atmosphäre des Zimmers noch. Das gesamte Mobiliar war alt, kunstvoll gearbeitet und dunkel. Den Boden bedeckte ein glatter grüner Wollteppich, das einzige neue Stück im Zimmer, sah man von dem elektrischen Licht und dem Waschgeschirr ab. Selbst der Spiegel auf dem Toilettentisch war aus wuchtigem, altem Muranoglas, das in einem schweren angelaufenen Silberrahmen saß.

Nachdem ich mich ein wenig frisch gemacht hatte, ging ich hinunter und hinaus auf den Rasen, um meine Gastgeberin zu begrüßen. Die versammelten Gäste waren von der Art, wie man sie üblicherweise auf dem Land trifft, und zeigten unverhohlenes Interesse am neuen Besitzer der Abtei. Zu meiner Überraschung und Freude entdeckte ich Glenham, den ich aus alten Tagen in Barotseland gut kannte. Er wohnte ganz in der Nähe, was mir hätte bekannt sein sollen, wie er mit einem Lächeln bemerkte. »Doch«, fügte er hinzu, »nicht in einem Anwesen wie diesem.« Er machte mit offensichtlicher Bewunderung eine Handbewegung in Richtung der langen, niedrigen Silhouette der Abtei und murmelte dann zu meinem größten Interesse leise: »Gott sei Dank!« Als er bemerkte, dass ich seine Worte gehört hatte, wandte er sich zu mir und sagte mit Nachdruck: »Ja, Gott sei Dank, und das ist mein voller Ernst. Nicht für Broughtons gesamtes Vermögen wollte ich in der Abtei wohnen.«

»Aber gewiss ist Ihnen bekannt«, wandte ich ein, »dass der alte Clarke auf frischer Tat ertappt wurde, als er seine Schreckgespenster aufführte.«

Glenham zuckte die Achseln. »Ja, das weiß ich. Und dennoch stimmt mit diesem Ort etwas nicht. Ich kann nur sagen, dass Broughton ein anderer Mensch geworden ist, seit er hier lebt. Ich glaube nicht, dass er noch lange hier wohnen wird. Aber … Sie bleiben hier? Nun, dann werden Sie gewiss heute Abend mehr darüber erfahren. Wie ich höre, findet ein großes Abendessen statt.« Das Gespräch wandte sich alten Erinnerungen zu und bald musste Glenham sich verabschieden.

Bevor ich mich an diesem Abend umzog, unterhielt ich mich zwanzig Minuten mit Broughton in der Bibliothek. Es konnte kein Zweifel daran bestehen, dass der Mann sich verändert hatte, sehr verändert sogar. Er war nervös und fahrig und er sah mich nur dann an, wenn ich meinen Blick von ihm abgewendet hatte. Natürlich fragte ich ihn, in welcher Weise ich ihm dienlich sein könne. Ich versicherte ihm, alles in meiner Macht Stehende zu tun, doch könne ich mir nicht vorstellen, mehr ausrichten zu können, als er zu tun vermöge. Mit einem matten Lächeln erwiderte er, es gäbe da aber etwas und er würde morgen mit mir darüber sprechen. Ich gewann den Eindruck, als würde er sich irgendwie schämen, vielleicht wegen der Rolle, die er mir zugedacht hatte. Doch ich verbannte das Thema aus meinen Gedanken und begab mich hinauf in mein vornehmes Zimmer, um mich umzukleiden. Als ich die Tür schloss, wehte ein Luftzug die Königin von Saba von der Wand und ich bemerkte, dass der untere Rand der Wandbehänge nicht befestigt war. Ich hatte Gespenster stets sehr nüchtern betrachtet und mir schien oft, als ließen sich neunundneunzig Prozent der Geschichten, die einem so zu Ohren kamen, durch unbefestigte Wandbehänge, die sich leise im Schein des Feuers bewegten, erklären. Das würdevolle Wogen der Damen und ihrer Diener und Jäger – von denen einer auf den Stufen, auf denen König Salomon stand und seinen liebreizenden Gast erwartete, einem Hirsch auf unschöne Weise die Kehle durchschnitt – untermauerte zweifellos meine Theorie.

Beim Abendessen passierte nicht viel. Die Gäste ähnelten in starkem Maß denen des Gartenfestes. Eine junge Frau neben mir schien unbedingt wissen zu wollen, was man in London gerade so las, doch da sie sich in den neuesten Magazinen und Literaturbeilagen weit besser auskannte als ich, wurde ich nun selbst über die neuesten Strömungen in der modernen Literatur unterrichtet. (…) Sie war eine freudlose Seele und unwillkürlich dachte ich bei mir, wenn es in der Nachbarschaft viele solcher Leute gab, so war es nicht weiter verwunderlich, dass der alte Glenham irgendeinen Unsinn über die Abtei erzählt bekommen hatte. Aber nichts hätte weniger unheimlich sein können als das Funkeln von Silber und Glas, das gedämpfte Licht und das Geplauder rund um den Esstisch.

Nachdem sich die Damen zurückgezogen hatten, plauderte ich mit dem Landdekan. Er war ein dünner, ernsthafter Mann, der das Gespräch ohne Umschweife auf die Schreckgespenster des alten Clarke lenkte. Aber, so würde er sagen, Mr. Broughton hätte nicht nur die Abtei, sondern die gesamte Nachbarschaft mit einem neuen, fröhlichen Geist erfüllt, und er hege große Hoffnung, dass der törichte Aberglaube früherer Tage bald in Vergessenheit geriete. Broughton saß mit zwei Freunden, rotgesichtigen Jägern, am anderen Ende des Tisches. Einmal bemerkte ich, dass sie über mich sprachen, schenkte dem in diesem Augenblick aber keine Beach-

tung. Einige Stunden später sollte ich mich wieder daran erinnern.

Um elf Uhr waren alle Gäste gegangen und Broughton, seine Frau und ich befanden uns allein in dem Wohnzimmer aus der Zeit Jacobs I. mit seiner schönen Stuckdecke. Mrs. Broughton sprach über ein oder zwei Nachbarn und dann sagte sie mit einem Lächeln, ich würde sie gewiss entschuldigen, reichte mir die Hand und begab sich zu Bett. Ich bin nicht sehr gut in solchen Sachen, doch ich spürte, dass sie ein wenig unbehaglich und mit einem Anflug von Mühe sprach, recht gezwungen lächelte und allem Anschein nach froh war, sich zurückziehen zu können. Diese Dinge mögen belanglos klingen, doch die ganze Zeit hatte ich das Gefühl, dass irgendetwas nicht stimmte. Unter den gegebenen Umständen tauchte in mir erneut die Frage auf, um welchen Dienst Broughton mich wohl zu bitten gedachte – und ich fragte mich zugleich, ob es sich bei der ganzen Sache nicht vielleicht nur um einen schlechten Scherz handelte, um mich einer bloßen Jagdgesellschaft wegen aus London fortzuholen.

Broughton sprach wenig, nachdem seine Frau fort war, doch gab er sich augenscheinlich alle Mühe, das Gespräch auf den so genannten Spuk in der Abtei zu lenken. Sobald ich das begriffen hatte, befragte ich ihn natürlich ohne Umschweife darüber, worauf er scheinbar sofort das Interesse am Thema verlor. Es gab keinen Zweifel. Mit Broughton war eine Veränderung vorgegangen und meines Erachtens durchaus nicht zum Besseren. Mrs. Broughton schien dafür keine hinreichende Erklärung zu sein. Er war ihr offenbar sehr zugetan und sie ihm. Ich erinnerte ihn daran, dass er mir am nächsten Morgen sein Anliegen unterbreiten wollte, sagte, ich sei von der Reise müde, entzündete eine Kerze und ging mit ihm zusammen nach oben. Am Ende des Flurs, der in das alte Haus führte, lächelte er schwach und sagte: »Denken Sie daran, wenn Sie ein Gespenst sehen, dann sprechen Sie mit ihm. Sie sagten einmal, das würden Sie tun.« Einen Augenblick stand er unschlüssig da, dann wandte er sich um. An der Tür seines Ankleidezimmers hielt er noch einmal inne. »Dies ist mein Zimmer«, rief er. »Falls Sie etwas benötigen sollten. Gute Nacht.« Und er schloss seine Tür.

Ich ging den Flur hinunter zu meinem Zimmer, zog mich aus, knipste die Lampe neben meinem Bett an, las einige Seiten des *Dschungelbuches* und löschte dann, mehr als schläfrig, das Licht. Augenblicklich schlief ich ein.

Drei Stunden später erwachte ich. Draußen regte sich kein Lüftchen. Vom Kamin kam nicht einmal mehr ein Flackern. Während ich dalag, knackte die erkaltende Glut leise, doch es war kaum mehr als ein schwaches Glühen auf dem Feuerrost sichtbar. Draußen ertönte in den unbewegten Edelkastanien der Ruf einer Eule. Träge ließ ich die Geschehnisse des Tages noch einmal Revue passieren und hoffte wieder eingeschlafen zu sein, bevor ich beim Abendessen anlangte. Doch am Ende schien ich wacher als zuvor. Da half alles nichts, ich musste wohl die Lektüre des *Dschungelbuches* wieder aufnehmen, bis sich der Schlaf erneut einstellte. Also streckte ich die Hand suchend nach der Perle am Ende der Schnur aus, die beim Bett hing, und knipste die Nachttischlampe an. Für einen Augenblick war ich von der plötzlichen Helligkeit geblendet und mit halb geschlossenen Augen tastete ich unter dem Kissen nach meinem Buch. Als sich meine Augen an das Licht gewöhnt hatten, warf ich zufällig einen Blick zum Fußende meines Bettes.

Was dann geschah, werde ich Ihnen niemals wirklich erzählen können. Mit den schrecklichsten Worten könnte ich

Ihnen nicht einmal annähernd beschreiben, was ich empfand. Ich weiß, dass mein Herz stockte und es mir unwillkürlich die Kehle zuschnürte. Einem instinktiven Impuls folgend, kroch ich ans Kopfende meines Bettes, die Augen vor Entsetzen weit aufgerissen. Die Bewegung brachte mein Herz wieder in Gang und aus all meinen Poren drang der Schweiß. Ich bin kein besonders gläubiger Mensch, doch war ich immer in dem Glauben gewesen, Gott würde es einer übernatürlichen Erscheinung niemals gestatten, sich Menschen in einer Gestalt oder unter Umständen zu zeigen, durch die ihnen körperlicher oder geistiger Schaden zugefügt werden konnte. Doch ich kann Ihnen nur sagen, dass in diesem Augenblick mein Leben und auch mein Verstand in ihren Grundfesten erschüttert wurden.«

Die anderen Passagiere der *Osiris* waren zu Bett gegangen. Nur Colvin und ich lehnten noch an der Steuerbordreling, die dann und wann durch die heftige Vibration der starken Maschinen des Postschiffes erschüttert wurde. In weiter Ferne leuchteten die Lichter einiger Fischerboote, die in die Nacht hinausfuhren, und eine große, weiße, schäumende Welle bäumte sich neben uns auf und brach.

Schließlich fuhr Colvin fort:

»Am Fußende meines Bettes lehnte eine in ein verrottetes und zerlumptes Tuch gehüllte Gestalt, die mich anstarrte. Das Leichentuch war über ihren Kopf gebreitet, ließ jedoch beide

Augen und die rechte Gesichtshälfte sichtbar, dann fiel es über den Arm hinab bis zur Hand, die das Bettende umklammert hielt. Das Gesicht war kein vollständiger Totenschädel, wenngleich Augen und Fleisch völlig fehlten. Über die Knochen spannte sich straff eine dünne, trockene Haut und auch an der Hand befand sich noch etwas davon. In die Stirn hing eine einzelne Haarsträhne.

Es herrschte Totenstille. Ich starrte die Gestalt an und sie mich und in meinem Kopf begann sich alles zu drehen. Ich hielt immer noch die Lampenkordel in meiner Hand und spielte träge mit ihr. Doch wagte ich nicht das Licht zu löschen. Ich schloss meine Augen, nur um sie im gleichen Moment in unsäglicher Angst wieder zu öffnen. Die Gestalt hatte sich nicht bewegt. Das Herz schlug mir bis zum Hals und der an mir herunterrinnende Schweiß verschaffte mir Kühlung. Wieder war das Knacken der Glut auf dem Feuerrost zu hören und an der Wand knarrte die Täfelung.

Ich war wie von Sinnen. Zwanzig Minuten lang – oder auch nur zwanzig Sekunden – konnte ich an nichts anderes denken als an diese schreckliche Gestalt, bis in den leeren Bahnen meiner Sinne plötzlich die Erinnerung daran auftauchte, wie Broughton und seine Freunde beim Abendessen verstohlen über mich geredet hatten. Die vage Hoffnung, dass es sich um einen Schabernack handelte, schlich sich wohltuend in mein unglückliches Gehirn, und als sie sich dort einmal eingenistet hatte, kehrte auch der Mut durch tausend winzige Adern zurück. Meine erste Empfindung war eine blinde, unvernünftige Dankbarkeit, dass mein Verstand dieser Prüfung standhalten würde. Ich bin bestimmt kein feiger Mensch, doch selbst die Besten unter uns brauchen in extremen Situationen irgendeinen menschlichen Halt und die schwache, aber wachsende Hoffnung, dass letztlich alles ein übler Streich war, gab mir die Kraft, die ich brauchte. Endlich bewegte ich mich.

Wie es mir gelang, kann ich Ihnen nicht sagen, doch mit einem Sprung ans Fußende des Bettes kam ich in Reichweite

dieser Gestalt und holte mit der Faust zu einem furchtbaren Schlag aus. Das Ding sackte in sich zusammen und an meiner Hand klaffte eine Wunde, die bis auf den Knochen ging. Nach meiner Angst überfiel mich nun ein unbeschreiblicher Ekel und halb ohnmächtig sank ich auf das Bettende. Es war also nur ein übler Trick gewesen. Zweifellos hatte man diesen Streich bereits viele Male gespielt. Zweifellos hatten Broughton und seine Freunde eine hohe Wette darüber abgeschlossen, was ich wohl tun würde, wenn ich die grauenhafte Gestalt entdeckte. Mein unbeschreibliches Entsetzen verwandelte sich in blinde Wut. Lauthals belegte ich Broughton mit Flüchen. Ich warf mich schier über das Bettende auf das Sofa. Ich zerrte an dem eingehüllten Skelett – wie geschickt es doch zurechtgemacht war, dachte ich –, schleuderte den Schädel zu Boden und stampfte auf dem spröden Gebein herum. Ich stieß den Schädel unter das Bett und schlug die brüchigen Knochen des Rumpfes in Stücke. Ich zertrümmerte die dürren Oberschenkelknochen auf meinem Knie und schleuderte sie in alle Richtungen. Die Schienbeine lehnte ich gegen einen Schemel und zertrat sie mit der Ferse. Ich wütete wie ein Berserker gegen die widerliche Gestalt, brach die Rippen von der Wirbelsäule und schleuderte das Brustbein gegen den Schrank.

Mit fortschreitender Zerstörung steigerte sich meine Wut. Ich riss den fauligen Schleier in Fetzen und Staub senkte sich rundum auf alles herab, auf das saubere Löschpapier und das silberne Tintenfass. Schließlich war mein Werk vollbracht und nur noch ein wirrer Haufen zerschlagener Knochen, pergamentener Haut und zerfetzter Wolle übrig. Dann hob ich ein Stück des Schädels auf – ich entsinne mich, dass es die rechte Wange mit dem Schläfenknochen war – öffnete die Tür und ging den Flur hinunter zu Broughtons Ankleidezimmer. Ich erinnere mich auch, dass mein schweißnasser Schlafanzug an mir klebte. Ich trat die Tür auf und stürmte hinein.

Broughton lag im Bett. Er hatte bereits das Licht angeknipst und schien in sich zusammengesunken und von Entsetzen gepackt. Er war völlig außer sich. Dann begann ich zu reden. Ich weiß nicht mehr, was ich alles sagte. Ich weiß nur, dass ich aus tiefstem Hass, angefeuert von der Schmach meiner Feigheit, meiner Zunge freien Lauf ließ. Ich war erstaunt über meinen Redefluss. Broughton sprach kein Wort.

Mein Haar klebte noch immer an meinen nassen Schläfen, meine Hand blutete heftig und ich muss einen seltsamen Anblick geboten haben. Broughton kauerte am Kopfende seines Bettes, genau wie ich es getan hatte. Noch immer gab er keine Antwort, verteidigte sich nicht. Er schien mit etwas anderem beschäftigt zu sein und ein- oder zweimal befeuchtete er mit der Zunge die Lippen. Doch er brachte kein Wort heraus, obgleich er dann und wann seine Hände bewegte wie ein kleines Kind, das noch nicht sprechen kann.

Schließlich öffnete sich die Tür zu Mrs. Broughtons Zimmer und bleich und verängstigt trat sie ein. »Was ist geschehen? Was ist geschehen? Oh, in Gottes Namen! Was ist geschehen?«, rief sie immer wieder. Sie ging zu ihrem Mann, setzte sich in ihrem Nachthemd auf das Bett und die beiden schauten mich an. Ich berichtete, was geschehen war. Trotz ihrer Anwesenheit schonte ich ihren Mann nicht. Doch der schien kaum etwas zu begreifen. Ich sagte, dass ich ihren feigen Schabernack verdorben hätte. Broughton blickte auf.

»Ich habe dieses widerliche Ding in tausend Stücke zerschmettert«, sagte ich. Broughton fuhr sich erneut mit der Zunge über die Lippen und bewegte seinen Mund. »Bei Gott!«, schrie ich. »Es geschähe Ihnen Recht, wenn ich Sie

windelweich prügeln würde. Ich werde dafür sorgen, dass kein ehrbarer Mann und keine ehrbare Frau in meiner Bekanntschaft je wieder ein Wort mit Ihnen spricht. Und da«, setzte ich hinzu und warf das Schädelstück auf den Boden neben seinem Bett, »da ist ein Andenken an Ihr verfluchtes Werk heute Nacht!«

Broughton sah den Knochen und dann war er es, der mich das Fürchten lehrte. Er schrie auf wie ein in eine Falle geratener Hase. Er schrie und schrie, bis Mrs. Broughton, die beinahe ebenso verwirrt war wie ich, ihn packte und wie ein Kind zu beruhigen versuchte. Doch Broughton stieß sie von sich – und dabei ging mir durch den Kopf, dass ich vielleicht keine zehn Minuten zuvor ebenso schrecklich ausgesehen hatte wie nun er – kroch aus dem Bett auf den Boden und streckte, immer noch schreiend, seine Hand nach dem Knochen aus. Es war Blut von meiner Hand daran, doch er schenkte dem keine Beachtung. Mit dem Knochen in der Hand erhob er sich und stand wortlos da. Er schien zu lauschen. »Zeit, Zeit vielleicht«, murmelte er und fiel fast im selben Moment der Länge nach auf den Teppich, wobei er mit dem Kopf gegen den Kaminvorsetzer schlug. Der Knochen flog ihm aus der Hand und fiel nicht weit von der Tür zu Boden. Ich half Broughton auf. Er war verstört und außer sich und sein Gesicht blutverschmiert. »Horcht, horcht!«, flüsterte er heiser. Wir horchten.

Nach zehn Sekunden vollkommener Stille glaubte ich etwas wahrzunehmen. Zuerst war ich mir nicht sicher, doch schließlich gab es keinen Zweifel mehr. Es war ein gedämpftes Geräusch zu hören, als bewegte sich jemand den Flur entlang. Über den harten Eichenboden näherten sich uns leise regelmäßige Schritte. Broughton wankte hinüber zum Bett, auf dem kreidebleich und stumm seine Frau saß, und drückte ihr Gesicht an seine Schulter.

Dann löschte er das Licht und ich sah gerade noch, wie er vornüber fiel und seinen Kopf im Kissen vergrub. Irgendetwas an ihrer Gegenwart, ihrer Feigheit verlieh mir Kraft und ich wandte meinen Blick der offenen Zimmertür zu, die sich recht deutlich gegen den schwach beleuchteten Flur abhob. Ich streckte eine Hand aus und berührte in der Dunkelheit Mrs. Broughtons Schulter, doch im letzten Moment versagte auch ich. Ich sank auf die Knie und verbarg mein Gesicht im Bett. Aber wir hörten es alle. Die Schritte erreichten die Tür und hielten dort inne. Das Knochenstück lag einen knappen Meter von der Tür entfernt im Zimmer. Das Rascheln von Stoff war zu hören und dann befand sich etwas im Raum. Mrs. Broughton gab keinen Laut von sich. Broughton hörte ich durch das Kissen gedämpft Gebete sprechen. Ich verfluchte meine Feigheit. Dann bewegten sich die Schritte wieder auf die Eichendielen des Flurs hinaus und ich hörte, wie die Geräusche immer schwächer wurden. In einem Anfall von Reue ging ich zur Tür und warf einen Blick hinaus. Am Ende des Flurs glaubte ich etwas auszumachen, das sich entfernte. Augenblicke später lag der Gang verlassen da. Ich lehnte meine Stirn gegen den Türrahmen und fühlte mich entsetzlich elend.

»Sie können das Licht anmachen«, sagte ich und als Antwort flackerte es auf. Der Knochen auf dem Boden war verschwunden. Mrs. Broughton war ohnmächtig geworden. Ihr Mann war praktisch nutzlos und ich benötigte zehn Minuten, um sie wieder zu sich zu bringen. Broughton murmelte nahezu ununterbrochen weiter Gebete vor sich hin. Nur eine bedeutsame Bemerkung ließ er fallen und später war ich froh, mich daran zu erinnern. Mit tonloser Stimme sagte er halb

fragend, halb anklagend: »Sie haben nicht mit ihr gesprochen.«

Die übrige Nacht verbrachten wir gemeinsam. Mrs. Broughton fiel tatsächlich vor Morgengrauen in einen Schlummer, doch in ihren Träumen litt sie so furchtbare Qualen, dass ich sie wieder wachrüttelte. Nie hatte eine Morgendämmerung so lange auf sich warten lassen. Drei- oder viermal führte Broughton Selbstgespräche und Mrs. Broughton hielt dann seinen Arm noch fester gepackt, doch sie brachte kein Wort heraus. Was mich betraf, so muss ich aufrichtigerweise gestehen, dass es mir mit jeder verstreichenden Stunde und zunehmendem Tageslicht zusehends schlechter ging. Die vergangene Nacht hatte meine vermeintlich sicheren Überzeugungen zutiefst erschüttert und ich glaubte, dass die Fundamente meines Lebens auf Sand gebaut waren. Ich sprach kein Wort und nachdem ich meine Hand mit einem Handtuch verbunden hatte, saß ich regungslos da. Sie standen mir bei und ich ihnen und alle drei waren wir uns bewusst, dass wir in dieser Nacht um ein Haar den Verstand verloren hätten. Als das Licht schließlich hell ins Zimmer fiel und die Vögel draußen zwitscherten und sangen, spürten wir, dass wir etwas unternehmen mussten. Dennoch rührten wir uns nicht vom Fleck. Eine alles überwältigende Teilnahmslosigkeit ließ uns einfach dasitzen, bis Broughtons Kammerdiener anklopfte und die Tür öffnete. Keiner von uns bewegte sich. »Chapman, Sie können in fünf Minuten wieder kommen«, sagte Broughton kaum hörbar und steif. Chapman war ein verschwiegener Mann, doch es wäre uns gleichgültig gewesen, hätte er nichts Eiligeres zu tun gehabt, als seine Neuigkeiten umgehend im Dienstbotenzimmer zu verbreiten.

Wir sahen einander an und ich sagte, ich müsste nach Hause zurückkehren. Ich wollte draußen warten, bis Chapman wieder erschien. Allein mein Schlafzimmer zu betreten, wagte ich einfach nicht. Broughton erhob sich und sagte, er würde mich begleiten. Mrs. Broughton erklärte sich einverstanden, fünf Minuten allein in ihrem Zimmer zu bleiben, wenn die Jalousien hoch gezogen und die Türen geöffnet würden.

Und so begaben sich Broughton und ich, uns gegenseitig unbeholfen stützend, in mein Zimmer. Im Morgenlicht, das durch die Jalousien fiel, fanden wir unseren Weg und ich zog die Jalousien hoch. Der Raum war völlig in Ordnung, sah man von den Flecken meines Blutes auf dem Bettende, dem Sofa und dem Teppich, wo ich das Wesen zerfetzt hatte, ab.«

Colvin war mit seiner Geschichte am Ende. Es gab nichts mehr zu sagen. Vom Vorderdeck her tutete siebenmal stotternd das Horn und die Antwort heulte klagend durch die Dunkelheit. Ich ging mit ihm nach unten.

»Natürlich geht es mir mittlerweile wieder erheblich besser, doch ist es sehr freundlich von Ihnen, dass Sie mir gestatten, in Ihrer Kabine zu übernachten.«

Der Schatten eines Geistes

Tom Hood (1799–1845)

Meine Schwester Lettie lebt bei mir, seit ich ein eigenes Zuhause besitze. Vor meiner Heirat war sie meine Haushälterin, nun ist sie die ständige Gefährtin meiner Frau und die Lieblingstante meiner Kinder, die mit all ihren kleinen Ängsten und Sorgen Trost, Rat und Hilfe bei ihr suchen.

Aber obwohl sie ein gemütliches Heim und liebende Seelen um sich hat, trägt sie stets einen ernsten, melancholischen Ausdruck auf dem Gesicht, der Bekannte verwirrt und Freunde betrübt.

Ja, die alte Geschichte vom verlorenen Geliebten ist der Grund für Letties Kummer. Sie hat oft Anträge bekommen, doch nachdem sie die große Liebe ihres Herzens verlor, hat sie sich nie wieder an dem Glück freuen können, zu lieben und geliebt zu werden.

George Mason war ein Cousin meiner Frau – Seemann von Beruf. Er und Lettie hatten sich auf unserer Hochzeit kennen gelernt und es war Liebe auf den ersten Blick gewesen. Schon Georges Vater hatte auf dem großen geheimnisvollen Meer gedient und war vor allem als Kenner der Arktis bekannt, da er an mehr als einer Expedition auf der Suche nach Nordpol und Nordwestpassage teilgenommen hatte.

Es überraschte mich daher nicht, als George sich freiwillig für die *Pioneer* meldete, die für eine Fahrt ausgerüstet wurde, um Franklin und seine verschollene Expedition zu suchen. Ein solches Unternehmen übte eine Faszination aus, der auch ich wohl nicht widerstanden hätte, wäre ich an seiner Stelle gewesen. Lettie fand natürlich keinerlei Gefallen an dieser Idee, aber er brachte sie zum Schweigen, indem er sagte, dass Männer, die sich freiwillig für eine Suche in der Arktis meldeten, nie wieder vergessen würden, und er in diesem einen Jahr der Expedition in seinem Beruf weiter vorankäme als sonst nicht in einem Dutzend Jahren. Es war wohl nicht so, dass Lettie danach vollkommen Frieden damit schloss, dass er fortging, aber immerhin erhob sie keine Einwände mehr.

Doch dieser ernste Gesichtsausdruck, der heute für sie typisch ist, aber in ihren jüngeren und glücklicheren Tagen außergewöhnlich war, erschien mitunter damals schon auf ihrem Gesicht, wenn sie sich unbeobachtet glaubte.

Mein jüngerer Bruder Harry war zu dieser Zeit Student an der Kunstakademie, wenngleich erst Anfänger. Heute ist er in der Kunstwelt recht bekannt und seine Bilder erzielen gute Preise. Wie alle Neulinge auf dem Gebiet der Kunst war er voller Ideen und Theorien. Seine besondere Vorliebe galt der venezianischen Schule, wie er es nannte.

Nun traf es sich, dass George einen wohlgeformten, italienisch wirkenden Kopf hatte und so überredete Harry ihn, ihm Modell für ein Porträt zu sitzen. Das Gemälde hatte recht große Ähnlichkeit mit George, doch die künstlerische Qualität ließ zu wünschen übrig. Sein Hintergrund war dermaßen düster und Georges Marineuniform von so dunkler Farbe, dass das Gesicht weiß und starr erschien. Das Gemälde zeigte George nicht vollständig und man sah nur eine Hand, die auf dem Griff eines Schwertes ruhte. George fand, dass er eher wie der Kapitän einer venezianischen Galeere aussah als wie ein moderner Schiffsoffizier.

Aber Lettie gefiel das Bild, da sie die künstlerische Qualität wenig kümmerte, solange die Ähnlichkeit stimmte. Und so wurde das Gemälde gebührend gerahmt – auf Harrys Anweisung in einem ungeheuer schweren Rahmen – und im Esszimmer aufgehängt.

Und dann rückte der Zeitpunkt von Georges Abreise näher. Die *Pioneer* war beinahe auslaufbereit und die Besatzung wartete nur noch auf den entsprechenden Befehl. Vor der Abfahrt hatten die Offiziere Zeit, einander kennen zu lernen, was gewiss von Vorteil war. George freundete sich mit dem Schiffsarzt Vincent Grieve an und brachte ihn mit meiner Erlaubnis einmal zum Abendessen mit.

»Die nächsten Freunde des armen Kerls leben im schottischen Hochland und er ist hier sehr einsam.«

»Dann bring ihn auf alle Fälle mit, George! Du weißt, dass uns alle deine Freunde willkommen sind.«

Und so erschien Vincent Grieve. Ich muss sagen, dass er keinen guten Eindruck auf mich machte und ich fast wünschte, ihn nicht eingeladen zu haben. Er war ein großer, blasser, blonder junger Mann mit einem harten schottischen Gesicht und kalten grauen Augen. Und es lag etwas in seinem Gesichtsausdruck, das mir nicht gefiel – er wirkte irgendwie grausam oder verschlagen, vielleicht auch beides.

Ich fand es ziemlich geschmacklos von ihm, dass er Lettie große Aufmerksamkeit entgegenbrachte, obwohl er als Freund ihres Verlobten gekommen war. Er blieb ständig in ihrer Nähe und kam George in all den kleinen Aufmerksamkeiten zuvor, die man seiner Geliebten wohl gern zuteil werden lässt. Ich glaube, George war ein wenig verärgert, obwohl er kein Wort darüber verlor und das anstößige Verhalten seines Freundes einer mangelnden Kinderstube zuschrieb.

Lettie gefiel dies alles gar nicht. Sie wusste, dass sie George nicht mehr lange haben würde und war daher darauf erpicht, möglichst oft mit ihm zusammen zu sein. Aber da Grieve der Freund ihres Verlobten war, ertrug sie seine Aufdringlichkeit mit großer Langmut.

Der Arzt schien überhaupt nicht zu merken, dass er sich in Dinge einmischte, die ihn nichts angingen. Er machte einen ausgeglichenen Eindruck, sah man von einer kleinen Ausnahme ab: Das Porträt von George schien ihn aus der Fassung zu bringen. Als er es zum ersten Mal sah, war ihm ein leiser ärgerlicher Aufschrei entfahren, der meine Aufmerksamkeit auf ihn lenkte. Ich bemerkte, wie er versuchte den Blick auf das Gemälde zu meiden. Als schließlich das Essen aufgetragen wurde, wies man ihm einen Platz direkt gegenüber des Bildes zu. Er zögerte einen Moment und setzte sich dann, doch fast im gleichen Moment stand er wieder auf.

»Ich weiß, dass es sehr kindisch ist«, stammelte er, »doch ich kann diesem Gemälde nicht gegenüber sitzen.«

»Es ist keine hohe Kunst«, sagte ich, »und mag ein kritisches Auge irritieren.«

»Ich verstehe nichts von Kunst«, erwiderte er, »doch es ist eines von jenen unangenehmen Gemälden, die einen mit den Augen durch den Raum verfolgen. Ich hege seit jüngster Kindheit eine Abscheu gegen solche Bilder. Meine Mutter heiratete gegen den Willen ihres Vaters und wurde bei meiner Geburt so krank, dass man ihr kaum Überlebenschancen einräumte. Als sie sich genügend erholt hatte und nicht mehr im Fieberwahn sprach, bat sie inständig, ein Gemälde meines Großvaters aus dem Zimmer zu entfernen, das dort gehangen und sie, wie sie schwor, drohend angeschaut hatte. Es mag Ihnen abergläubisch erscheinen, doch habe ich aus diesem Grunde Angst vor dergleichen Gemälden!«

Ich glaube, George hielt dies für einen Trick seines Freundes, um neben Lettie sitzen zu können, doch ich war mir des Gegenteils gewiss, denn ich hatte den entsetzten Ausdruck auf seinem Gesicht gesehen.

Als uns George und sein Freund am späten Abend verließen, ergriff ich die Gelegenheit, ihn, halb im Scherz, zu fragen, ob er den Arzt wieder mitbringen wolle. George versicherte mir höchst energisch das Gegenteil und fügte hinzu, dass er unter Männern im Wirtshaus oder an Bord des Schiffes Grieves Gesellschaft schätze, nicht jedoch in der Gegenwart von Damen.

Aber das Unheil hatte seinen Lauf genommen. Vincent Grieve nutzte es aus, unsere Bekanntschaft gemacht zu haben, und wartete nicht auf eine erneute Einladung. Am nächsten Tag kam er wieder und danach beinahe jeden weiteren Tag. Er war nun häufiger zu Besuch als George, denn George musste seinen Pflichten nachkommen, die ihn fast immer an Bord der *Pioneer* festhielten, während der Arzt, nachdem er sich um Medikamente und dergleichen gekümmert hatte, weitgehende Freiheit genoss. Lettie versuchte ihm aus dem Weg zu gehen, doch meist überbrachte er ihr irgendeine kleine Nachricht von George oder gab dies zumindest vor, sodass er stets einen Vorwand hatte, nach ihr zu fragen und sie zu sehen.

Nach seinem letzten Besuch – einen Tag, bevor die *Pioneer* auslief – kam Lettie in großer Bestürzung zu mir. Der junge Flegel hatte tatsächlich die Dreistigkeit besessen, ihr seine Liebe zu erklären. Wie er sagte, wisse er um ihre Verlobung mit George, doch könne dies einen anderen Mann nicht daran hindern, sie ebenfalls zu lieben. Ein Mann könne ebenso wenig etwas dagegen tun, sich zu verlieben, wie an Fieber zu erkranken. Lettie bewahrte Haltung und wies ihn mit scharfen Worten zurecht. Doch er erwiderte, er könne nichts Schlimmes daran finden, ihr seine Liebe zu gestehen, auch wenn er wisse, dass er chancenlos sei.

»Aber es könnten tausend Dinge geschehen«, sagte er schließlich, »um Ihre Verlobung mit George Mason zu beenden. Und dann werden Sie vielleicht daran denken, dass ein anderer Sie liebt!«

Ich war außer mir und hätte ihm gern auf der Stelle zur Rede gestellt, doch Lettie sagte mir, dass er fort sei, da sie ihn zum Gehen aufgefordert und ihm verboten habe, das Haus noch einmal zu betreten. Sie erzählte mir dies nur, um sich zu schützen, denn sie beabsichtigte nicht, George gegenüber etwas von der Angelegenheit zu erwähnen, aus Furcht, dies könne ein Duell oder andere Gewalttätigkeiten nach sich ziehen.

Es war das letzte Mal, dass wir Vincent Grieve vor dem Auslaufen der *Pioneer* sahen.

George kam noch am gleichen Abend und blieb bis zum Morgengrauen bei uns, dann musste er sich losreißen, um an Bord seines Schiffes zu gehen.

Nachdem ich ihm an der Tür in der kalten, grauen, nieseligen Morgendämmerung die Hand gegeben hatte, kehrte ich in das Speisezimmer zurück, wo die arme Lettie schluchzend auf dem Sofa saß. Als mein Blick auf Georges Porträt fiel, das über ihr hing, durchfuhr mich ein Schreck. Das seltsame Licht des Morgengrauens konnte kaum eine Erklärung für die außerordentliche Blässe des Gesichtes sein. Ich trat auf das Gemälde zu und betrachtete es eingehend. Ich sah, dass es mit Feuchtigkeit bedeckt war und glaubte, dass vielleicht sie diese Blässe verursachte. Was die Feuchtigkeit betraf, so nahm ich an, dass die arme Lettie das Porträt ihres Geliebten geküsst und mit ihren Tränen benetzt hatte.

Erst als ich lange Zeit später Harry im Spaß erzählte, wie sein Bild liebkost worden sei, erfuhr ich, dass ich mich geirrt hatte. Lettie versicherte mir feierlich, das Bild nie geküsst zu haben.

»Vermutlich ist die Ölfarbe ausgeblüht«, sagte Harry. Und damit wurde das Thema fallen gelassen, denn ich sagte nichts mehr, aber obwohl ich kein Maler war, wusste ich sehr wohl, dass ausblühende Farbe ganz anders aussah.

Die *Pioneer* stach in See. Wir erhielten – oder besser gesagt, Lettie erhielt – zwei Briefe von George, der die Gelegenheit genutzt hatte, sie auf der Heimfahrt befindlichen Walfängern mitzugeben. Im zweiten Brief schrieb er jedoch, nun vermutlich kaum mehr die Möglichkeit zu haben, einen weiteren Brief zu schicken, da sie sich jetzt in hohen Breiten befanden – in jenem einsamen Meer, in das nur noch Expeditionsschiffe vordrangen. Wie er sagte, waren alle guter Stimmung, da sie bisher auf wenig Eis gestoßen waren und deshalb hofften, auch noch weiter nördlich als gewöhnlich offenes Wasser zu finden. Auch Grieve habe, wie er hinzufügte, bisher ein leichtes Leben gehabt, denn an Bord sei noch nicht ein Einziger krank geworden.

Dann folgte ein langes Schweigen und ein Jahr schleppte sich für die arme Lettie langsam dahin. Einmal erfuhren wir aus der Zeitung etwas über die Expedition. Der Kapitän eines russischen Schiffes war herumziehenden Eskimos begegnet, die zu berichten wussten, dass die Besatzung der *Pioneer* weiter vordrang und gut vorankam. Man war für den Winter vor Anker gegangen, hatte die Boote auf Schlitten geladen und glaubte Spuren der Verschollenen gefunden zu haben, die zu beweisen schienen, dass man sich auf dem richtigen Weg befand.

Der Winter verging und der Frühling kehrte ein. Es war ein milder heiterer Frühling, wie wir ihn selbst in unserem wechselhaften und unsicheren Klima gelegentlich erleben.

Eines Abends saßen wir im Speisezimmer, das Fenster weit geöffnet, denn obwohl im Kamin längst kein Feuer mehr brannte, herrschte im Raum eine so bedrückende Wärme, dass wir über die kühle Abendbrise froh waren.

Lettie arbeitete. Obwohl sie nie murrte, litt das arme Kind offensichtlich unter Georges langer Abwesenheit. Harry lehnte aus dem Fenster und studierte die Wirkung des Abendlichtes auf die Obstblüten, die sich auf Grund des milden Wetters wunderbar früh und zahlreich geöffnet hatten. Ich saß am Tisch neben der Lampe und las Zeitung.

Plötzlich strich ein eisiger Hauch durch den Raum. Es konnte kein kalter Windstoß gewesen sein, denn der Vorhang am offenen Fenster machte nicht die leiseste Bewegung. Doch eine tödliche Kälte erfüllte den Raum – kam und war im nächsten Augenblick wieder fort. Wie ich erschauerte auch Lettie durch den eisigen Hauch.

Sie schaute auf. »Wie seltsam kalt es auf einmal geworden ist«, sagte sie.

»Wir bekommen eine Kostprobe des Polarwetters unseres armen George zu spüren«, sagte ich mit einem Lächeln.

Im gleichen Moment schaute ich unwillkürlich zu seinem Porträt. Und was ich sah, verschlug mir die Sprache. Wallendes fiebrigheißes Blut stieg in mir auf und vertrieb das betäubende Gefühl der Kälte, das mich zu lähmen schien.

Ich sagte zwar, dass die Lampe entzündet war, aber nur deshalb, damit ich bequem lesen konnte, denn die untergehende Sonne schien noch so stark durch die violette Abenddämmerung, dass in dem Zimmer keineswegs Dunkelheit herrschte. Und als ich das Gemälde anschaute, sah ich, dass mit ihm

eine merkwürdige Veränderung vorgegangen war. Ich sah es ganz deutlich. Es war keine Täuschung, die das Gehirn dem Auge vorgaukelte.

Ich sah an Stelle von Georges Kopf einen grinsenden Schädel! Ich schaute ganz genau hin, aber es war keine Einbildung. Ich sah die leeren Augenhöhlen, die schimmernden Zähne, die nackten Wangenknochen – es war ein Totenschädel!

Wortlos erhob ich mich von meinem Stuhl und ging auf das Gemälde zu. Als ich näher kam, schien sich eine Art Nebel davor zu schieben, und als ich direkt vor ihm stand, sah ich nur das Gesicht von George. Der gespenstische Schädel war verschwunden.

»Armer George!«, sagte ich unwillkürlich.

Lettie schaute auf. Der Ton meiner Stimme hatte sie erschreckt und der Ausdruck auf meinem Gesicht trug nicht zu ihrer Beruhigung bei.

»Was meinst du damit? Hast du etwas gehört? Um Himmels willen, Robert, sage es mir!«

Sie stand auf und kam zu mir herüber, legte ihre Hand auf meinen Arm und sah mir flehend in die Augen.

»Aber nein, meine Liebe. Wie sollte ich etwas gehört haben? Ich musste nur an die Entbehrungen und die Ungemach denken, denen er gewiss ausgesetzt ist. Die Kälte hat mich daran erinnert…«

»Kälte!«, sagte Harry, der sich vom Fenster abgewandt hatte. »Kälte! Wovon redest du, um alles in der Welt? Kälte, an einem Abend wie diesem? Ich nehme an, du wirst etwas Fieber haben.«

»Sowohl Lettie als auch ich empfanden vor ein paar Minuten Eiseskälte. Hast du nichts gespürt?«

»Überhaupt nichts. Und da ich mich weit aus dem Fenster lehnte, hätte ich wohl derjenige sein müssen, der zuerst etwas spürt.«

Es war seltsam, aber die Kälte schien nur im Raum merkbar gewesen zu sein. Es war nicht der Abendwind gewesen, sondern ein übernatürlicher Lufthauch, der mit der furchtbaren Erscheinung, die ich gesehen hatte, einhergegangen war. Es musste die Kälte des Polarwinters gewesen sein – der frostige Schatten des eisigen Nordens.

»Welches Datum haben wir heute, Harry?«, fragte ich.

»Heute – den Dreiundzwanzigsten, denke ich«, erwiderte er und dann nahm er die Zeitung, die ich eben gelesen hatte, und fügte hinzu: »Ja, hier steht es. ›Dienstag, den 23. Februar‹, wenn die *Daily News* das Datum wahrheitsgemäß angibt und das nehme ich an. Zeitungen können es sich nicht erlauben, in diesem Punkt falsche Angaben zu machen, wie immer sie es mit der Kunst halten mögen.« Harry hatte sich wenige Tage zuvor von dem Kritiker einer Morgenzeitung wegen einem seiner Bilder herbe Kritik gefallen lassen müssen und war nun ganz allgemein nicht gut auf Journalisten zu sprechen.

Kurz darauf verließ Lettie den Raum und ich berichtete Harry, was ich gespürt und gesehen hatte. Ich bat ihn sich das Datum zu notieren, da ich fürchtete, dass George irgendein Missgeschick zugestoßen war.

»Ich werde es in mein Notizbuch eintragen, Bob, aber ich denke, ihr beide habt etwas Schüttelfrost oder eine Magenverstimmung oder deine Phantasie hat dir einen Streich gespielt – das läuft alles auf das Gleiche hinaus. Und was das Bild betrifft, so mach dir keine Gedanken. Natürlich ist da ein Schädel. Ein Gesicht kann noch so voll und dick erscheinen, es ist doch nur auf einem Schädel geformt. Der Schädel ist da,

so wie bei jedem guten Gemälde von einer Person unter den Kleidern ein nackter Körper steckt. Du meinst, es sei doch nur Farbe? Mitnichten! Kunst lebt, mein Lieber! Dieser Kopf ist so wirklich wie der deinige mit allen Muskeln und Knochen, genau gleich. Das ist der Unterschied zwischen Kunst und Kitsch.«

Dies war ein Lieblingsthema von Harry und da mir nicht der Sinn danach stand, mit ihm zu streiten, ließ ich die Sache auf sich beruhen, nachdem wir das Datum in unsere Notizbücher eingetragen hatten. Bald darauf ließ uns Lettie ausrichten, sie fühle sich nicht wohl und sei zu Bett gegangen. Dann kam meine Frau herunter und fragte, was geschehen sei. Sie war oben bei den Kindern gewesen und hatte anschließend nach Lettie geschaut.

»Vermutlich war es sehr unklug, hier bei offenem Fenster zu sitzen, mein Lieber. Gewiss sind die Abende lau, doch die Nachtluft kann manchmal ganz plötzlich kalt werden – jedenfalls scheint es, als habe Lettie sich eine ordentliche Erkältung geholt, denn sie zittert am ganzen Leib. Ich fürchte, die offenen Fenster sind daran Schuld.«

Ich sagte in diesem Moment nichts zu ihr, außer dass sowohl Lettie als auch ich eine plötzliche Kälte verspürt hatten. Ich wollte mich nicht noch einmal in Erklärungen versuchen, denn ich sah, dass Harry über meinen Aberglauben lachen würde.

Doch als wir am Abend in unserem Zimmer waren, berichtete ich meiner Frau von den Geschehnissen und meinen Befürchtungen. Sie reagierte dermaßen bestürzt und entsetzt, dass ich fast bereute, es getan zu haben.

Am nächsten Morgen ging es Lettie wieder gut und da keiner von uns die Ereignisse des Vorabends ansprach, schien der Vorfall bald vergessen zu sein.

Doch von diesem Tag an lebte ich in ständiger Angst, dass wir schlechte Nachrichten erhalten würden. Und schließlich kam es, wie ich es erwartet hatte.

Ich war eines Morgens eben zum Frühstück heruntergekommen, als es an der Tür klopfte und Harry eintrat. Gewöhnlich ließ er sich nicht so früh blicken, denn meist verbrachte er seine Vormittage im Atelier und kam abends auf dem Nachhauseweg vorbei.

Er sah blass und erregt aus.

»Lettie ist noch nicht unten, nicht wahr?«, fragte er und fügte, bevor ich eine Antwort geben konnte, hinzu: »Welche Zeitung hast du abonniert?«

»Die *Daily News*«, erwiderte ich. »Warum?«

»Und Lettie ist wirklich noch nicht unten?«

»Nein.«

»Gott sei Dank! Schau her!«

Er nahm eine Zeitung aus seiner Tasche und reichte sie mir, wobei er auf einen kurzen Artikel am Ende von einer der Spalten deutete.

Doch schon in dem Augenblick, als er nach Lettie gefragt hatte, wusste ich, was kommen würde.

Der Artikel trug die Überschrift: »Offizier des Expeditionsschiffes *Pioneer* tödlich verunglückt«. In ihm stand, das Marineministerium habe die Nachricht erhalten, die Expedition sei noch nicht auf die Verschollenen gestoßen, habe aber Spuren von ihnen gefunden. Der Mangel an Lebensmitteln und anderen lebensnotwendigen Dingen hätten zur Umkehr gezwungen, bevor man diese Spuren verfolgen konnte, doch beabsichtige der Kapitän, nach der Neuausrüstung des Schiffes sofort wieder aufzubrechen und die Suche an der Stelle neu aufzunehmen, an der sie abgebrochen worden sei. Durch

einen unglücklichen Unfall habe er überdies einen seiner viel versprechendsten Offiziere verloren, einen gewissen Lieutenant Mason, der von einem Eisberg gestürzt und umgekommen sei, während er sich mit dem Schiffsarzt auf der Jagd befunden habe. Mason sei bei jedermann beliebt gewesen und sein Tod habe einen großen Schatten auf die tapfere kleine Gruppe von Forschern geworfen.

»Gott sei Dank steht es heute nicht in der *News*, Bob«, sagte Harry, der meine Zeitung durchgeschaut hatte, während ich seine las. »Aber du musst einige Tage wachsam sein und wenn die Meldung kommt, was früher oder später gewiss der Fall sein wird, darfst du sie Lettie nicht sehen lassen.«

Dann schauten wir uns mit Tränen in den Augen an. »Armer George! – arme Lettie!«, seufzten wir leise.

»Aber irgendwann muss sie es doch erfahren«, sagte ich verzweifelt.

»Ich fürchte ja«, erwiderte Harry, »aber es würde sie umbringen, wenn es so plötzlich geschähe. Wo ist deine Frau?«

Sie war bei den Kindern, aber ich ließ sie holen und berichtete ihr die schlechte Neuigkeit.

Sie kämpfte schwer mit sich, ihre Gefühle um Letties willen zu verbergen, doch so sehr sie sich auch bemühte, sie begann zu weinen.

»Wie werde ich jemals den Mut finden, es ihr zu sagen?«, fragte sie.

»Still!«, sagte Harry, der plötzlich ihren Arm packte und zur Tür schaute.

Ich wandte mich um. Dort stand Lettie mit leichenblassem Gesicht, geöffneten Lippen und ausdruckslosen Augen. Sie war lautlos hereingekommen. Wir haben nie erfahren, wie viel sie von der Geschichte mitbekommen hatte, aber es war genug, das Schlimmste zu wissen. Wir gingen alle auf sie zu, doch sie hob nur abwehrend die Hand, dann wandte sie sich um und ging wortlos wieder nach oben. Meine Frau eilte ihr nach und fand sie bewusstlos neben ihrem Bett.

Es wurde nach dem Arzt geschickt, der ihr sofort Stärkungsmittel verabreichte. Sie kam wieder zu sich, aber durch den Schock lag sie einige Wochen schwer krank darnieder.

Etwa einen Monat, nachdem sie so weit zu Kräften gekommen war, um sich wieder nach unten zu begeben, sah ich in der Zeitung die Ankündigung von der Ankunft der *Pioneer*. Da die Nachricht für uns nicht mehr von Belang war, schwieg ich darüber. Die bloße Erwähnung des Schiffsnamens hätte dem armen Mädchen zu große Pein bereitet.

Als ich kurze Zeit später eines Nachmittags gerade einen Brief schrieb, ertönte ein lautes Klopfen an der Haustür. Ich schaute von meinem Schreiben auf und lauschte. Die Stimme, die nach mir fragte, klang fremd und doch nicht ganz unvertraut. Und während ich noch rätselte, wer es sein mochte, fiel mein Blick zufällig auf das Porträt des armen George. Träumte oder wachte ich?

Ich habe Ihnen berichtet, dass seine Hand auf dem Schwert ruhte. Nun aber sah ich ganz deutlich, dass der Zeigefinger wie zur Warnung erhoben war. Ich schaute genau hin, um mich zu versichern, dass mir meine Phantasie keinen Streich spielte, und dann sah ich auf dem blassen Gesicht hell und deutlich zwei große Tropfen, wie Blut.

Ich ging auf das Gemälde zu in der Erwartung, dass die Erscheinung verschwinden würde wie ehedem der Schädel. Doch dann sah ich, dass der erhobene Finger tatsächlich ein kleiner weißer Falter war, der auf der Leinwand saß. Bei den roten Tropfen handelte es sich um eine Flüssigkeit, aber ge-

wiss nicht um Blut, wenngleich ich zu diesem Zeitpunkt außer Stande war, sie zu erklären.

Der Falter schien in einem Starrezustand, daher entfernte ich ihn von dem Gemälde, legte ihn auf das Kaminsims und stülpte ein umgedrehtes Weinglas darüber. All dies dauerte nur Sekunden. Als ich mich vom Kaminsims abwandte, trat das Dienstmädchen mit einer Karte ein und sagte, ein Herr warte in der Halle und begehre zu wissen, ob ich ihn empfangen würde.

Auf der Karte stand: »Vincent Grieve vom Forschungsschiff *Pioneer*.«

»Dem Himmel sei Dank, dass Lettie ausgegangen ist«, dachte ich und dann sagte ich laut zu dem Dienstmädchen: »Führe ihn herein. Und Jane, falls deine Herrin und Miss Lettie nach Hause kommen, bevor der Herr gegangen ist, sage ihnen, dass ich eine geschäftliche Unterredung habe und nicht gestört werden will.«

Ich ging zur Tür, um Grieve zu empfangen. Er trat über die Schwelle, doch noch bevor er das Porträt überhaupt gesehen haben konnte, blieb er schaudernd stehen und wurde kreideweiß. Selbst seine dünnen Lippen erbleichten.

»Verhängen Sie das Bild, bevor ich eintrete«, sagte er mit schwacher Stimme eilig. »Sie entsinnen sich gewiss der Wirkung, die es auf mich hatte. Und nach dem, was mit dem armen Mason geschehen ist, wäre sie noch schlimmer.«

Ich konnte seine Gefühle jetzt besser verstehen als beim ersten Mal, denn mittlerweile betrachtete ich das Gemälde selbst mit einiger Scheu. Und so nahm ich die Decke von einem kleinen runden Tisch, der unter dem Fenster stand, und hängte sie über das Porträt.

Als ich dies getan hatte, trat Grieve ein. Er hatte sich stark verändert. Er war dünner und blasser denn je, mit hohlen Augen und Wangen. Auch hatte er eine seltsam gebeugte Haltung bekommen und aus seinen Augen war jener verschlagene Blick verschwunden. Stattdessen stand in ihnen ein entsetzter Ausdruck, wie der eines gehetzten Tieres. Ich bemerkte, dass er, anscheinend unbewusst, jeden Moment zur Seite schaute. Es schien, als ob er jemanden hinter sich hörte.

Ich hatte den Mann nie gemocht, aber nun spürte ich eine unüberwindliche Abneigung – so groß, dass ich, als ich darüber nachsann, froh war seinem Händedruck entgangen zu sein, indem ich ihm seine Bitte, das Bild zu verhüllen, erfüllt hatte.

Ich spürte, dass ich nichts als kalte Worte für ihn hatte. Und in der Tat musste ich mit schmerzhafter Klarheit zu ihm sprechen.

Natürlich sagte ich ihm, dass ich froh sei, ihn wieder daheim zu sehen, aber dass ich ihn nicht bitten könnte, uns weiterhin zu besuchen. Ich sagte, ich wäre froh, die Einzelheiten über den Tod des armen George zu erfahren, könnte es ihm jedoch nicht gestatten, meine Schwester zu besuchen und wies so taktvoll wie möglich darauf hin, wie unschicklich er sich bei seinem letzten Besuch benommen hatte.

Er hörte alles sehr ruhig an und stieß nur einen langen müden Seufzer aus, als ich sagte, dass ich ihn bitten müsste, uns nicht noch einmal zu besuchen. Er wirkte so schwach und krank, dass ich mich verpflichtet fühlte, ihm ein Glas Wein anzubieten – ein Angebot, das er mit großer Freude anzunehmen schien.

Ich holte Sherry und Gebäck und stellte beides auf den Tisch zwischen uns. Er nahm sein Glas und trank gierig.

Es war gar nicht so leicht, ihn zu bewegen, mir von Georges

Tod zu erzählen. Er berichtete mit offenkundigem Widerstreben, wie sie aufgebrochen waren, um einen Eisbären zu erlegen, den sie auf einem Eisberg am Ufer entdeckt hatten. Die Spitze des Eisberges sah wie ein Dachfirst aus und neigte sich auf einer Seite zum Rand eines tiefen Abgrundes hin. Sie waren den Kamm entlanggeklettert, um sich dichter an ihre Beute anzuschleichen, als sich George unbedacht auf die abfallende Seite vorwagte.

»Ich rief ihm zu«, sagte Grieve, »und flehte ihn an zurückzukommen, aber zu spät. Die Fläche war glatt und schlüpfrig wie Glas. Er versuchte umzukehren, doch er glitt aus und stürzte. Und dann spielte sich eine entsetzliche Szene ab. Langsam, ganz langsam, doch zunehmend schneller begann er auf den Rand zuzugleiten. Auf der glatten Oberfläche des Eises gab es nichts, woran er sich festhalten konnte – keine Unebenheit und keinen Vorsprung. Ich riss mir den Mantel vom Leib, knüpfte ihn rasch an die Schulterstütze meines Gewehres und schob es ihm zu. Aber ich erreichte ihn nicht. Bevor ich Gelegenheit hatte, als Verlängerung mein Halstuch daran zu binden, glitt er noch weiter fort und noch rascher. Ich schrie verzweifelt, doch es war niemand in Hörweite. Auch er begriff, dass sein Schicksal besiegelt war. Er konnte mir nur noch zurufen, Ihnen ein letztes Lebewohl zu überbringen und – und ihr!« – hier brach Grieves Stimme – »und dann war es mit ihm vorbei! Er klammerte sich noch eine Sekunde an den Rand des Abgrundes, dann stürzte er in die Tiefe!«

Kaum hatte Grieve das letzte Wort gesprochen, da fiel seine

Kinnlade herunter und seine Augäpfel schienen aus den Höhlen zu treten. Er sprang auf, deutete auf etwas hinter mir, warf dann die Arme hoch und stürzte mit einem Schrei zu Boden, als sei er von einer Kugel getroffen worden. Offensichtlich hatte er einen epileptischen Anfall.

Unwillkürlich schaute ich hinter mich, während ich zu ihm eilte, um ihn aufzurichten. Die Decke war von dem Gemälde gerutscht und Georges Gesicht, das durch die roten Tropfen noch blasser wirkte, blickte finster auf uns herab.

Ich läutete. Glücklicherweise war Harry da, und als das Dienstmädchen ihm sagte, was geschehen sei, kam er herein und half mir Grieve wieder zu Bewusstsein zu bringen. Natürlich verhängte ich das Gemälde wieder.

Als Grieve zu sich gekommen war, sagte er mir, er würde dann und wann unter derartigen Anfällen leiden.

Er schien sehr erpicht darauf zu erfahren, ob er während des Anfalls etwas Ungewöhnliches gesagt oder getan hatte, und war offenbar erleichtert, als ich dies verneinte. Er entschuldigte sich für die Umstände, die er gemacht hatte, und wollte sich verabschieden, sobald er wieder zu Kräften gekommen war. Während er dies sagte, stützte er sich auf das Kaminsims und dabei fiel sein Blick auf den kleinen weißen Falter.

»Es war also vor mir schon jemand von der *Pioneer* bei Ihnen?«, fragte er unsicher.

Ich verneinte dies und erkundigte mich, was ihn auf diesen Gedanken gebracht habe.

»Nun, dieser kleine weiße Falter findet sich nie in solch südlichen Breitengraden. Er gehört zu den letzten Lebewesen, die man im Norden antrifft. Woher haben Sie ihn?«

»Ich fing ihn, hier in diesem Raum«, erwiderte ich.

»Das ist äußerst merkwürdig. Ich habe bisher nie dergleichen gehört. Es würde mich nicht wundern, wenn wir demnächst erführen, dass ein Blutregen niedergegangen ist.«

»Was meinen Sie damit?«, fragte ich.

»Oh, diese kleinen Kerle scheiden zu bestimmten Jahreszeiten Tröpfchen einer rötlichen Flüssigkeit aus und manch-

mal in solchen Mengen, dass Abergläubische meinen, es würde Blut regnen. Ich habe schon Plätze gesehen, an denen der Schnee vollkommen verfärbt war. Passen Sie gut auf ihn auf, er ist hierzulande eine Seltenheit.«

Dann verabschiedete er sich unverzüglich. Nachdem er hinausgegangen war, bemerkte ich auf dem Marmor unter dem Weinglas einen roten Tropfen. Der Blutfleck auf dem Bild war somit erklärt, aber wie kam der Falter hierher?

Und es gab noch etwas, das seltsam war. Im Zimmer war ich mir durch das seitlich einfallende Licht unsicher gewesen, doch als ich Grieve die Straße hinuntergehen sah, konnte es keinen Irrtum mehr geben.

»Harry, komm her – schnell!«, rief ich meinem Bruder zu, der sofort zu mir ans Fenster trat. »Du bist Maler, sage mir, fällt dir irgendetwas Seltsames an dem Mann auf?«

»Nein, ich kann nichts entdecken«, sagte Harry, aber dann fügte er plötzlich in verändertem Tonfall hinzu: »Doch, da ist etwas. Donnerwetter, *er hat zwei Schatten*!«

Dies war also die Erklärung für seine Seitenblicke und seine gebeugte Haltung. Es befand sich ständig etwas an seiner Seite, das niemand sehen konnte, aber das dennoch einen Schatten warf.

Kurz darauf drehte Grieve sich um und sah uns am Fenster stehen. Sofort überquerte er die Fahrbahn und ging auf die schattige Straßenseite. Ich berichtete Harry, was geschehen war, und wir kamen überein, dass es besser wäre, Lettie nichts davon zu erzählen.

Als ich zwei Tage später von einem Besuch in Harrys Atelier zurückkehrte, fand ich das gesamte Haus in Aufruhr.

Wie ich von Lettie erfuhr, war Grieve gekommen, während meine Frau sich oben aufgehalten hatte, und sofort zu Lettie in das Esszimmer gegangen, ohne abzuwarten, bis ihn das Mädchen gemeldet hatte. Lettie hatte bemerkt, wie er vermied das Bild anzuschauen, und um sicherzugehen, dass er es nicht sah, hatte er sich auf das Sofa, das direkt darunter stand, gesetzt. Dann hatte er trotz Letties ärgerlicher Proteste seine Liebesschwüre erneuert und schließlich dadurch bekräftigt, dass er ihr versicherte, der arme George habe ihn im Sterben angefleht, zu ihr zu gehen, sich um sie zu kümmern und sie zu heiraten.

»Ich war so empört, dass ich kaum etwas zu erwidern wusste«, sagte Lettie. »Doch kaum hatte er die letzten Worte gesprochen, da ertönte ein Geräusch wie von einer reißenden Gitarrensaite – ich weiß nicht, wie ich es beschreiben soll – und das Porträt stürzte herab. Eine Ecke des schweren Rahmens traf Grieve am Kopf, schlug eine Wunde und ließ ihn bewusstlos werden.«

Nachdem meine Frau erfahren hatte, was geschehen war, hatte sie sofort den Arzt kommen lassen und auf seine Anweisung hin trugen sie Grieve nach oben. Er wurde auf das Sofa in meinem Ankleidezimmer gelegt, wo ich ihn aufsuchte. Ich beabsichtigte, ihn zur Rede zu stellen, weil er trotz meines Verbotes das Haus betreten hatte, fand ihn jedoch im Delirium. Der Arzt meinte, es wäre ein seltsamer Fall, denn obwohl der Schlag schwer gewesen sei, würde er kaum eine hinreichende Erklärung für die Symptome einer Gehirnentzündung sein können. Als er erfuhr, dass Grieve gerade mit der *Pioneer* aus dem Norden zurückgekehrt war, sagte er, es sei möglich, dass Entbehrung und Not seinen Körper geschwächt und die Saat für die Krankheit gelegt hatten.

Auf Anweisung des Arztes ließen wir eine Krankenschwester kommen, die bei ihm wachen sollte.

Der Rest meiner Geschichte ist rasch erzählt. Mitten in der Nacht wurde ich von einem lauten Schrei geweckt. Ich

schlüpfte in meine Kleider und stürzte hinaus und fand die Schwester mit der bewusstlosen Lettie in den Armen. Wir trugen Lettie in ihr Zimmer und dann erzählte mir die Schwester, was geschehen war.

Offenbar hatte sich Grieve etwa um Mitternacht im Bett aufgesetzt und zu sprechen begonnen. Er sagte so furchtbare Dinge, dass die Schwester es mit der Angst zu tun bekam. Es trug auch nicht eben zu ihrer Beruhigung bei, als sie im Licht ihrer einzigen Kerze an der Wand etwas entdeckte, das wie ein zweiter Schatten des Kranken aussah.

Von Entsetzen gepackt, war sie in Letties Raum geschlichen und hatte ihr ihre Angst gestanden. Und da Lettie ein mutiges, hilfsbereites Mädchen war, zog sie sich an und sagte, sie würde mit ihr wachen. Auch sie sah den zweiten Schatten – doch was sie hörte, war weitaus schrecklicher.

Grieve saß im Bett und starrte die unsichtbare Gestalt an, der der Schatten gehörte. Mit zitternder Stimme bat er den Geist, der ihn quälte, um Vergebung und flehte ihn an von ihm abzulassen.

»Du weißt, das Verbrechen war nicht geplant. Es war eine plötzliche Versuchung des Teufels, die mich veranlasste, zuzuschlagen und dich in den Abgrund zu stoßen. Es war der Teufel, der mich mit der Erinnerung an ihr zauberhaftes Gesicht verführte – an die zärtliche Liebe, die vielleicht mein sein würde, wenn es dich nicht mehr gab. Aber sie will mich nicht erhören. Schau, sie wendet sich von mir ab, als wüsste sie, dass ich dein Mörder bin, George Mason!«

Es war Lettie, die vor Entsetzen flüsternd dieses schreckliche Geständnis wiederholte.

Jetzt war mir alles klar! Gerade wollte ich Lettie von den vielen seltsamen Dingen erzählen, die ich ihr verschwiegen hatte, als die Schwester, die wieder zu ihrem Patienten gegangen war, in heller Aufregung zurückkehrte.

Vincent Grieve war verschwunden. In seinem wahnsinnigen Entsetzen war er aufgestanden und aus dem Fenster gesprungen. Zwei Tage später fand man seine Leiche im Fluss.

Nun hängt ein Vorhang vor dem Porträt des armen Georges, wenngleich es seitdem keine übernatürlichen Erscheinungen mehr gegeben hat. Und seit der Nacht, in der Vincent Grieve starb, haben wir auch niemals wieder jene unheimliche Erscheinung gesehen – den Schatten eines Geistes.

Die Schlange

Ambrose Bierce (1838–1914)

Weise und Gelehrte vermögen wahrlich nicht länger zu leugnen, dass Schlangenaugen hynotische Kräfte besitzen, denn dies wird von zahlreichen Menschen berichtet und bezeugt. Und wer diesen Augen einmal erlegen ist, fühlt sich gegen seinen Willen zu ihnen hingezogen und geht durch den Biss der Kreatur elendiglich zu Grunde.

Harker Brayton lag in Morgenmantel und Hausschuhen bequem auf ein Sofa gestreckt und lächelte, während er diese Sätze in *Wunder der Wissenschaft* des alten Morryster las. »Das einzige Wunder daran ist«, sagte er bei sich selbst, »dass die Weisen und Gelehrten zu Morrysters Zeit solchen Unsinn geglaubt haben, über den heutzutage selbst der Dümmste lacht.«

Dann versank Brayton tief in Gedanken – denn er war eine Denkernatur – und ließ unbewusst sein Buch sinken, während er unverwandt in die gleiche Richtung schaute. Als er über den Rand des Buches hinwegsehen konnte, erregte etwas in einer dunklen Ecke des Raumes seine Aufmerksamkeit. Dort im Schatten unter seinem Bett sah er zwei kleine Lichtpunkte, die etwa zwei Zentimeter voneinander entfernt waren, wie metallene Nagelköpfe, in denen sich das Licht der Gaslampe über ihm spiegelte. Er verschwendete keinen weiteren Gedanken daran und setzte seine Lektüre fort. Fast im gleichen Augenblick zwang ihn irgendein Impuls, das Buch erneut sinken zu lassen und wieder nach dem zu schauen, was er gerade gesehen hatte. Die Lichtpunkte waren immer noch da. Sie schienen heller als zuvor und strahlten mit einem grünlichen Schein, den er beim ersten Mal nicht wahrgenommen hatte. Auch schien es ihm, als hätten sie sich ein wenig bewegt – als seien sie etwas näher gekommen. Noch aber befanden sie sich zu tief im Schatten, um ihr Wesen und ihre Ursache einer lästigen Aufmerksamkeit zu offenbaren und er setzte seine Lektüre fort. Plötzlich brachte ihn etwas im Text auf einen Gedanken, der ihn erschreckte, und zum dritten Mal ließ er das Buch neben sich auf das Sofa sinken, wo es ihm aus der Hand rutschte und aufgeschlagen mit dem Rücken nach oben zu Boden fiel. Halb aufgerichtet starrte Brayton gebannt in die Dunkelheit unter dem Bett, wo die Lichtpunkte nun mit, wie es ihm schien, noch stärkerem Feuer strahlten. Seine ganze Aufmerksamkeit war geweckt, sein Blick neugierig und forschend. Und dann sah er, fast unmittelbar unter dem Fußende des Bettes, den aufgerollten Körper einer großen Schlange – und die Lichtpunkte waren ihre Augen! Ihr schrecklicher Kopf, der sich flach aus der Mitte nach vorn reckte und auf dem Körper ruhte, war ihm direkt zugewandt. Der sich deutlich abzeichnende breite grausame Kiefer und die fliehende Stirn machten die Richtung ihres feindseligen Blickes noch klarer. Die Augen waren nicht mehr nur leuchtende Punkte. Sie schauten bedeutungsschwanger und bösartig in die seinen.

Eine Schlange im Schlafzimmer einer modernen Stadtwohnung der gehobenen Qualität ist glücklicherweise kein so alltägliches Phänomen, dass es nicht einer Erklärung bedürfte. Harker Brayton, fünfunddreißig Jahre alt, Junggeselle,

Gelehrter und Müßiggänger, recht sportlich, reich, beliebt und von guter Gesundheit, war gerade aus allen möglichen fernen und unbekannten Ländern nach San Francisco zurückgekehrt. Ein wenig Luxus war schon immer nach seinem Geschmack gewesen, doch nach den langen Entbehrungen neigte er zum Überfluss. Und da selbst die Möglichkeiten des Castle Hotels seine Bedürfnisse nicht gänzlich befriedigen konnten, hatte er mit Freuden die Einladung seines Freundes Dr. Druring, eines bekannten Wissenschaftlers, angenommen. Dr. Drurings Haus, ein großes altmodisches Gebäude, das in einem nunmehr etwas heruntergekommenen Stadtviertel stand, wirkte äußerlich sehr reserviert. Ganz offensichtlich wollte es nichts mit den benachbarten Elementen zu tun haben und schien einige Eigenheiten angenommen zu haben, die aus der Isolation entstehen. Eine dieser Eigenheiten war ein »Flügel«, aus architektonischer Sicht völlig belanglos und bezüglich seiner Funktion nicht weniger seltsam, denn es war eine Mischung aus Laboratorium, Zoo und Museum. Hier frönte der Doktor seinen wissenschaftlichen Neigungen, indem er jene Formen tierischen Lebens studierte, welche sein Interesse weckten und seinen Vorlieben entsprachen – und diese tendierten zugegebenermaßen eher zu den niederen Formen. Wenn eines der höher stehenden Lebewesen seine Aufmerksamkeit auf sich ziehen wollte, musste es wenigstens bestimmte elementare Eigenschaften bewahrt haben, die es mit solchen »Drachen der Urzeit«, wie Kröten und Schlangen, verband. Drurings wissenschaftliche

Sympathien galten eindeutig den Kriechtieren und er liebte diese niederen Wesen der Natur. Seine Gattin und seine Töchter, die nicht sein vorurteilsfreies Interesse für das Wesen und Verhalten dieser unseligen Mitkreaturen teilten, wurden mit unnötiger Härte aus der, wie er es nannte, »Schlangengrube« ausgeschlossen und zur Gesellschaft ihrer eigenen Art verdammt. Aber um die Schwere ihres Loses zu mildern, hatte er ihnen mit Hilfe seines enormen Reichtums gestattet, in einer noch prächtigeren Umgebung als die Reptilien zu leben und in noch größerem Luxus zu schwelgen.

Was Architektur und »Mobiliar« betraf, war die Schlangengrube von einer strengen Schlichtheit, wie sie der niederen Herkunft ihrer Bewohner angemessen schien, von denen man vielen zweifelsohne nicht gefahrlos jene Freiheit gewähren konnte, die notwendig ist, um Luxus in vollen Zügen zu genießen, denn sie hatten die störende Eigenschaft, lebendig zu sein. In ihren eigenen Räumlichkeiten erfuhren sie jedoch so wenig persönliche Einschränkung, wie es sich mit ihrem eigenen Schutz vereinbaren ließ, denn sie hatten die verderbliche Angewohnheit, sich gegenseitig zu fressen. Und, wie man Brayton rücksichtsvollerweise mitteilte, handelte es sich keineswegs nur um ein Ammenmärchen, dass einige der Kreaturen hin und wieder in anderen Teilen des Hauses gefunden worden waren, wo eine Erklärung ihrer Anwesenheit peinlich gewesen wäre. Ungeachtet der Schlangengrube und ihrer unangenehmen Begleiterscheinungen, an die Brayton allerdings kaum einen Gedanken verschwendete, war das Leben in dem herrschaftlichen Haus der Drurings ganz nach seinem Geschmack.

Sah man von dem beträchtlichen Schrecken ab, den die überraschende Entdeckung ausgelöst hatte, und einem gewissen Ekelgefühl, zeigte sich Brayton nicht übermäßig beeindruckt. Sein erster Gedanke war, nach einem Diener zu läuten. Doch obwohl die Klingelschnur in unmittelbarer Reichweite hing, machte er keine Anstalten daran zu ziehen,

denn ihm dämmerte, dass er sich dadurch womöglich dem Verdacht aussetzte, Angst zu haben, und dies war nun gewiss nicht der Fall. Ihm war eher die Absurdität der Situation bewusst, als sich durch ihre Gefahr bedroht zu fühlen. Die Lage war äußerst unangenehm, aber lächerlich.

Das Reptil gehörte zu einer Art, die Brayton nicht kannte. Über seine Länge konnte er nur Vermutungen anstellen und der Körper schien an der dicksten Stelle, die er sehen konnte, so stark wie sein Unterarm zu sein. Inwiefern mochte die Schlange gefährlich sein, wenn überhaupt? War sie giftig? War es eine Riesenschlange? Seine Kenntnisse der Gefahrensignale der Natur versetzten ihn nicht in die Lage, eine Aussage darüber zu treffen. Er hatte sich mit diesen Dingen nie beschäftigt.

Möglicherweise ging von dem Tier keinerlei Gefahr aus, aber zumindest war es widerwärtig. Es hatte hier nichts zu suchen, es war überflüssig – eine Ungehörigkeit. Es war seiner Umgebung nicht angemessen. Selbst der unzivilisierte Geschmack, der die Wände des Raumes unter Gemälden hatte verschwinden lassen, den Fußboden unter Möbeln und die Möbel wiederum unter Nippes, hatte die Umgebung für dieses wilde Lebewesen des Dschungels nicht recht geeignet gemacht. Und überdies vermischten sich – welch unerträglicher Gedanke – die Ausdünstungen dieses Wesens mit der Luft, die er selber atmete.

Diese Gedanken formten sich mehr oder weniger klar in Braytons Kopf und zwangen ihn zum Handeln. Es ist jener

Prozess, den wir Nachdenken und Entscheiden nennen. Er lässt uns entweder klug oder unklug erscheinen. Ähnlich einem welken Blatt, das im Herbstwind mehr oder weniger Klugheit als seine Gefährten beweist, je nachdem, ob es auf die Erde oder in den See fällt. Das Geheimnis menschlichen Handels ist offenbar – irgendetwas bewirkt, dass unsere Muskeln sich zusammenziehen. Spielt es eine Rolle, ob wir den molekularen Veränderungen, die dem vorangehen, den Namen »Willen« geben?«

Brayton erhob sich, um sich, langsam rückwärts gehend, von der Schlange fort zur Tür zu bewegen, möglichst ohne sie zu irritieren. Auf diese Weise ziehen sich Menschen aus der Nähe der Großen zurück, denn Größe bedeutet Macht und Macht ist bedrohlich. Brayton wusste, dass er rückwärts gehen konnte, ohne auf ein Hindernis zu stoßen, und die Tür ohne weiteres finden würde. Falls ihm das Ungeheuer folgte, würde zwangsläufig jener Geschmack, der die Wände mit Gemälden voll gepflastert hatte, einen Ständer mit orientalischen Mordwaffen für ihn bereit halten, von dem er nur eine der Situation angemessene Waffe herunterreißen musste. Unterdessen aber funkelten die Augen der Schlange mit noch unbarmherzigerer Feindseligkeit als zuvor.

Brayton hob den rechten Fuß vom Boden, um einen Schritt zurückzutreten. Im gleichen Moment aber spürte er einen heftigen Widerwillen gegen dieses Vorhaben.

»Ich gelte als tapfer«, murmelte er. »Ist Tapferkeit denn nicht mehr als Stolz? Soll ich den Rückzug antreten, nur weil niemand da ist, der die Schande bezeugt?«

Er stützte sich mit der rechten Hand auf eine Stuhllehne, den rechten Fuß immer noch angehoben.

»Unsinn!«, sagte er laut, »ich bin doch nicht so ein Feigling, dass ich Angst habe, mir selbst furchtsam zu erscheinen.«

Er hob den Fuß noch ein Stückchen höher, indem er das Knie etwas beugte, und setzte ihn heftig auf – zwei Zentimeter vor den anderen. Er konnte sich nicht erklären, wie das geschehen war. Ein Versuch mit dem linken Fuß führte zum

gleichen Ergebnis. Wieder befand er sich vor dem rechten. Während Brayton mit der Hand die Stuhllehne umklammerte, war sein Arm ein wenig nach hinten gestreckt. Hätte ihn jemand gesehen, ihm wäre klar gewesen, wie sehr es ihm widerstrebte, loszulassen. Die Schlange reckte immer noch mit geradem Hals ihren heimtückischen Kopf nach vorn. Sie hatte sich nicht von der Stelle bewegt, aber ihre Augen schienen jetzt endlose elektrische Funken zu versprühen.

Das Gesicht des Mannes war totenbleich. Wieder ging er einen Schritt vorwärts und noch einen, während er den Stuhl hinter sich herzerrte, der, als er ihn schließlich losließ, krachend zu Boden fiel. Der Mann stöhnte. Die Schlange machte keinen Laut und keine Bewegung, aber ihre Augen waren zwei blendende Sonnen. Das Reptil verschwand nun völlig hinter ihnen und sie erstrahlten in sich vergrößernden Ringen aus satten, leuchtenden Farben, die im Moment ihrer größten Ausdehnung wie Seifenblasen zerplatzten. Sie schienen sich seinem Gesicht zu nähern und waren zugleich unendlich weit entfernt. Er hörte irgendwo das ununterbrochene Schlagen einer großen Trommel und Bruchstücke einer entfernten Musik, unfassbar lieblich, gleich den Klängen einer Harfe. Er kannte diese Melodie aus Ägypten und glaubte im Schilf des Nilufers zu stehen und mit erweitertem Bewusstsein diese unsterbliche Hymne durch die Stille der Jahrhunderte zu hören.

Die Musik erstarb und ging unmerklich in das entfernte Grollen eines abziehenden Gewitters über. Vor ihm erstreckte sich eine Landschaft, auf der Sonne und Regen funkelten, überwölbt von einem riesigen leuchtenden Regenbogen, der hundert Städte umrahmte. In mittlerer Entfernung erhob eine gewaltige Schlange ihren gekrönten Kopf über dem riesigen zusammengerollten Körper und sah ihn mit den Augen seiner toten Mutter an. Plötzlich schien sich diese magische Landschaft schnell emporzuheben wie ein bemalter Vorhang im Theater und verschwand im Nichts.

Irgendetwas schlug hart gegen sein Gesicht und seine Brust. Er war zu Boden gestürzt und Blut rann aus seiner gebrochenen Nase und seinen aufgeschlagenen Lippen. Einen Moment lang war er benommen und lag wie gelähmt mit geschlossenen Augen da, sein Gesicht zur Tür gewandt. Nach einigen Augenblicken hatte er sich erholt und dann bemerkte er, dass er im Sturz durch Abwenden seines Blickes den Zauber, der ihn bannte, gebrochen hatte. Er glaubte nun sich in Sicherheit bringen zu können, wenn er nur den Blick abgewandt hielt. Aber der Gedanke, dass sich die Schlange, wenn auch unsichtbar, nur wenige Meter von seinem Kopf entfernt befand - vielleicht sogar im Begriff war, sich auf ihn zu stürzen und ihren Körper um seinen Hals zu schlingen –, war zu schrecklich. Er hob seinen Kopf, starrte wieder in jene bösartigen Augen und war wieder ihrem Bann verfallen.

Die Schlange hatte sich nicht bewegt und schien etwas von ihrer Macht über die Phantasie verloren zu haben. Das blendende Trugbild, das er vor wenigen Augenblicken gesehen hatte, kehrte nicht zurück. Unter jener flachen hirnlosen Stirn glitzerten nur wie zuvor die schwarzen perlenartigen Augen und es lag ein unbeschreiblich böser Ausdruck in ihnen. Es schien, als habe die Kreatur, ihres Sieges gewiss, beschlossen, sich keiner verlockenden List mehr zu bedienen.

Dann folgte eine schreckliche Szene. Der Mann, der nun weniger als einen Meter von seinem Feind entfernt mit dem Gesicht auf dem Boden lag, hievte seinen Oberkörper auf die Ellenbogen, den Kopf zurückgeworfen, die Beine gerade aus-

gestreckt. Abgesehen von den Blutstropfen war sein Gesicht kreidebleich. Seine Augen waren weit aufgerissen. Auf seinen Lippen stand Schaum und tropfte in Flocken herab. Seinen Körper durchliefen heftige Zuckungen, wobei er sich fast schlangenhaft wand. Er krümmte sich in der Mitte und seine Beine bewegten sich von einer Seite zur anderen. Und jede Bewegung brachte ihn etwas näher zu der Schlange. Er riss die Hände nach vorn, um sich abzustützen, doch robbte er unablässig auf den Ellenbogen vorwärts.

Dr. Druring und seine Frau saßen in der Bibliothek. Der Wissenschaftler war außergewöhnlich guter Stimmung.

»Gerade habe ich im Tausch mit einem anderen Sammler ein prächtiges Exemplar einer *Ophiophagus* erhalten«, verkündete er.

»Und was soll das sein?«, fragte die Frau mit eher mattem Interesse.

»Du meine Güte, welch abgrundtiefe Unwissenheit! Meine Liebe, wenn ein Mann nach der Eheschließung feststellt, dass seine Frau des Griechischen nicht mächtig ist, sollte er sich scheiden lassen dürfen. Die *Ophiophagus* ist eine Schlange, die andere Schlangen frisst.«

»Dann hoffe ich, sie frisst deine sämtlichen Schlangen«, sagte sie, während sie geistesabwesend die Lampe zurechtrückte. »Aber wie fängt sie die anderen Schlangen? Indem sie sie hypnotisiert, nehme ich an.«

»Das sieht dir ähnlich, meine Liebe«, sagte der Doktor in verdrießlichem Ton. »Du weißt genau, wie sehr mich solche

Anspielungen auf den verbreiteten Aberglauben von den hypnotischen Kräften der Schlange ärgern.«

Die Unterhaltung wurde durch einen markerschütternden Schrei unterbrochen, der durch das stille Haus hallte wie die Stimme eines Dämonen durch eine Gruft. Wieder und wieder ertönte er mit schrecklicher Klarheit. Sie sprangen auf, der Mann verwirrt, die Frau bleich und stumm vor Schreck. Fast noch bevor das Echo des letzten Schreis verhallt war, stürzte der Doktor aus dem Zimmer und die Treppe hinauf, während er zwei Stufen gleichzeitig nahm. Im Korridor vor Braytons Zimmer traf er auf einige Diener, die aus dem oberen Stockwerk herbeigeeilt waren. Zusammen warfen sie sich gegen die Tür, ohne anzuklopfen. Sie war nicht verriegelt und sprang auf. Brayton lag bäuchlings auf dem Boden, tot. Kopf und Arme befanden sich unter dem Fußende des Bettes. Sie zogen Brayton heraus und drehten ihn auf den Rücken. Sein Gesicht war mit Blut und Speichel verschmiert, die starren Augen waren weitaufgerissen – er bot einen entsetzlichen Anblick!

»Das sieht nach einem plötzlichen Anfall aus«, sagte der Wissenschaftler, der neben Brayton niederkniete und die Hand auf dessen Herz legte. Dann fiel sein Blick zufällig unter das Bett. »Lieber Himmel!«, sagte er. »Wie ist dieses Ding denn hierhergekommen?«

Er griff unter das Bett, zog die Schlange heraus und warf sie, immer noch zusammengerollt, in die Mitte des Zimmers, wo sie mit einem unangenehmen schleifenden Geräusch quer über den gebohnerten Boden rutschte und regungslos an der Wand liegen blieb. Es war eine ausgestopfte Schlange, mit Augen aus zwei Knöpfen.

Die obere Koje

F. Marion Crawford (1854–1909)

I

Jemand bat um Zigarren. Wir hatten uns lange unterhalten, doch nun begann das Gespräch schleppend zu werden. Der Tabakrauch hatte sich in den schweren Vorhängen festgesetzt und der Wein war uns in den Kopf gestiegen und machte uns träge. Es war bereits unübersehbar, dass das Treffen bald ein natürliches Ende nehmen würde und wir, die Gäste, rasch nach Hause ins Bett gehen und ganz sicherlich Schlaf finden würden, wenn nicht jemand etwas tat, um die bedrückte Stimmung wieder zu heben. Niemand hatte etwas besonders Ungewöhnliches erzählt, vielleicht weil niemand etwas besonders Ungewöhnliches zu erzählen gehabt hatte. (...) Wir hatten Stunden am Tisch gesessen. Wir waren gelangweilt, wir waren müde, aber niemand machte Anstalten, aufzubrechen.

Jemand bat um Zigarren und unwillkürlich schauten wir alle zu dem Sprecher. Es war Brisbane, ein Mann von fünfunddreißig Jahren, der mit jenen Eigenschaften außergewöhnlich gut ausgestattet war, die vor allem die Aufmerksamkeit von Männern erregen. Er war von kräftiger Gestalt und an seinem Aussehen schien auf den ersten Blick nichts Außergewöhnliches, auch wenn er eine überdurchschnittliche Größe besaß. Er maß etwas mehr als einen Meter achtzig und hatte mittelbreite Schultern. Er sah nicht dick aus, aber andererseits wirkte er gewiss auch nicht dünn. Sein kleiner Kopf saß auf einem kräftigen, sehnigen Hals. Seine breiten muskulösen Hände schienen eine besondere Gabe zu besitzen, Walnüsse ohne die Hilfe des üblichen Nussknackers zu knacken, und wenn man ihn von der Seite sah, musste einem der außergewöhnliche Umfang von Armen und Brust auffallen.

Er gehörte zu jenen Mannsbildern, die zwar ungemein stark aussehen, aber tatsächlich noch viel stärker sind. Über seine Gesichtszüge gab es nicht viel zu sagen. Er hatte einen kleinen Kopf, dünne Haare, blaue Augen, eine große Nase, einen kleinen Schnurrbart und einen markanten Kiefer. Jeder kannte Brisbane, und als er nach einer Zigarre verlangte, schauten ihn alle an.

»Es ist eine sehr seltsame Sache«, sagte Brisbane.

Alle verstummten. Brisbanes Stimme war nicht laut, besaß aber die besondere Eigenart, die allgemeine Unterhaltung wie ein Messer zu zerschneiden. Alle lauschten. Als Brisbane feststellte, dass er die Aufmerksamkeit aller auf sich gezogen hatte, zündete er mit großem Gleichmut seine Zigarre an.

»Sie ist wirklich sehr seltsam«, fuhr er fort, »diese Sache mit Geistern. Die Leute wollen immer wissen, ob jemand einen Geist gesehen hat. Ich kann dies bejahen.«

»Unsinn! Was, Sie? Meinen Sie das im Ernst, Brisbane? Hören Sie mal, ein Mann mit Ihrer Intelligenz?«

Heftiger Protest quittierte Brisbanes erstaunliche Behauptung. Alle verlangten nach einer Zigarre, und Stubbs, der Butler, erschien plötzlich mit einer neuen Flasche Champagner. Die Situation war gerettet. Brisbane würde eine Geschichte erzählen.

»Ich bin ein alter Seereisender«, sagte Brisbane, »und da ich den Atlantik recht häufig überqueren muss, habe ich, was Schiffe angeht, meine Vorlieben entwickelt. Den meisten Männern geht dies so. Ich habe die Angewohnheit, auf bestimmte Schiffe zu warten, wenn ich den großen Teich überqueren muss. Vielleicht bin ich in dieser Hinsicht etwas eigenartig, aber ich wurde in meinem ganzen Leben nie um eine schöne Überfahrt betrogen, sieht man von einer Ausnahme ab. Ich erinnere mich noch sehr gut daran. Es war ein warmer Junimorgen und die Zollbeamten, die auf einen Dampfer warteten, der bereits aus dem Quarantänehafen kam, wirkten eigentümlich unkonzentriert und gedankenversunken. Ich hatte wie üblich nicht viel Gepäck (...) und eilte an Bord. Die *Kamtschatka* war eines meines Lieblingsschiffe. Ich sage war, weil ich Wert darauf lege, dass sie es nicht mehr ist. Ich kann mir keinen Grund vorstellen, der mich dazu bewegen könnte, jemals noch eine Fahrt mit ihr zu unternehmen. Ja, ich weiß, was Sie sagen werden. Sie ist außergewöhnlich schnell, sie bleibt trocken und die unteren Kojen haben meist doppelte Breite. Sie hat viele Vorzüge, aber ich werde mit ihr keine Überfahrt mehr machen. Doch entschuldigen Sie, dass ich abschweife. Ich ging also an Bord und rief einen Steward, dessen rote Nase und noch röterer Schnurrbart mir gleichermaßen vertraut waren.

›Einhundertundfünf, untere Koje‹, sagte ich in jenem nüchternen Ton, der Männern zueigen ist, denen eine Atlantiküberfahrt nicht mehr bedeutet als in der Stadt einen Cocktail zu nehmen.

Der Steward nahm meinen Handkoffer, meinen Mantel und meine Reisedecke. Nie werde ich den Ausdruck auf seinem Gesicht vergessen. Nein, er wurde nicht blass. Ich kann guten Gewissens sagen, dass er nicht blass wurde, doch seinem Gesichtsausdruck nach zu urteilen schien er im Begriff, in Tränen auszubrechen, zu niesen oder meinen Handkoffer fallen zu lassen. Da Letzterer zwei Flaschen ausgezeichneten alten Sherrys enthielt, den mir mein alter Freund Snigginson van Pickyns für meine Reise geschenkt hatte, wurde ich äußerst nervös. Aber der Steward tat nichts von alledem.

›Verdammt!‹, sagte er mit leiser Stimme, dann zeigte er mir den Weg.

Ich nahm an, dass mein Führer, der mich in die unteren Gefilde geleitete, einen kleinen Grog zu sich genommen hatte, doch ich schwieg und folgte ihm. 105 lag auf der Backbordseite. Es war eine ganz gewöhnliche Passagierkabine. Die untere Koje hatte, wie die meisten auf der *Kamtschatka*, Überbreite. Die Kabine war sehr geräumig. In ihr fanden sich der übliche Waschtisch und die üblichen nutzlosen Ständer aus braunem Holz, an denen sich leichter ein großer Regenschirm aufhängen lässt als eine gewöhnliche Zahnbürste. Auf den wenig verlockenden Matratzen lagen ordentlich zusammengefaltet jene Decken, die ein großer moderner Humorist einmal sehr passend mit kalten Buchweizenkuchen verglichen hat. Handtücher fanden sich keine. Die Glaskaraffen waren mit einer durchsichtigen Flüssigkeit von leicht bräunlicher Farbe gefüllt, deren schwacher, aber unangenehmer Geruch entfernt an ölige Maschinen erinnerte. Die tristen Vorhänge der oberen Koje waren halb zugezogen. Der diesige Junitag warf ein schwaches Licht auf die traurige Szenerie. Ach! Wie mir diese Kabine zuwider war!

Der Steward stellte mein Gepäck ab und schaute mich an, als wäre er im Gehen begriffen – wahrscheinlich auf der

Suche nach weiteren Passagieren und Trinkgeldern. Es ist stets klug, sich von Anfang an bei Dienstpersonen dieser Art beliebt zu machen, und so gab ich ihm nun einige Münzen.

›Ich werde mich bemühen, Ihnen alles so bequem wie möglich herzurichten‹, bemerkte er, während er die Münzen in die Tasche steckte. Dennoch lag ein unsicherer Ton in seiner Stimme, der mich überraschte. Vielleicht hatten sich seine Trinkgelder erhöht und er war nicht zufrieden. Doch im Grunde neigte ich zu der Annahme, dass er, wie er es vermutlich selbst ausgedrückt hätte, ›ein Gläschen zu viel getrunken‹ hatte. Aber ich irrte mich und tat dem Mann Unrecht.

II

An jenem Tag ereignete sich nichts, was der besonderen Erwähnung wert gewesen wäre. Wir legten pünktlich ab und es war sehr angenehm, endlich unterwegs zu sein, denn es herrschte warmes, schwüles Wetter und der Fahrtwind ließ eine erfrischende Brise entstehen. Jeder weiß, wie der erste Tag auf See aussieht. Die Passagiere schreiten über die Decks und nehmen sich gegenseitig in Augenschein und gelegentlich treffen sie einen Bekannten, von dem sie nicht wussten, dass er sich ebenfalls an Bord befindet. Es herrscht die übliche Ungewissheit, ob die Verpflegung gut, schlecht oder keines von beiden ist, bis die ersten beiden Mahlzeiten die Frage zweifelsfrei geklärt haben. Es herrscht die übliche Ungewissheit bezüglich des Wetters, bis das Schiff Fire Island hinter sich gelassen hat. Am Anfang drängen sich die Menschen an den Tischen, dann werden sie plötzlich weniger. Bleiche Leute springen von ihren Stühlen auf und stürzen zur Tür und jeder alte Seereisende atmet freier, wenn sich sein seekranker Nachbar eilends von seiner Seite entfernt und ihm mehr Bewegungsfreiheit erlaubt und die uneingeschränkte Herrschaft über den Senf lässt.

Eine Überfahrt über den Atlantik gleicht der anderen und für uns, die wir diese Reise sehr oft unternehmen, birgt sie nicht mehr den Reiz des Außergewöhnlichen. Wale und Eisberge sind natürlich stets Objekte des Interesses, aber letztendlich sieht ein Wal wie der andere aus und Eisberge bekommt man nur selten aus nächster Nähe zu sehen. Für die Mehrzahl von uns ist der schönste Moment des Tages an Bord eines Ozeandampfers gekommen, wenn wir unsere letzte Runde an Deck gedreht und unsere letzte Zigarre geraucht haben und endlich so müde sind, dass wir glauben, reinen Gewissens ins Bett gehen zu können. An jenem ersten Abend der Reise fühlte ich mich besonders matt und zog mich früher als gewöhnlich in 105 zurück. Als ich die Kabine betrat, stellte ich zu meiner Überraschung fest, dass ich einen Mitreisenden hatte. In der anderen Ecke stand ein Handkoffer, ganz ähnlich dem meinen, und in der oberen Koje lagen eine ordentlich zusammengefaltete Reisedecke, ein Stock und ein Regenschirm. Ich hatte gehofft allein zu sein und war enttäuscht. Aber ich fragte mich natürlich, wer wohl mein Kabinengenosse war und beschloss, ihn in Augenschein zu nehmen.

Ich lag noch nicht lange im Bett, als er hereinkam. Soweit ich sehen konnte, war es ein sehr großer Mann, sehr dünn und sehr blass, mit rotblondem Haar und Schnurrbart und wässrigen grauen Augen. Er sah, wie ich fand, ziemlich merkwürdig aus. Es war jener Typ, wie man ihm mitunter in der Wall Street begegnet, ohne genau sagen zu können, was er dort tut – jener Typ, der ins Café geht und immer allein zu sein

scheint und Champagner trinkt. Oder man trifft ihn vielleicht auf der Pferderennbahn, aber auch dort erweckt er niemals den Anschein, als ob er irgendetwas tun würde. Er ist ein wenig zu vornehm angezogen – und wirkt ein wenig seltsam. Von seiner Art gibt es auf jedem Ozeandampfer drei oder vier. Ich beschloss, dass ich keinen Wert darauf legte, seine Bekanntschaft zu machen und schlief ein, während ich mir sagte, ich würde seine Gewohnheiten studieren, um ihm aus dem Weg gehen zu können. Stand er früh auf, würde ich spät aufstehen, ging er spät zu Bett, würde ich mich zeitig zur Ruhe begeben. Mir lag nichts daran, ihn kennen zu lernen. Wenn man einmal die nähere Bekanntschaft solcher Menschen gemacht hat, tauchen sie überall auf. Der arme Bursche! Ich hätte mir all diese Gedanken über ihn nicht zu machen brauchen, denn nach der ersten Nacht in 105 sah ich ihn nie wieder.

Ich schlief tief und fest, als ich plötzlich durch ein lautes Geräusch geweckt wurde. Dem Klang nach zu urteilen musste mein Kabinengenosse mit einem einzigen Satz aus der oberen Koje auf den Boden gesprungen sein. Ich hörte, wie er mit Klinke und Riegel der Tür hantierte, die sich fast sofort öffnete, und dann vernahm ich seine Schritte, während er im Höchsttempo den Gang hinunterhastete. Die Tür ließ er einfach offen stehen. Das Schiff schlingerte ein wenig und ich erwartete, ihn stolpern oder stürzen zu hören, aber er rannte, als würde er um sein Leben laufen. Die Tür quietschte bei jeder Bewegung des Schiffes in den Angeln und das Geräusch war mir unangenehm. Ich stand auf und schloss sie, dann tastete ich mich in der Dunkelheit zurück zu meiner Koje. Ich schlief wieder ein, aber ich habe keine Ahnung, wie lange ich schlief.

Als ich erwachte, war es immer noch vollkommen dunkel, doch ich spürte eine unangenehme Kälte und es schien mir, als sei die Luft feucht. Sie kennen diesen eigenartigen Geruch einer Kabine, die Meerwasser hat feucht werden lassen. Ich zog mir die Decke bis zum Kinn und döste vor mich hin, während ich mir im Geiste für den nächsten Tag eine Beschwerde zurechtlegte und dafür die größten Kraftausdrücke wählte. Ich hörte, wie sich mein Kabinengenosse in der oberen Koje wälzte. Wahrscheinlich war er zurückgekehrt, während ich geschlafen hatte. Einmal meinte ich ihn stöhnen zu hören und kam zu dem Schluss, dass er seekrank war, was besonders unangenehm ist, wenn man unten liegt. Dennoch döste ich wieder ein und schlief bis zum frühen Morgengrauen.

Das Schiff schlingerte heftig, weit mehr als am vorangegangenen Abend, und das graue Licht, das durch das Bullauge fiel, änderte mit jeder Bewegung seine Farbe, je nachdem, ob die Schiffswand die Scheibe dem Meer oder dem Himmel zuneigte. Es war unerklärlich kalt für den Monat Juni. Ich wandte meinen Kopf und schaute zu dem Bullauge hinüber und zu meiner Überraschung sah ich, dass es weit offen stand und festgehakt war. Ich glaube, ich fluchte laut. Ich stand auf und schloss es. Als ich mich umwandte, warf ich einen Blick zur oberen Koje. Die Vorhänge waren vollkommen zugezogen. Wahrscheinlich hatte mein Kabinengenosse die Kälte ebenfalls gespürt. Ich fand, dass ich genug geschlafen hatte. Die Kabine war ungemütlich, obwohl ich seltsamerweise die Feuchtigkeit, die mich in der vergangenen Nacht so gestört hatte, nicht mehr roch. Mein Mitreisender schlief immer noch – eine ausgezeichnete Gelegenheit, ihm zu entkommen, also zog ich mich eilends an und begab mich an Deck. Der Tag war warm und wolkig und über dem Wasser hing ein öliger Geruch. Als ich hinaustrat, war es sieben Uhr – erheblich später, als ich angenommen hatte. Ich begegnete dem Arzt,

der eine Runde an der Morgenluft drehte. Es war ein junger Mann aus dem Westen Irlands – ein riesiger Kerl mit schwarzen Haaren und blauen Augen, der bereits zur Fülle neigte. Er sah gesund und unbekümmert aus und hatte eine recht gewinnende Art.

›Ein schöner Morgen‹, bemerkte ich, um ein Gespräch anzuknüpfen.

›Tja‹, sagte er und sah mich aufmerksam an, ›es ist ein schöner Morgen und auch wieder nicht. Ich glaube, es ist kein so besonderer Morgen.‹

›Nun – nein, er ist nicht besonders schön‹, räumte ich ein.

›Diese Art von Wetter pflege ich als dumpfig zu bezeichnen‹, erwiderte der Arzt.

›Letzte Nacht schien es mir sehr kalt zu sein‹, bemerkte ich. ›Doch als ich mich in der Kabine umschaute, stellte ich fest, dass das Bullauge weit offen stand. Es war mir nicht aufgefallen, als ich zu Bett ging. Und überdies ist die Kabine feucht.‹

›Feucht!‹, sagte er. ›Wo sind Sie untergebracht?‹

›Einhundertfünf …‹

Zu meiner Überraschung zuckte der Arzt offensichtlich zusammen und starrte mich an.

›Was haben Sie denn?‹, fragte ich.

›Oh, nichts‹, erwiderte er. ›Es ist nur so, dass sich während der letzten drei Reisen jeder über diese Kabine beschwert hat.‹

›Ich werde mich ebenfalls beschweren‹, sagte ich. ›Zweifellos ist sie nicht richtig gelüftet worden. Es ist wirklich allerhand!‹

›Ich glaube nicht, dass es damit getan ist‹, erwiderte der Arzt. ›Ich glaube, da gibt es etwas – nun, es steht mir nicht zu, Passagieren Angst einzujagen.‹

›Keine Sorge, Sie jagen mir keine Angst ein‹, erwiderte ich. ›Feuchtigkeit macht mir überhaupt nichts aus. Und falls ich mir eine ernstliche Erkältung zuziehen sollte, werde ich zu Ihnen kommen.‹

Ich bot dem Arzt eine Zigarre an. Er nahm sie und prüfte sie mit kritischem Blick.

›Es ist weniger die Feuchtigkeit‹, bemerkte er. ›Aber ich glaube wohl, dass Sie zurechtkommen werden. Haben Sie einen Kabinengenossen?‹

›Ja, einen Teufelskerl, der mitten in der Nacht davonläuft und die Tür offen stehen lässt.‹

Wieder warf der Arzt mir einen neugierigen Blick zu, dann zündete er die Zigarre an. Er wirkte ernst.

›Ist er zurückgekommen?‹, erkundigte er sich nach kurzem Zögern.

›Ja. Ich schlief, aber als ich erwachte, hörte ich, wie er sich im Bett wälzte. Dann schlief ich wieder ein, und heute Morgen stellte ich dann fest, dass das Bullauge offen stand.‹

›Schauen Sie‹, sagte der Arzt ruhig. ›Ich mag dieses Schiff nicht besonders und sein Ruf ist mir völlig egal. Ich will Ihnen etwas sagen. Ich habe hier oben eine recht große Kabine. Und ich werde sie mit Ihnen teilen, obwohl ich Sie überhaupt nicht kenne.‹

Ich war über diesen Vorschlag äußerst überrascht. Ich konnte mir nicht erklären, warum er ein so plötzliches Interesse an meinem Wohlergehen hatte. Aber die Art und Weise, wie er über das Schiff sprach, war seltsam.

›Das ist sehr freundlich von Ihnen, Doktor‹, sagte ich. ›Dennoch bin ich wirklich der Meinung, dass die Kabine lediglich gelüftet oder geputzt werden müsste. Was haben Sie gegen dieses Schiff?‹

›Mein Berufsstand ist nicht abergläubisch, Sir‹, erwiderte der Arzt, ›aber das Meer lässt Menschen abergläubisch werden. Ich möchte Sie nicht beeinflussen und ich will Ihnen keine Angst machen, aber Sie sollten meinen Rat annehmen und in meine Kabine umziehen. Lieber sähe ich Sie über Bord gehen‹, fügte er ernst hinzu, ›als zu wissen, dass Sie oder sonst irgendein Mensch in 105 nächtigen.‹

›Gütiger Himmel! Warum?‹, fragte ich.

›Weil die Passagiere, die auf den letzten drei Reisen dort nächtigten, tatsächlich über Bord gingen‹, erwiderte er ruhig.

Diese Mitteilung war, wie ich zugeben muss, bestürzend und äußerst unerfreulich. Ich schaute den Arzt scharf an, um herauszufinden, ob er sich lustig über mich machte, aber ihm war die Sache offenbar absolut ernst. Ich dankte ihm herzlich für sein Angebot, sagte aber, ich beabsichtige, die Ausnahme von der Regel zu sein und nicht über Bord zu gehen. Er sagte nicht viel dazu, doch blickte noch ernster drein und gab mir zu verstehen, dass ich vermutlich vor Ende der Überfahrt sein Angebot überdacht haben würde. Bald darauf begaben wir uns zum Frühstück, zu dem sich nur wenige Passagiere eingefunden hatten. Ich bemerkte, dass ein oder zwei der Offiziere, die mit uns frühstückten, ernste Gesichter machten. Nach dem Frühstück ging ich in meine Kabine, um ein Buch zu holen. Die Vorhänge der oberen Koje waren immer noch zugezogen und es war kein Laut zu hören. Wahrscheinlich schlief mein Kabinengenosse noch.

Als ich wieder herauskam, traf ich den Steward, dessen Aufgabe es war, für mein Wohl zu sorgen. Er raunte mir zu, dass der Kapitän mich zu sehen wünsche, und dann hastete er den Gang von dannen, als wolle er um jeden Preis Fragen vermeiden. Ich begab mich zu der Kabine des Kapitäns, der mich bereits erwartete.

›Sir‹, sagte er. ›Ich möchte Sie um einen Gefallen bitten.‹

Ich erwiderte, ich wolle ihm selbstverständlich jeden Gefallen erweisen.

›Ihr Kabinengenosse ist verschwunden‹, sagte er. ›Wir wissen nur, dass er sich gestern Abend zeitig zu Bett begeben hat. Ist Ihnen irgendetwas Außergewöhnliches an seinem Verhalten aufgefallen?‹

So wie die Frage gestellt wurde, war sie eine direkte Bestätigung der Befürchtungen, die der Arzt eine halbe Stunde zuvor geäußert hatte. Mir verschlug es beinahe die Sprache.

›Sie wollen doch nicht sagen, dass er über Bord gegangen ist?‹, fragte ich.

›Ich fürchte doch‹, erwiderte der Kapitän.

›Das ist eine wirklich merkwürdige Sache ...‹, begann ich.

›Warum?‹, fragte er.

›Er ist also der Vierte?‹, sagte ich. Der Kapitän sah mich fragend an und ich erklärte ihm, gehört zu haben, was man sich über 105 erzählte, ohne dabei den Arzt zu erwähnen. Er schien sehr ungehalten darüber, dass ich die Geschichte kannte. Dann berichtete ich ihm, was in der Nacht vorgefallen war.

›Was Sie da erzählen‹, erwiderte er, ›deckt sich fast vollkommen mit dem, was mir die Kabinengenossen von zwei der anderen drei erzählten. Auch sie sprangen aus dem Bett und stürzten den Gang hinunter. Zwei von ihnen wurden von der Schiffswache gesehen, als sie über Bord gingen. Wir hielten an und ließen Boote ins Wasser, konnten sie aber nicht finden. Den Mann, der gestern Abend verschwand, hat jedoch niemand gehört oder gesehen – wenn er tatsächlich verschwunden ist. Da der Steward – er ist vielleicht ein bisschen

abergläubisch – vermutete, dass etwas nicht stimmt, ging er heute Morgen nach ihm schauen. Er fand seine Koje leer, wenngleich seine Kleider immer noch genauso dalagen, wie er sie hingelegt hatte. Der Steward ist der einzige Mann an Bord, der weiß, wie er aussieht, und er hat ihn überall gesucht. Er ist verschwunden! Nein, Sir, ich muss Sie bitten den Vorfall keinem der anderen Passagiere gegenüber zu erwähnen. Ich möchte nicht, dass das Schiff in einen schlechten Ruf gerät, und nichts ist für einen Ozeandampfer schlimmer als Geschichten von Selbstmorden. Sie können während der restlichen Reise in einer Offizierskabine Ihrer Wahl wohnen, auch in der meinen. Ist das ein faires Angebot?‹

›Sehr fair‹, sagte ich, ›und ich bin Ihnen sehr verbunden. Aber da ich allein bin und eine eigene Kabine habe, möchte ich lieber nicht umziehen. Wenn der Steward die Sachen des armen Mannes entfernt, möchte ich lieber bleiben, wo ich bin. Ich werde nichts über die Angelegenheit verlauten lassen und glaube Ihnen versprechen zu können, dass ich meinem Kabinengenossen nicht folge.‹

Der Kapitän versuchte mich von meinem Entschluss abzubringen, aber ich zog es vor, eine Kabine für mich allein zu haben, als sie mit irgendeinem Offizier an Bord zu teilen. Ich weiß nicht, ob ich töricht handelte, aber hätte ich seinen Rat befolgt, könnte ich nun nichts mehr erzählen. Es wäre bei dem schrecklichen Umstand geblieben, dass sich zufällig mehrere Männer, die in der gleichen Kabine schliefen, das Leben genommen hatten.

Aber damit war die Angelegenheit keineswegs beendet. Eigensinnig beschloss ich, mich durch dergleichen Geschichten nicht aus der Ruhe bringen zu lassen, und legte mich sogar mit dem Kapitän an. Ich sagte, an der Kabine sei nichts auszusetzen. Sie sei lediglich feucht und das Bullauge habe während der letzten Nacht offen gestanden. Vielleicht sei mein Kabinengenosse krank gewesen, als er an Bord kam, und nach dem Zubettgehen in einen Fieberwahn geraten. Vielleicht verstecke er sich in diesem Moment sogar irgendwo an Bord und würde später entdeckt werden. Man müsse die Kabine lüften und die Schließvorrichtung des Bullauges überprüfen. Wenn es der Kapitän mir gestatte, würde ich mich sofort um die Dinge kümmern, die ich für notwendig hielte.

›Natürlich ist es Ihr Recht zu bleiben, wo Sie sind, wenn Sie es wünschen‹, erwiderte er offenbar ungeduldig, ›mir wäre es aber lieber, wenn Sie umziehen würden, damit ich die Kabine ein für alle Mal zuschließen kann.‹

Für mich sah die Sache anders aus, und nachdem ich versprochen hatte, Stillschweigen über das Verschwinden meines Kabinengenossen zu wahren, verließ ich den Kapitän. Da der Verschwundene offenbar keine Bekannten an Bord gehabt hatte, vermisste ihn auch im weiteren Verlauf des Tages niemand. Gegen Abend begegnete ich wieder dem Arzt und er erkundigte sich, ob ich mittlerweile meine Meinung geändert hätte, doch ich verneinte.

›Das werden Sie schon noch tun‹, sagte er sehr ernst.

III

Am Abend spielten wir Karten und ich ging spät zu Bett. Ich will an dieser Stelle gestehen, dass mir unbehaglich zu Mute war, als ich meine Kabine betrat. Ich konnte nicht umhin, an den großen Mann zu denken, den ich in der vergangenen Nacht gesehen hatte und der nun tot war und ein paar hun-

dert Meilen von hier entfernt in den Wellen hin und her geworfen wurde. Während ich mich entkleidete, sah ich sein Gesicht ganz deutlich vor mir und ich zog sogar die Vorhänge der oberen Koje zurück, als wollte ich mich überzeugen, dass er tatsächlich nicht mehr da war. Dann verriegelte ich auch die Tür der Kabine. Plötzlich bemerkte ich, dass das Bullauge offen stand und festgehakt war. Das war zu viel für mich. Hastig zog ich meinen Morgenmantel an und machte mich auf die Suche nach Robert, der während dieser Überfahrt mein Steward war. Ich war außer mir vor Zorn und als ich ihn fand, zerrte ich ihn grob durch die Tür von 105 und stieß ihn zu dem offenen Bullauge.

›Was zum Teufel denken Sie sich dabei, dieses Bullauge jede Nacht offen stehen zu lassen, Sie Lump? Wissen Sie nicht, dass dies gegen die Vorschriften verstößt? Wissen Sie nicht, dass zehn Männer es nicht mehr schließen könnten, wenn sich das Schiff zur Seite legen und Wasser eindringen würde? Ich werde Sie dem Kapitän melden, Sie Schuft, denn Sie bringen das Schiff in Gefahr!‹

Ich war äußerst erzürnt. Der Mann zitterte und wurde bleich und dann begann er die runde Glasscheibe mit den schweren Messingbeschlägen zu schließen.

›Warum antworten Sie mir nicht?‹, fragte ich schroff.

›Bitte, Sir‹, stammelte Robert, ›kein Mensch an Bord kann dieses Bullauge während der Nacht geschlossen halten. Sie können es ja selbst versuchen, Sir. Ich bleibe nicht länger an Bord dieses Schiffes. Und wenn ich Sie wäre, Sir, würde ich meine Siebensachen packen und bei dem Arzt schlafen oder sonst irgendwem. Schauen Sie her, Sir, würden Sie sagen, dass das Bullauge zu ist, Sir? Versuchen Sie mal, ob es sich auch nur einen Millimeter bewegen lässt.‹

Ich rüttelte an dem Bullauge und stellte fest, dass es fest verschlossen war.

›Na bitte, Sir‹, fuhr Robert triumphierend fort, ›und ich wette meinen Ruf als ausgezeichneter Steward darauf, dass es in einer halben Stunde wieder offen steht. Und festgehakt ist, Sir, das ist das Furchtbare daran – auch festgehakt!‹

Ich untersuchte die große Schraube und den Haken, der sich daran befand.

›Falls ich es heute Nacht offen finde, Robert, bekommen Sie eine Goldmünze von mir. Aber das ist völlig ausgeschlossen. Sie können gehen.‹

›Eine Goldmünze, sagen Sie, Sir? Prima, Sir. Danke, Sir. Gute Nacht, Sir. Eine angenehme Nachtruhe, Sir, und träumen Sie gut, Sir.‹

Robert eilte davon, froh, entlassen zu sein. Natürlich, so dachte ich, versucht er seine Nachlässigkeit mit einer dummen Geschichte zu erklären, die mir Angst einjagen soll, und ich glaubte ihm nicht. Dies hatte zur Folge, dass er seine Goldmünze bekommen und ich eine äußerst unerfreuliche Nacht verbringen sollte.

Ich ging zu Bett und fünf Minuten, nachdem ich mich in meine Decken gehüllt hatte, löschte der unerbittliche Robert das Licht, das ruhig hinter der Milchglasscheibe bei der Tür brannte. Ich lag regungslos in der Dunkelheit und versuchte Schlaf zu finden, stellte aber bald fest, dass es vergeblich war. Ich hatte meinem Zorn Luft gemacht und den Steward zurechtgewiesen und damit das unangenehme Gefühl vertrieben, das mich beschlichen hatte, als ich an den ertrunkenen Mann dachte, der mein Kabinengenosse gewesen war. Aber ich fühlte mich nicht mehr schläfrig und ich lag eine Zeit lang wach da, während ich hin und wieder einen Blick zu dem Bullauge warf, das ich von meiner Koje aus gerade noch

sehen konnte. Es mutete wie ein schwach leuchtender Suppenteller an, der in der Dunkelheit schwebte. Ich glaube, ich lag etwa eine Stunde so da, und wie ich mich erinnere, döste ich gerade ein, als ich durch einen kalten Luftzug wieder aufgeschreckt wurde und deutlich spürte, wie mir Gischt ins Gesicht sprühte. Ich sprang auf, doch da ich in der Dunkelheit nicht auf das Schlingern des Schiffes geachtet hatte, wurde ich unverzüglich durch die Kabine auf das Sofa geschleudert, das unter dem Bullauge stand. Ich erholte mich aber schnell von dem Schreck und hievte mich auf die Knie. Das Bullauge stand wieder weit offen und war festgehakt!

Nun, diese Dinge haben sich tatsächlich zugetragen. Ich war hellwach, als ich mich aus dem Bett erhob, und hätte ich mich noch im Halbschlaf befunden, wäre ich gewiss durch den Sturz munter geworden. Überdies schlug ich mir meine Ellenbogen und Knie heftig an und die blauen Flecken wären am nächsten Morgen im Zweifelsfall der Beweis für die Geschehnisse gewesen. Das Bullauge stand weit offen und war festgehakt – ein so unerklärlicher Umstand, dass ich, wie ich mich noch gut erinnere, bei seiner Entdeckung eher ein Gefühl des Staunens als der Furcht verspürte. Sofort schloss ich das Bullauge wieder und drehte mit aller Kraft, die ich aufzubringen vermochte, die Schraube zu. Es war sehr dunkel in der Kabine. Ich sann darüber nach, dass das Bullauge zweifelsohne innerhalb der letzten halben Stunde, nachdem es Robert in meiner Gegenwart fest verschlossen hatte, geöffnet worden war und ich wollte nun Wache halten, um zu sehen, ob es sich wieder öffnete. Seine Messingbeschläge waren sehr schwer und alles andere als leicht zu bewegen. Ich konnte nicht glauben, dass sich die Schraube durch das Schlingern des Schiffes gelöst hatte. Ich stand da und spähte durch das dicke Glas hinaus auf die grau-weißen Streifen des Meeres, die unterhalb der Schiffswand schäumten. Etwa eine Viertelstunde verharrte ich auf diese Weise.

Während ich so dastand, hörte ich mit einem Mal ganz deutlich, dass sich hinter mir in einer der Kojen etwas bewegte, und als ich mich instinktiv umwandte, vernahm ich ein ganz leises Stöhnen, wenngleich ich in der Dunkelheit natürlich nichts sah. Ich stürzte durch die Kabine, riss die Vorhänge der oberen Koje zurück und tastete mit den Händen im Bett herum, um herauszufinden, ob jemand darin lag.

Ich entsinne mich, dass ich, als ich meine Hände vorstreckte, das Gefühl hatte, sie in einen feuchten Keller zu halten, und hinter dem Vorhang kam ein Lufthauch hervor, der Ekel erregend nach abgestandenem Meerwasser roch. Ich bekam etwas zu fassen, das die Form eines Menschenarmes zu haben schien, aber glatt, nass und eiskalt war. Doch als ich daran zerrte, sprang plötzlich mit einem Satz ein Wesen aus der Koje und prallte gegen mich. Es schien mir wie eine klamme, schleimige Masse, schwer und nass, und dennoch mit einer übernatürlichen Kraft ausgestattet. Ich taumelte durch die Kabine und einen Moment später öffnete sich die Tür und das Ding stürzte hinaus. Mir blieb gar keine Zeit, um Angst zu bekommen. Rasch hatte ich die Fassung wiedergewonnen, rannte zur Tür hinaus und hetzte in Höchsttempo ihm hinterher, aber zu spät. Zehn Meter vor mir konnte ich – dessen bin ich gewiss – einen dunklen Schatten erkennen, der sich durch den schwach erleuchteten Gang bewegte wie der Schatten eines schnellen Pferdes, den die Lampe eines Einspänners in der dunklen Nacht wirft. Doch einen Augenblick später war er verschwunden und ich blieb zurück und hielt mich an dem polierten Geländer fest, wo der Gang zur Treppe hinführte. Mir standen die Haare zu Berge und kalter

Schweiß lief mir über das Gesicht. Ich fürchtete mich fast zu Tode und dafür schäme ich mich nicht.

Dennoch traute ich meinen Sinnen immer noch nicht und riss mich zusammen. Das ist doch völlig absurd, dachte ich. Mir ist der Käsetoast, den ich gegessen habe, nicht bekommen. Ich habe einen Alptraum gehabt. Ich machte mich auf den Weg zurück in meine Kabine und zwang mich einzutreten. Der ganze Raum stank wie in der vorangegangenen Nacht nach abgestandenem Meerwasser. Ich brauchte meine ganze Kraft, um hineinzugehen und in meinen Sachen nach einer Schachtel mit Kerzen zu tasten. Als ich eine Leselampe entzündete, die ich stets bei mir habe, falls ich nach dem Löschen des Lichtes noch lesen möchte, bemerkte ich, dass das Bullauge wieder offen stand. Ein schleichendes Entsetzen begann von mir Besitz zu ergreifen, das ich noch nie zuvor gespürt hatte und nie wieder spüren möchte. Aber ich hatte nun Licht und begann die obere Koje zu inspizieren in der Erwartung, sie von Meerwasser durchnässt zu finden.

Aber ich wurde enttäuscht. Das Bett war von jemandem benutzt worden und der Geruch von Meerwasser stark, doch das Bettzeug knochentrocken. Ich bildete mir ein, dass Robert nicht den Mut gehabt hatte, nach dem Vorfall der vergangenen Nacht das Bett zu machen, und dass alles ein entsetzlicher Traum gewesen war. Ich schob die Vorhänge ganz zur Seite und untersuchte die Koje mit großer Sorgfalt. Nirgendwo eine Spur von Nässe. Aber das Bullauge stand wieder offen. Mit einem Gefühl dumpfen, unheimlichen Entsetzens schloss ich es wieder, schob meinen schweren Stock durch den Messinghaken und verkeilte ihn mit all meiner Kraft, bis sich das dicke Metall unter dem Druck zu biegen begann. Dann hängte ich meine Leselampe in dem roten Samt am Kopfende des Sofas ein und ließ mich nieder, um wieder zu Sinnen zu kommen. Ich saß die ganze Nacht da, unfähig an Schlaf zu denken – kaum in der Lage, überhaupt einen Gedanken zu fassen. Aber das Bullauge blieb geschlossen und ich glaubte, dass es sich nun nur mit erheblicher Kraftanstrengung wieder öffnen ließ.

Endlich dämmerte der Morgen. Ich kleidete mich langsam an, während ich über die Geschehnisse der Nacht nachdachte. Es war ein wunderschöner Tag und ich begab mich an Deck, froh, an die frische Luft zu kommen und den Geruch des Meeres zu riechen, der so anders als der widerliche muffige Gestank in meiner Kabine war. Unwillkürlich ging ich nach achtern, wo die Kabine des Arztes lag. Und richtig, dort stand er, eine Pfeife im Mund, und genoss genau wie am vorherigen Tag die Morgenluft.

›Guten Morgen‹, sagte er ruhig, sah mich jedoch mit offensichtlicher Neugier an.

›Doktor‹, sagte ich, ›Sie hatten ganz Recht. In dieser Kabine geht es nicht mit rechten Dingen zu.‹

›Ich dachte mir, dass Sie sich eines Besseren besinnen werden‹, erwiderte er mit einem gewissen Triumph. ›Sie haben eine schlechte Nacht gehabt, was? Soll ich Ihnen einen Muntermacher bereiten? Ich habe da ein großartiges Rezept.‹

›Nein, besten Dank‹, erwiderte ich, ›aber ich möchte Ihnen gern erzählen, was passiert ist.‹

Und dann versuchte ich ihm in möglichst klaren Worten zu erklären, was sich zugetragen hatte, und versäumte auch nicht zu erwähnen, dass ich noch niemals zuvor in meinem ganzen Leben solche Angst gehabt hätte. Ich ging besonders auf das Phänomen des Bullauges ein und dass dies eine Tatsache sei, die ich bezeugen würde, auch wenn der Rest viel-

leicht Einbildung gewesen sein mochte. Ich hätte es während der Nacht zweimal geschlossen und beim zweiten Mal tatsächlich das Messing verbogen, da ich meinen Stock darunter verkeilt hätte. Ich glaube, diesen Punkt betonte ich ausdrücklich.

›Sie scheinen zu denken, dass ich Ihre Geschichte bezweifeln könnte‹, sagte der Arzt, während er angesichts des detaillierten Berichtes über den Zustand des Bullauges lächelte. ›Doch ich habe nicht den leisesten Zweifel daran. Ich erneuere mein Angebot. Holen Sie Ihre Siebensachen und teilen Sie meine Kabine mit mir.‹

›Ich mache Ihnen einen anderen Vorschlag‹, sagte ich. ›Kommen Sie für eine Nacht in meine Kabine und helfen Sie mir, der Sache auf den Grund zu gehen.‹

›Wenn Sie das versuchen, werden Sie auf den Grund von etwas anderem kommen‹, erwiderte der Arzt.

›Wie bitte?‹

›Auf den Meeresgrund. Ich jedenfalls werde dieses Schiff verlassen. Es ist unheimlich.‹

›Dann wollen Sie mir nicht helfen herauszufinden ...‹

›Nein‹, sagte der Arzt rasch. ›Ich habe die Aufgabe, einen klaren Kopf zu bewahren – nicht mit Geistern und dergleichen Sachen herumzuspielen.‹

›Glauben Sie wirklich, es handelt sich um einen Geist?‹, fragte ich ein wenig verächtlich. Doch während ich dies sagte, erinnerte ich mich sehr gut daran, dass mich in der Nacht das schreckliche Gefühl ergriffen hatte, einem übernatürlichen

Phänomen gegenüberzustehen. Die Antwort des Arztes war unerwartet scharf.

›Haben Sie irgendeine vernünftige Erklärung für diese Dinge anzubieten?‹, fragte er. ›Nein, das haben Sie nicht. Nun, Sie sagen, Sie werden eine Erklärung finden. Ich sage Ihnen, das werden Sie nicht, einfach deshalb, weil es keine Erklärung gibt.‹

›Aber mein lieber Doktor‹, entgegnete ich heftig, ›wollen Sie, ein Mann der Wissenschaft, mir erzählen, dass sich diese Dinge nicht erklären lassen?‹

›Genau das‹, sagte er scharf. ›Und selbst wenn sie sich erklären ließen, würde mich die Erklärung nicht interessieren.‹

Ich wollte keine weitere Nacht allein in der Kabine verbringen und dennoch war ich fest entschlossen, den Vorkommnissen auf den Grund zu gehen. Ich glaube nicht, dass es viele Männer gibt, die nach zwei derartigen Nächten allein dort übernachtet hätten. Aber ich wollte es versuchen, auch wenn ich niemanden dazu bewegen konnte, Wache mit mir zu halten. Der Arzt war offensichtlich nicht zu einem solchen Experiment bereit. Er sagte, er sei Arzt, und falls ein Unfall an Bord passiere, müsse er jederzeit zur Verfügung stehen. Er könne es sich nicht leisten, seine Nerven zu ruinieren. Vielleicht hatte er Recht, aber ich neige zu der Vermutung, dass ihm schlichtweg der Mut fehlte. Auf Nachfrage teilte er mir mit, dass ich vermutlich niemanden an Bord finden würde, der sich an meiner Untersuchung beteiligte, und nachdem wir noch etwas geplaudert hatten, verließ ich ihn. Ein wenig später traf ich den Kapitän und erzählte ihm meine Geschichte. Ich sagte, wenn niemand mit mir in der Nacht Wache halten wolle, würde ich es allein tun und ihn bitten während der gesamten Nacht das Licht brennen zu lassen.

›Hören Sie‹, erwiderte er, ›ich werde Ihnen etwas sagen. Ich will selbst mit Ihnen Wache halten und dann werden wir ja sehen, was passiert. Ich bin sicher, dass wir der Sache gemeinsam auf den Grund gehen können. Vielleicht drückt sich irgendein Kerl an Bord herum, der sich eine kostenlose Über-

fahrt ergaunert, indem er Passagieren Angst einjagt. Oder vielleicht stimmt einfach nur mit der Konstruktion der Koje etwas nicht.‹

Ich schlug vor, den Schiffszimmermann zu rufen und die Kabine von ihm in Augenschein nehmen zu lassen. Ich war über das Angebot des Kapitäns, die Nacht mit mir in der Kabine zu verbringen, über alle Maßen erfreut. Er ließ den Handwerker holen und wies ihn an, alles zu tun, was ich wünschte. Wir gingen sofort nach unten. Ich ließ das gesamte Bettzeug aus der oberen Koje räumen und wir prüften sorgfältig, ob sich irgendwo ein Brett gelockert hatte oder die Verkleidung geöffnet oder beiseite geschoben werden konnte. Wir inspizierten sämtliche Planken und klopften den Boden ab, entfernten die Halterungen der unteren Koje und zerlegten diese in alle Einzelteile – kurzum, bald gab es in der Kabine keinen Zentimeter mehr, der nicht durchsucht und geprüft worden war. Alles befand sich in bester Ordnung und wir räumten die Sachen wieder an ihren Platz zurück. Als wir unsere Arbeit beendet hatten, kam Robert an die Tür und schaute herein.

›Na, Sir – irgendwas gefunden, Sir?‹, fragte er mit einem gespenstischen Grinsen.

›Was das Bullauge betrifft, so hatten Sie Recht, Robert‹, sagte ich und gab ihm die versprochene Goldmünze. Der Zimmermann führte seine Arbeit gemäß meinen Anweisungen schweigend und fachmännisch aus. Als er fertig war, begann er zu sprechen.

›Ich bin ein einfacher Mann, Sir‹, sagte er. ›Aber ich glaube, Sie sollten lieber Ihre Sachen hier rausräumen und mich ein halbes Dutzend langer Schrauben in die Tür dieser Kabine jagen lassen. Aus ihr ist nur Unheil gekommen, sonst nichts. Wenn ich das richtig sehe, ist das Leben von vier Passagieren dieser Kabine zu beklagen und das auf nur vier Fahrten. Vergessen Sie die Sache, Sir, vergessen Sie sie lieber!‹

›Eine Nacht will ich es noch versuchen‹, sagte ich.

›Tun Sie's nicht, Sir – tun Sie's nicht! Das ist eine ganz üble Geschichte‹, wiederholte der Handwerker, während er seine Werkzeuge einpackte und die Kabine verließ.

Aber in Erwartung der Gesellschaft des Kapitäns hatte sich meine Stimmung beträchtlich gebessert und ich war fest entschlossen, mich nicht davon abhalten zu lassen, dieser seltsamen Sache auf den Grund zu gehen. Ich verzichtete an diesem Abend auf Käsetoasts und Grog und beteiligte mich nicht einmal an dem üblichen Kartenspiel. Ich wollte einen vollkommen klaren Kopf behalten und meine Eitelkeit verlangte es, dass ich in den Augen des Kapitäns eine gute Figur machte.

IV

Der Kapitän war einer jener außerordentlich robusten und stets gut gelaunten Vertreter der seefahrenden Zunft, die durch ihren Mut, ihre Tapferkeit und ihre Gelassenheit in schwierigen Situationen auf natürliche Weise in hohe Vertrauenspositionen gelangen. Er war kein Mann, der auf bloßes Geschwätz hereinfiel, und allein die Tatsache, dass er bereit war, sich meinen Nachforschungen anzuschließen, bewies, dass hier seiner Meinung nach üble Dinge vor sich gingen, die sich weder mit herkömmlichen Theorien erklären ließen, noch als lächerlicher Aberglaube abgetan werden konnten. Bis zu einem gewissen Grad standen überdies auch sein Ruf und der des Schiffes auf dem Spiel. Es war eine böse

Sache, wenn Passagiere über Bord gingen, und das wusste er.

Als ich an jenem Abend etwa um zehn Uhr eine letzte Zigarre rauchte, kam er auf mich zu und zog mich fort von den anderen Passagieren, die in der warmen, dunklen Nacht an Deck spazieren gingen.

›Die Sache ist ernst, Mr. Brisbane‹, sagte er. ›Wir müssen darauf vorbereitet sein, dass wir entweder eine Enttäuschung erleben werden oder schwere Stunden durchstehen müssen. Wissen Sie, ich kann es mir nicht leisten, über die Angelegenheit zu lachen, und ich möchte Sie bitten, diesbezüglich später eine Erklärung zu unterschreiben, was auch geschehen mag. Sollte heute Nacht nichts passieren, werden wir morgen wieder Wache halten und auch die Nacht darauf. Sind Sie bereit?‹

Und so gingen wir nach unten in die Kabine. Als wir durch die Tür traten, sah ich Robert, den Steward. Er stand etwas weiter unten im Flur und beobachtete uns mit seinem üblichen Gegrinse, als sei er sich gewiss, dass etwas Schreckliches geschehen würde. Der Kapitän schloss hinter uns die Tür und verriegelte sie.

›Ich schlage vor, dass wir Ihren Koffer vor die Tür stellen‹, sagte er. ›Einer von uns beiden kann sich darauf setzen und dann wird hier nichts und niemand entkommen können. Ist das Bullauge zugeschraubt?‹

Ich prüfte es. Es befand sich in dem Zustand, in dem ich es am Morgen verlassen hatte. Ohne einen Hebel zu benutzen, so wie ich es beim Schließen getan hatte, wäre zweifellos niemand in der Lage gewesen, es wieder zu öffnen. Ich zog die Vorhänge der oberen Koje zurück, um freie Sicht zu haben. Auf Anraten des Kapitäns entzündete ich meine Leselampe und platzierte sie so, dass sie das weiße Bettzeug erleuchtete. Der Kapitän bestand darauf, sich auf den Koffer zu setzen. Er sagte, er wolle beschwören können, vor der Tür gesessen zu haben.

Dann bat er mich die Kabine sorgfältig zu durchsuchen, eine Aufgabe, die schnell durchgeführt war, denn sie bestand lediglich darin, unter die untere Koje und das Sofa, welches unter dem Bullauge stand, zu schauen, wo sich absolut nichts befand.

›Es ist völlig unmöglich, dass ein Mensch hier hereingelangt oder gar das Bullauge öffnet‹, sagte ich.

›Sehr gut‹, erwiderte der Kapitän ruhig. ›Sollten wir also etwas sehen, muss es sich entweder um ein Produkt unserer Phantasie oder um eine übernatürliche Erscheinung handeln.‹

Ich setzte mich auf den Rand der unteren Koje.

Der Kapitän schlug die Beine übereinander und lehnte sich an die Tür. ›Das erste Mal geschah es im März‹, sagte er. ›Wie sich später herausstellte, war der Passagier, der damals hier in der oberen Koje schlief, geistesgestört – auf alle Fälle galt er als ein bisschen verrückt und er hatte die Überfahrt ohne Wissen seiner Freunde gebucht. Dann stürzte er mitten in der Nacht ins Freie und war über Bord gesprungen, bevor ihn der wachhabende Offizier aufhalten konnte. Es war eine ruhige Nacht, kurz vor einem schweren Unwetter, und wir ließen ein Boot ins Wasser, aber wir fanden ihn nicht. Natürlich wurde sein Selbstmord später mit seiner Geisteskrankheit erklärt.‹

›Ich nehme an, so etwas geschieht recht häufig?‹, bemerkte ich ein wenig zerstreut.

›Nein, nicht sehr häufig‹, erwiderte der Kapitän. ›Ich hatte dergleichen noch nie erlebt, wenngleich ich hörte, dass es an

Bord anderer Schiffe vorgekommen ist. Nun, wie ich sagte, geschah dies im März. Schon auf der nächsten Überfahrt… Wohin schauen Sie?‹, fragte er und hielt plötzlich in seiner Erzählung inne.

Ich glaube, ich antwortete nicht. Meine Augen waren auf das Bullauge geheftet. Mir schien, als würde sich die Messingmutter sehr langsam auf dem Schraubenbolzen zu drehen beginnen – jedoch so langsam, dass ich nicht sicher war, ob sie sich überhaupt bewegte. Gebannt beobachtete ich sie. Ich prägte mir ihre Stellung genau ein und versuchte herauszufinden, ob sie sich veränderte. Als der Kapitän bemerkte, wohin mein Blick ging, schaute er ebenfalls dorthin.

›Sie bewegt sich!‹, rief er im Brustton der Überzeugung. ›Nein, doch nicht‹, berichtigte er sich kurze Zeit später.

›Wenn sich die Schraube von selbst lockern würde‹, sagte ich, ›hätte sie dies im Laufe des Tages getan. Aber sie war heute Abend so fest zugedreht, wie ich sie heute Morgen zurückgelassen habe.‹

Ich stand auf und prüfte die Schraube. Es bestand kein Zweifel daran, dass sie sich gelockert hatte, denn ich konnte sie mit den Händen bewegen, wenngleich mit einiger Mühe.

›Merkwürdig ist‹, fuhr der Kapitän nun fort, ›dass der zweite Mann, der verschwand, durch ebendiese Luke hinausgesprungen sein soll. Es war eine schreckliche Sache. Es passierte mitten in der Nacht und die See war sehr rau. Jemand schlug Alarm, dass eines der Bullaugen offen stehen und Wasser eindringen würde. Als ich nach unten kam, fand ich alles überschwemmt. Jedes Mal, wenn das Schiff schlingerte, strömte neues Wasser herein, denn das Bullauge war weit geöffnet. Nun, wir konnten es schließen, doch das Wasser hatte einigen Schaden angerichtet. Seitdem riecht es in der Kabine ab und zu nach Meerwasser. Wir vermuten, dass sich der Passagier selbst hinausgestürzt hat, aber Gott allein weiß, wie ihm das gelang. Danach berichtete mir der Steward immer wieder, dass er nicht in der Lage sei, das Bullauge geschlossen zu halten. Bei Gott – jetzt rieche ich es, Sie auch?‹, sagte er und schnupperte argwöhnisch in der Luft.

›Ja – ohne Zweifel‹, erwiderte ich und ich erschauerte, als sich der Geruch von schalem Meerwasser verstärkte. ›Nun, so kann es nur riechen, wenn die Kabine feucht ist‹, fuhr ich fort, ›und doch – als ich sie heute Morgen mit dem Zimmermann untersuchte, war sie vollkommen trocken. Das ist äußerst merkwürdig – heda!‹

Meine Leselampe, die ich in der oberen Koje angebracht hatte, erlosch plötzlich. Doch es fiel immer noch Licht durch die Milchglasscheibe nahe der Tür, hinter der vorschriftsmäßig die Lampe brannte. Das Schiff schlingerte heftig und der Vorhang der oberen Koje schwang weit in die Kabine hinein und wieder zurück. Rasch erhob ich mich vom Rand meiner Koje und im gleichen Moment sprang der Kapitän mit einem lauten Ausruf des Erstaunens auf. Ich war gerade im Begriff, die Lampe herunterzunehmen und zu untersuchen, als ich seinen Aufschrei hörte und gleich danach seinen Hilferuf. Ich rannte zu ihm. Er rang mit aller Kraft mit der Messingmutter des Bullauges. Doch ungeachtet seiner Anstrengungen schien sie sich doch in seiner Hand zu bewegen. Ich packte meinen Spazierstock – einen schweren Eichenstock, den ich stets bei mir trug –, stieß ihn durch den Ring an der Mutter und stützte mich mit meinem ganzen Gewicht darauf, doch plötzlich barst das starke Holz und ich stürzte auf die Couch. Als ich mich wieder erhob, war das Bullauge weit geöffnet und der Kapitän stand aschfahl mit dem Rücken zur Tür da.

›Da ist etwas in der Koje!‹, rief er mit seltsamer Stimme und seine Augen traten ihm fast aus dem Kopf. ›Bewachen Sie die Tür, während ich nachsehe – es wird uns nicht entkommen, was es auch sein mag!‹

Doch statt seinen Platz einzunehmen, sprang ich auf die untere Koje und packte das, was in der oberen Koje lag.

Es war etwas Gespenstisches, zu entsetzlich, um es mit Worten beschreiben zu können, und es bewegte sich in meinen Händen. Es fühlte sich wie der Leichnam eines vor langer Zeit ertrunkenen Mannes an und doch bewegte es sich mit der Stärke von zehn lebenden Männern. Aber ich hielt es mit meiner ganzen Kraft gepackt – dieses glitschige, feuchte, grässliche Wesen –, während mich seine toten weißen Augen in der Dunkelheit anzustarren schienen. Ein fauliger Gestank schmutzigen Meerwassers ging von ihm aus und sein glänzendes Haar hing ihm in dreckigen nassen Strähnen in sein lebloses Gesicht. Ich rang mit dem toten Wesen. Es stürzte sich auf mich, drängte mich zurück und brach mir beinahe die Knochen. Dann schlang dieser lebendige Tod seine Arme um meinen Hals und zwang mich nieder, bis ich endlich laut aufschrie, stürzte und losließ.

Im Fall spürte ich, wie das Wesen über mich hinwegsprang, um sich, wie es schien, auf den Kapitän zu stürzen, der kreidebleich war und die Lippen zusammenpresste. Ich glaubte ihn zu einem gewaltigen Schlag ausholen zu sehen, um das tote Wesen zu Fall zu bringen, doch dann stürzte auch er mit einem unverständlichen Ausruf des Entsetzens zu Boden.

Das Wesen hielt einen Moment inne. Es schien sich zögernd über den am Boden liegenden Körper zu beugen und ich wollte vor Angst laut aufschreien, doch meine Stimme versagte mir den Dienst. Plötzlich verschwand das Wesen und meinen verwirrten Sinnen schien es, als hätte es sich durch das offene Bullauge gestürzt, doch wie das angesichts der geringen Größe der Öffnung möglich gewesen war, wird wohl ewig ein Geheimnis bleiben. Ich blieb lange am Boden liegen und der Kapitän lag neben mir. Als ich endlich wieder einigermaßen zu Sinnen gekommen war, bewegte ich mich. Sofort wurde mir klar, dass mein Unterarm nicht weit vom Handgelenk gebrochen war.

Ich rappelte mich auf und versuchte mit der gesunden Hand den Kapitän aufzurichten. Er stöhnte und bewegte sich und kam schließlich wieder zu sich. Er war nicht verletzt, schien jedoch stark benommen.

Sie wollen noch mehr hören? Es gibt nichts mehr zu erzählen. Damit ist meine Geschichte zu Ende. Der Zimmermann setzte sein Vorhaben in die Tat um und trieb ein halbes Dutzend langer Schrauben in die Tür von 105. Und falls Sie je eine Reise mit der *Kamtschatka* unternehmen und um eine Koje in dieser Kabine bitten, dann werden Sie hören, dass sie belegt ist – ja – belegt von jenem Toten.

Den Rest der Überfahrt verbrachte ich in der Kabine des Arztes. Er kümmerte sich um meinen Arm und gab mir den Rat, mich zukünftig nicht mehr ›mit Geistern und dergleichen Dingen‹ einzulassen. Der Kapitän war sehr schweigsam und ist später nie wieder auf diesem Schiff gefahren, obwohl es noch immer im Dienst steht. Auch ich werde nicht mehr damit reisen. Das schreckliche Erlebnis hatte mich in Todesangst versetzt und das möchte ich nicht noch einmal erleben. Dies war meine Begegnung mit einem Geist – falls es ein Geist war. Auf alle Fälle aber war es ein Toter.«

Das Alibi

Unbekannter Verfasser

Ich glaube nun einmal nicht an Geisterspuk, Tischerücken und alle anderen übernatürlichen Phänomene dieser Art. Ich halte auch die besten angeblich wahren Geistergeschichten (und wohlgemerkt Geistergeschichten überhaupt) für absolut unglaubwürdig.

Ich würde in dem düstersten Spukzimmer im finstersten Spukhaus schlafen, ohne mich im Geringsten vor einem nächtlichen Besuch aus der anderen Welt zu fürchten.

Aber obwohl ich über weiße Frauen, wandelnde Nonnen und dererlei Dinge spotte, gibt es doch gewisse übersinnliche Phänomene, an die ich, wie ich eingestehen muss, glaube, wenngleich nur ungern und zaudernd.

Zu ihnen gehört jene Begebenheit, von der ich hier berichten will. Sie wurde mir von einem engen Freund geschildert, dessen Verwandter sie unlängst erlebte.

Ich gebe die Geschichte so wieder, wie er sie erzählte, nämlich möglichst getreu in den Worten des Hauptbeteiligten:

Vor zwei Jahren entschloss ich mich gegen Ende der Londoner Saison, müde von dem Lärm und der Hektik der Stadt, die während der letzten drei Monate um mich herum geherrscht hatten, einige Tage der Ruhe und Erholung auf dem Land zu suchen. Schon am nächsten Abend hatte ich es mir in einem hübschen Bauernhaus etwa zwei Meilen von der Domstadt X. entfernt bequem gemacht. Das Häuschen, das ich als Quartier gewählt hatte, gehörte einem alten Diener meines Vaters und war schon seit langem ein Lieblingsplatz von mir, den ich aufsuchte, wenn mir der Sinn nach Ruhe und frischer Luft stand.

Der Abend des zweiten Tages nach meiner Ankunft war selbst für diese Jahreszeit außergewöhnlich heiß und schwül. Von der Hitze müde und ein wenig übersättigt von den vergangenen beiden Tagen, an denen ich das ruhige Landleben genossen hatte, begab ich mich etwa um halb elf in mein Schlafzimmer mit der Absicht, der wachsenden Langeweile durch eine ausgiebige Nachtruhe zu entfliehen. Als ich jedoch feststellte, dass es mir die Hitze unmöglich machte, meine Augen zu schließen, stand ich wieder auf und zog meinen Morgenmantel an. Nachdem ich eine Zigarre entzündet hatte, setzte ich mich an das offene Fenster und schaute verträumt hinaus in den Garten vor dem Haus. Hinter ihm erstreckten sich einige ebene Wiesen bis hinunter zum Fluss, der uns von der Stadt trennte. In der Ferne hoben sich die mächtigen Türme der Kathedrale scharf und reliefartig vom Himmel ab, denn die gesamte Landschaft war in das helle Licht des klaren Sommermondes getaucht.

Allmählich wurde ich schläfrig und dachte daran, in mein Bett zurückzukehren, als ich eine sanfte klare Stimme vernahm, offenbar von jemandem, der direkt unter meinem Fenster stand, und die sagte:

»George, George, beeile dich! Du wirst in der Stadt gebraucht!«

Ich schaute sofort aus dem Fenster, und obwohl der Mond immer noch ganz hell schien, stellte ich zu meiner leisen Ver-

wunderung fest, dass ich niemanden entdecken konnte. Ich nahm jedoch an, dass es sich um einen Bekannten meines Wirtes gehandelt hatte, der ihn bat, in irgendeiner Angelegenheit in die Stadt zu kommen. Ich wandte mich vom Fenster ab, ging zu Bett und war nach wenigen Minuten fest eingeschlafen.

Ich hatte wohl etwa drei Stunden geschlafen, als ich plötzlich mit einem Ruck erwachte und mich am ganzen Körper eine Gänsehaut überlief. Ich glaubte, dass mich die Morgenluft, die durch das offene Fenster kam, frösteln ließ und stand auf, um es zu schließen, als ich jene Stimme wieder hörte, diesmal direkt vorm Fenster.

»George, beeile dich! Du wirst in der Stadt gebraucht.«

Diese Worte hatten eine unglaubliche Wirkung auf mich. Ich zitterte vom Scheitel bis zur Sohle und mit einem seltsamen Kribbeln in den Haarwurzeln stand ich da und lauschte. Als ich nichts mehr hörte, ging ich rasch zum Fenster und schaute hinaus. Wie zuvor konnte ich nichts entdecken. Ich verweilte einige Minuten im Schatten des Vorhangs und wartete darauf, dass sich der Besitzer der Stimme zeigte, aber dann lachte ich über meine schwachen Nerven, schloss das Fenster und kehrte ins Bett zurück.

Das graue Morgenlicht breitete sich nun allmählich über den Himmel aus und das Licht des Tages vertrieb all jene Ängste, die im Schutze der Dunkelheit manchmal selbst den Tapfersten überfallen. Dennoch wollte mich das unbehagliche Gefühl nicht loslassen, das die Stimme in mir geweckt hatte. Vergebens versuchte ich meine Augen zu schließen. Sie blieben hartnäckig offen, die Ohren achteten auf den leisesten Laut.

Es war etwa eine halbe Stunde verstrichen, als ich erneut spürte, wie mich jenes Frösteln überlief. Mit Schweißtropfen auf der Stirn setzte ich mich erschreckt auf und lauschte gebannt. Nach einem Augenblick der Totenstille kam die geheimnisvolle Stimme wieder:

»George, beeil dich! Du *musst* in die Stadt.«

Die Stimme befand sich im Raum – nein, unmittelbar neben meinem Bett. Die elende Furcht, die mich überfiel, widersetzt sich jeder Beschreibung. Ich spürte, dass die Worte an mich gerichtet waren und nicht aus dem Mund eines Menschen stammten.

Als ich nichts mehr hörte, stand ich langsam auf und überzeugte mich mit allen Mitteln, die mir zur Verfügung standen, dass ich hellwach war und nicht träumte. Als mein Blick in den Spiegel auf meinem Ankleidetisch fiel und ich darin mein bleiches Gesicht und den ängstlichen Ausdruck darauf sah, war ich zuerst entsetzt, aber dann unwillkürlich ein wenig belustigt.

Ich schaute mich mit einem verzerrten Grinsen an, pfiff ein Stück einer Polka und begab mich wieder zu Bett.

Ich hatte das schreckliche Gefühl, beobachtet zu werden, und wollte mir unter keinen Umständen anmerken lassen, dass mir in irgendeiner Weise unbehaglich zu Mute war.

Ich musste jedoch bald feststellen, dass das Bett unter den gegebenen Umständen keine gute Wahl war, und so entschloss ich mich aufzustehen und meine Nerven an der frischen Morgenluft zu beruhigen.

Eilends zog ich mich an, während ich unentwegt über meine Schulter schaute und mich stets in einer Ecke des Zimmers hielt, um sicher zu gehen, dass niemand hinter mich treten konnte. Auf dem Gras vor meinem Fenster funkelte dicker Morgentau und niemand hätte einen Fuß darauf set-

zen können, ohne nicht einen deutlichen Abdruck zu hinterlassen.

Sorgfältig durchsuchte ich den ganzen Garten, aber ich konnte keinen Hinweis darauf finden, dass sich dort irgendein Mensch aufgehalten hatte.

Während ich über die Ereignisse der Nacht nachdachte, die trotz des hellen Tageslichts und aller Vernunft irgendwie einen übernatürlichen Beigeschmack behielten, schlenderte ich auf einem Fußweg, der zur Fähre führte, zum Fluss hinunter. Als ich mich dem Häuschen des Fährmannes näherte, sah ich ihn vor der Tür stehen. Er schaute den Weg hinauf, den ich entlangkam. Kaum hatte er mich gesehen, wandte er sich um und ging zu seinem Boot, wo er auf mich wartete. »Sie sind heute Morgen früh auf den Beinen, mein Freund«, sagte ich, als ich ihn erreicht hatte.

»Früh, Sir«, sagte er in einem etwas brummigen Ton. »Ja, es ist in der Tat früh, Sir, und ich warte hier schon seit zwei Stunden und mehr auf Sie.«

»Sie warten auf mich, mein Freund – warum?«

»Ja, Sir, das tue ich, denn sie schienen sehr darauf erpicht zu sein, dass Sie nicht warten müssen. In der Nacht sind sie zweimal vom Hof gekommen, um mir zu sagen, dass Sie schon früh mit der Fähre übersetzen wollten.«

Ich erwiderte nichts und nachdem ich in sein Boot gestiegen war, wurde ich schnell über das Wasser getragen. Während ich raschen Schrittes auf die Stadt zuging, versuchte ich mir einzureden, dass mir jemand einen dummen Streich spielen wollte. Als ich schließlich vor einem Tor stehen blieb, durch das ich gehen musste, beschloss ich, meinen Weg nicht weiter fortzusetzen. Ich wandte mich um, doch da ergriff mich wieder jenes Frösteln – ich kann es nur als kalten, feuchten Lufthauch beschreiben, der mich im Gesicht traf und mich dann ganz mit seiner eisigen Kälte umhüllte.

Und ich hörte dicht an meinem Ohr deutlich die Stimme, die traurig und klagend sagte: »George, George«.

Ich erschauerte in feiger Furcht, wandte mich hastig um und eilte in die Stadt.

Nachdem ich einige Minuten gegangen war, kam ich zum Marktplatz. Offensichtlich war Markttag, denn ungeachtet der frühen Stunde herrschte bereits große Geschäftigkeit. Stände wurden aufgestellt und Bauern boten Butter, Geflügel und Eier feil. Etwa zwei Stunden lang schlenderte ich durch die geschäftige und sich ständig vergrößernde Menge, lauschte allen Gesprächsfetzen, die an mein Ohr drangen, und versuchte sie vergeblich mit der seltsamen Aufforderung in Verbindung zu bringen, die mich zum Verlassen meines Bettes bewegt und mich *nolens volens* in die Stadt geführt hatte.

Ich hörte nichts, das in irgendeiner Weise meine Aufmerksamkeit erregte, und da ich müde und hungrig war, beschloss ich in dem Hotel zu frühstücken, das den Marktplatz überschaute. Danach gedachte ich ungeachtet der Stimme in mein Häuschen zurückzukehren.

Das muntere, lärmende Treiben des Marktes hatte bis zu einem gewissen Grad die schauerlichen Gedanken vertrieben, die sich in meine Phantasien geschlichen hatten.

Nachdem ich gefrühstückt hatte, zündete ich meine Zigarre an und schlenderte in die Bar, wo ich zehn Minuten mit dem Wirt über Themen von nicht größerer Wichtigkeit sprach, als dass Gutsherr Thornbury anlässlich der bevorstehenden Hochzeit seiner Tochter einen großen Ball veranstalten wollte und Mr. Westons Ochse auf der nächsten Landwirtschaftsschau ganz gewiss den Preis erhalten würde.

Ich wünschte ihm einen schönen Morgen und lenkte meine Schritte heimwärts. Als ich die Hauptstraße entlangging, wurde ich von einer großen Menschenmenge aufgehalten und auf meine Nachfrage, was hier vor sich ginge, sagte man mir, dass eine Gerichtsverhandlung über einen »interessanten Mordfall« stattfinden würde. Meine Neugier war geweckt. Ich betrat das Gerichtsgebäude und traf dort zufällig einen Bekannten, einen Mann von Einfluss, der mich in den Gerichtssaal schleuste, wo ich einen Platz erhielt.

Der Angeklagte, der beschuldigt wurde, ein armes Mädchen vom Lande beraubt und ermordet zu haben, war ein Mann von kleiner schmächtiger Statur mit einem derben, harten Gesicht, an dem der seltsam düstere Ausdruck besonders bemerkenswert war.

Als seine kleinen, hellen Augen verstohlen durch den Gerichtssaal schweiften, trafen sich unsere Blicke und einen Moment lang blieben sie an mir hängen. Ich wich seinem Blick unwillkürlich aus, als stamme er von irgendeinem abscheulichen Reptil und bis zum Schluss der Verhandlung, die am vorangegangenen Abend beinahe zu Ende geführt worden war, hielt ich meine Augen stets von ihm abgewandt. Der Richter fasste die Beweise zusammen, bei denen es sich vornehmlich um Indizienbeweise handelte, wenngleich sie offenbar erdrückend waren. Ungeachtet des wirklich hervorragenden Plädoyers seines Anwaltes befanden die Geschworenen den Angeklagten ohne Zögern für schuldig.

Bevor der Richter das Urteil verkündete, fragte er den Gefangenen wie üblich, ob er Gründe vorzubringen habe, weshalb gegen ihn kein Todesurteil verhängt werden dürfe.

Der unglückliche Mann bestritt aufgeregt und leidenschaftlich seine Schuld – erklärte, er sei ein ehrlicher, fleißiger, fahrender Glaser und habe sich am Tag des Mordes in Bristol aufgehalten, viele Meilen vom Ort des Verbrechens entfernt, und er wisse darüber nicht mehr als ein ungeborenes Kind. Als er gefragt wurde, weshalb er dies nicht während der Verhandlung zu seiner Verteidigung angeführt habe, erklärte er, dies sei seine Absicht gewesen, aber der Herr, der mit seiner Verteidigung beauftragt gewesen sei, hätte es abgelehnt.

Sein Verteidiger stellte in einer kurzen Erklärung fest, er habe allen Grund, die Geschichte des Gefangenen zu glauben, doch habe er sich gezwungenermaßen bei seinen Bemühungen darauf beschränken müssen, die Indizien der Anklage zu widerlegen. Zudem seien in Bristol genaue, sorgfältige Nachforschungen angestellt worden, aber da der Angeklagte nur sehr kurze Zeit in der Stadt verbracht habe (es waren vielleicht drei oder vier Stunden gewesen) und der Mord schon eine ganze Weile zurückliege, sei es ihm nicht möglich gewesen, Zeugen zu finden, die dem Angeklagten ein überzeugendes Alibi geben konnten. Er habe sich daher ausschließlich auf die schwache Beweislage der Anklage konzentrieren müssen. Und so wurde der Gefangene zum Tode verurteilt und abgeführt, während er laut und beharrlich seine Unschuld beteuerte.

Ich verließ das Gericht mit der quälenden Überzeugung, dass er unschuldig war. Es war die leidenschaftliche Ernsthaftigkeit gewesen, mit der er sich verteidigt hatte, der furchtlose, stolze Ausdruck, der über sein unglückliches Gesicht gehuscht war, als er merkte, dass seine Erklärungen völlig sinnlos waren und er fluchend rief: »Na, dann tun Sie, was Sie nicht lassen können, aber ich *bin* unschuldig. Ich habe das arme Mädel in meinem ganzen Leben nicht gesehen, geschweige denn umgebracht.« All dies gab den Versammel-

ten – zumindest jenen unter ihnen, die Laien waren – das Gefühl, dass in dem Fall einige Zweifel angebracht waren und man im seltensten Fall nur auf Grund von Indizienbeweisen, so erdrückend sie auch sein mögen, einen Schuldspruch verhängen sollte. Ich bin mir gewiss, dass die leidenschaftlichen, wenn auch unbewiesenen Worte des Angeklagten die Geschworenen weit mehr bewegten als das blumige Plädoyer seines Anwaltes.

Die quälende Szene, deren Zeuge ich gerade geworden war, vertrieb gänzlich die Geschehnisse des Morgens aus meinem Kopf und ich ging, tief in Gedanken über die Gerichtsverhandlung versunken, nach Hause.

Die ernsthaften Beteuerungen des unglücklichen Mannes klangen mir noch in den Ohren und ich sah immer wieder sein vor Angst und Leidenschaft verzerrtes Gesicht.

Den Nachmittag verbrachte ich mit der Beantwortung einiger Geschäftsbriefe, die mich an meinem Zufluchtsort erreicht hatten, und bald nach dem Abendessen zog ich mich in mein Zimmer zurück, müde vom fehlenden Schlaf der vergangenen Nacht und von der Aufregung des Tages.

Seit Jahren hatte ich es mir zur Gewohnheit gemacht, abends kurze Notizen über die Ereignisse des Tages zu machen und auch an diesem Abend ließ ich mich wie üblich nieder, um in mein Tagebuch zu schreiben. Kaum hatte ich das Buch geöffnet, als mich zu meinem Entsetzen die tödliche Kälte, die ich am Morgen gespürt hatte, erneut einhüllte.

Ich lauschte angespannt auf die Stimme, die ihr zuvor stets gefolgt war, doch diesmal vergebens. Ich konnte kein anderes Geräusch hören als das Ticken meiner Uhr auf dem Tisch und, wie ich leider hinzufügen muss, das Schlagen meines eigenen, furchtsamen Herzens.

Ich stand auf und ging umher und versuchte meine Furcht abzuschütteln. Der kalte Hauch aber folgte mir und schien mir den Atem zu rauben. An der Tür zögerte ich einen Moment. Ich hätte nur zu gern unter irgendeinem Vorwand den Diener gerufen, aber ich bezwang mich, wandte mich zum Tisch, setzte mich beherzt und öffnete wieder mein Tagebuch.

Während ich die Seiten des Buches umblätterte, fiel mein Blick auf das Wort Bristol. Ich überflog die Seite und blitzartig kehrte in mir die Erinnerung an eine gewisse Begebenheit ins Gedächtnis zurück.

Ich hatte mich genau an jenem Tag in Bristol aufgehalten – an dem Tag, an dem der schreckliche Mord begangen worden war!

Ich hatte mich auf dem Weg zu einem Freund befunden und in Bristol den Zug verpasst, den zu nehmen meine Absicht gewesen war. Und da ich nun zwei Stunden warten musste, schlenderte ich durch die Stadt, ging in das erste Hotel, das ich fand, und bestellte ein Mittagessen. Mein Unmut über meinen mehrstündigen unfreiwilligen Aufenthalt wurde nun noch durch den Lärm eines Handwerkers gesteigert, der gerade in einem der Fenster des Restaurants eine Glasscheibe ersetzte. Ich wies ihn ein- oder zweimal zurecht, doch als ich merkte, dass meine Proteste keine Wirkung hatten, ging ich zum Fenster und hinderte den Mann mit Hilfe des Obers an der Weiterarbeit.

Und mit einem Mal erinnerte ich mich an das Gesicht des Handwerkers. Es war ebenjener Mann gewesen, den ich an diesem Morgen auf der Anklagebank gesehen hatte. Daran bestand kein Zweifel. Das hässliche Gesicht hatte sich mir unauslöschlich ins Gedächtnis eingeprägt, als es durch die

zerbrochene Scheibe schaute, und es war zweifelsohne das gleiche düstere Gesicht, das am Morgen einen so quälenden Eindruck in mir hinterlassen hatte.

Ich habe nur noch wenig hinzuzufügen. Ich eilte sofort in die Stadt zurück und unterbreitete dem Richter die Fakten. Als man Verbindung mit der Wirtin des Hotels in Bristol aufnahm, konnte sie bestätigen, dass an jenem Tag eine kleine Summe an einen fahrenden Glaser bezahlt worden war. Sie kam nach X. und erkannte ohne Zögern in einer Gruppe von Schurken den Verurteilten als jenen Mann, dem sie das Geld gezahlt hatte.

Der arme Bursche war in Bristol fremd gewesen und hatte sich nur zwei oder drei Stunden dort aufgehalten. Daher war er völlig außer Stande gewesen, sich an die Häuser zu erinnern, in denen er Arbeit gefunden hatte. Mir selbst war die Tatsache, dass ich mich jemals in dieser Stadt aufgehalten hatte, völlig entfallen.

Eine Woche später war der Mann frei. Einige nüchterne Menschen werden möglicherweise versuchen, die unerklärliche Natur dieser Geschehnisse einer gestörten Phantasie zuzuschreiben und dem zufälligen Wiedererkennen eines zum Tode verurteilten Mannes.

Doch ich werde immer der Überzeugung bleiben, dass sich das Schicksal in diesem Fall entschloss, zu außergewöhnlichen und übernatürlichen Mitteln zu greifen, um sein Ziel zu erreichen.

Hier endete die Geschichte. Ich habe sie Ihnen, so wie mein Freund sie mir erzählte, ohne Hinzufügungen oder Ausschmückungen weitergegeben. Ich gestehe, dass sie aus zweiter Hand ist, aber bisher hatte ich noch nicht das Glück, eine übersinnliche Geschichte zu hören, die nicht auf ebendiesen Einwand stieß.

Die Geschichte des Italieners

Mrs. Crowe (1800–1876)

»Wie gut Ihr Freund Englisch spricht«, bemerkte ich eines Tages während eines Auslandaufenthaltes zu einem Bekannten und meinte einen Mann, der gerade den Raum verlassen hatte. »Wie ist sein Name?«

»Graf Francesco Ferraldi.«

»Ich nehme an, er ist einmal in England gewesen?«

»O ja. Er lebte dort im Exil und lehrte Italienisch. Seine Geschichte ist äußerst merkwürdig und würde Sie, da Sie Gefallen an seltsamen Dingen haben, gewiss interessieren.«

»Können Sie mir die Geschichte erzählen?«

»Sicherlich nicht korrekt, denn ich habe sie nie von ihm selbst gehört. Aber ich glaube, er hätte nichts dagegen, sie selbst zu erzählen – mit Ausnahme der politischen Angelegenheiten, in die er verstrickt war und die dazu führten, dass er aus österreichischem Herrschaftsgebiet verbannt wurde. Ich glaube, er hält es nicht für vernünftig, über diese Dinge zu sprechen. Wenn Sie ihn kennen lernen wollen, werden wir ihn zum Abendessen bitten, und vielleicht können wir ihn überreden, uns seine Geschichte zu erzählen.«

Und so geschah es. Wir speisten in kleinem Kreis und der Graf entsprach mit großer Freundlichkeit unserer Bitte. »Aber Sie müssen entschuldigen«, sagte er, »wenn ich sehr weit aushole, denn der Beginn meiner Geschichte liegt dreihundert Jahre zurück.

Wir nehmen für uns in Anspruch, eine sehr alte Familie zu sein, doch bis zur zweiten Hälfte des zehnten Jahrhunderts war unser Wohlstand bescheiden. Aber dann konnte Graf Jacopo Ferraldi den Besitz beträchtlich mehren, nicht nur durch gute Geschäfte, sondern auch durch Sparsamkeit – mit anderen Worten, er war ein Geizhals.

Vor jener Zeit waren die Ferraldis Krieger gewesen und konnten sich vieler herausragender Heldentaten rühmen, von denen in unseren Annalen berichtet wird. Aber auch wenn Jacopo durch den Tod seines Bruders letztlich den Titel und die Ländereien der Familie erbte, hatte er sein Leben zunächst als jüngerer Sohn begonnen und, da er mit seinem Anteil unzufrieden gewesen war, beschlossen, ihn durch Geschäfte zu mehren.

Florenz war damals eine ganz andere Stadt als heute. Der Handel florierte und die dortigen Kaufleute standen in guten Geschäftsbeziehungen mit all den großen Städten Europas. Mein Vorfahre investierte sein kleines Vermögen so klug oder mit so glücklicher Hand, dass er es bereits bei seinem ersten Handel verdreifachte. Und da Menschen, die Profite machen und nichts ausgeben, schnell zu Wohlstand kommen, hatte er bald genügend Reichtum erworben. Doch ich wähle diese Worte falsch, denn seine Gewinne genügten ihm nie und er arbeitete immer weiter, um sie zu mehren, denn mittlerweile liebte er das Geld an sich und nicht mehr das, was man davon kaufen konnte.

Schließlich starben seine beiden älteren Brüder, und da sie keine Nachkommen hinterließen, erbte er ihren Besitz und wohnte fortan in dem Palazzo seiner Vorfahren. Statt seine Reichtümer jedoch auszugeben, hortete er sie, und da er zu geizig war, Freunde und Nachbarn einzuladen, lebte er wie

ein Einsiedler in seinen großartigen Gemächern und frohlockte über seinen Besitz, aber er genoss ihn nie. Sein größtes Vergnügen und seine Hauptbeschäftigung schien das Zählen seines Geldes zu sein, das er an merkwürdigen, geheimen Orten versteckte oder in stabilen Eisenkisten, die am Boden und an den Wänden befestigt waren. Doch ungeachtet dieser Vorsichtsmaßnahmen, und obwohl er sein Geld wie ein Schießhund bewachte, fehlte zu seinem ungemeinen Entsetzen eines Tages eine Summe von zweitausend Pfund, die er im Fußboden seines Speisezimmers versteckt hatte, in einem raffiniert ersonnenen Behältnis, von dessen Existenz nur der Mann wusste, der es gebaut hatte. Zumindest glaubte mein Vorfahre dies. Doch so gering die Summe im Verhältnis zu seinem Gesamtbesitz auch erscheinen mochte, hatte ihr Verschwinden Jacopo doch in Angst und Schrecken versetzt. Wie ein Wahnsinniger stürzte er aus dem Haus, um den Schurken vor den Richter zu zerren, aber als er in das Geschäft des Mannes kam, fand er ihn auf dem Totenbett. Seine Freunde und der Arzt schworen, der Mann habe seit zwei Wochen das Bett nicht mehr verlassen, kurzum war er nach ihren Aussagen genau an jenem Tag erkrankt, an dem er die Arbeit beim Grafen beendet hatte.

Wenn dies der Wahrheit entsprach, konnte er nicht der Dieb gewesen sein, denn das Geld war erst einige Tage später versteckt worden, und obwohl den Grafen Zweifel plagten, ließ sich kaum widerlegen, was alle schworen, und darüber hinaus starb der Mann am folgenden Tag und wurde beerdigt.

Verwirrt und wütend knöpfte Jacopo sich nun seine beiden Diener vor – er hatte nur zwei, denn er bewohnte lediglich einen kleinen Teil des Palazzos. Es gab nicht den geringsten Grund, sie zu verdächtigen oder anzunehmen, dass sie etwas von dem Versteck wussten, denn es war jede Vorsichtsmaßnahme zur Geheimhaltung getroffen worden. Überdies hatte er den Behälter verschlossen vorgefunden, so wie er ihn nach dem Deponieren des Geldes selbst zurückgelassen hatte. Und er war absolut sicher, immer im Besitz des Schlüssels gewesen zu sein. Dennoch entließ er die Diener und stellte keine neuen mehr ein. Der Dieb, wer immer er auch gewesen sein mochte, hatte so viel Geschicklichkeit unter Beweis gestellt, dass Jacopo allein schon bei dem Gedanken zu zittern begann, was diese Geschicklichkeit noch auszurichten vermochte, wenn sich die Gelegenheit bot. Und so entschloss er sich, es gar nicht erst so weit kommen zu lassen und ließ sich fortan seine Mahlzeiten aus einem nahe gelegenen Gasthaus bringen und einmal pro Woche kam jemand zum Kehren und Putzen seiner Räumlichkeiten, den er während der Arbeit im Auge behielt. Da er keinerlei Hinweis auf die Täter hatte und sein Hauptverdächtiger tot war, unternahm er keine weiteren Schritte, sondern schwieg über die Angelegenheit, um keine zu große Aufmerksamkeit auf seine geheimen Schätze zu lenken. Aber obwohl er äußerlich ruhig wirkte, nagte der Verlust dennoch an ihm und bereitete ihm große Pein.

Nicht lange nach diesem Vorfall erhielt er einen Brief von einer seiner Schwestern, die vor Jahren einen Engländer geheiratet hatte. Sie schrieb ihm, dass ihr Mann gestorben sei und sie wünsche, dass ihr geliebter und einziger Sohn Kaufmann werde. Aus diesem Grunde schicke sie ihn nach Florenz, in der Gewissheit, dass ihr Bruder ihn unter seine Fittiche nehmen und ihm helfen werde, das mitgebrachte Kapital vorteilhaft anzulegen.

Dies war bei Gott keine erfreuliche Nachricht, denn Jacopo hatte nicht vor, irgendwelche Interessen außer den eigenen zu verfolgen und überdies fürchtete er, der junge Mann könnte

in seinen Angelegenheiten herumspionieren. Außerdem betrachtete er ihn als Eindringling in seinem Haus und vermutete in ihm einen ungeduldigen und raffgierigen Erben, der die Stunden bis zum Tod seines Onkels zählte, denn die Schwester und ihre Familie waren Jacopos nächste Verwandte und würden ihn daher beerben, wenn er kein anders lautendes Testament hinterließ. Aber das Erscheinen des Neffen ließ sich nicht mehr verhindern. In jenen Tagen brauchte die Post lange und bevor ein Brief England erreicht haben würde, hatte sein Neffe das Land längst verlassen. Und so entschloss Jacopo sich, ihm einen kalten Empfang zu bereiten und ihn so schnell wie möglich wieder loszuwerden.

In der Zwischenzeit war der junge Mann voller Hoffnung und Zuversicht zu seiner Reise aufgebrochen und nach seiner Ankunft in Florenz machte er sich unverzüglich zu dem reichen Onkel auf, der ihm zeigen sollte, wie er sein Vermögen erworben hatte. Der junge Mann wollte nicht nur um seiner selbst willen zu Wohlstand kommen, sondern auch seiner Mutter und seiner Schwester wegen, für die schlecht gesorgt war. Und so hatte die Familie ihre gesamte kleine Barschaft zusammengekratzt, in der Hoffnung, mit der Hilfe ihres Verwandten für dieses Opfer reich belohnt zu werden.

Arthur Allan war ein angenehmer junger Mann von gerade zwanzig Jahren mit einem offenen Gesicht. Eine solche Gestalt hatte jene Räumlichkeiten des Onkels seit langem nicht mehr aufgeheitert. Arthur war wohlerzogen und zudem gebildet und sprach nicht nur Englisch, sondern auch

Italienisch, das ihn seine Mutter von Kindheit an gelehrt hatte.

Obwohl er gehört hatte, dass sein Onkel ein Geizhals war, ahnte er nicht, welches Ausmaß dieser Geiz angenommen hatte. Seine freudigen Erwartungen wurden etwas gedämpft, als der Onkel ihm einen äußerst kühlen Empfang bereitete und der junge Mann jene kalten, harten Augen und verkniffenen Gesichtszüge sah, die niemals freundlich lächelten. Da er fürchtete, der alte Mann könne glauben, dass er als Bittsteller gekommen sei oder Starthilfe für seine Geschäfte benötige, unterrichtete er ihn eilends über die tatsächliche Situation und sagte, die Familie habe zweitausend Pfund zusammengespart.

›Natürlich hätte mir meine Mutter bei meiner Unerfahrenheit eine solche Summe niemals anvertraut‹, sagte er. ›Und es ist ihr Wunsch, dass ich das Geld in Eure Hände gebe und gänzlich nach Euren Anweisungen handle.‹

Um mit den eigenen Worten des Geizhalses fortzufahren – denn wir erfuhren all diese Einzelheiten aus einem Tagebuch, das er hinterließ –: ›Als ich diese Worte hörte, ergriff der Teufel Besitz von mir und ich bat den jungen Mann mir das Geld am folgenden Tag zu bringen und mit mir zu speisen.‹

Vermutlich werden Sie denken, dass der Teufel schon lange von Jacopo Besitz ergriffen hatte, doch nun bemerkte er seine Gegenwart, was ihn aber nicht daran hinderte, seinen Rat zu befolgen.

Arthur, voll Freude, seinen Onkel ein wenig aufgetaut zu haben, erschien am nächsten Tag zur verabredeten Stunde mit seinen Geldbeuteln und wurde in einen Raum im Innern des Hauses geführt. Dort wurde der Inhalt der Beutel begutachtet und gezählt und danach in einer der Eisenkisten des alten Mannes deponiert. Kurz darauf verkündete das Läuten einer Glocke, dass der Ober aus der benachbarten Trattoria das Essen gebracht hatte, und der Gastgeber verließ das Zimmer, um nachzusehen, ob alles bereit war. Alsbald kehrte er zurück und führte seinen Gast zu Tisch. Das Mahl war nicht

üppig, doch es gab eine Flasche guten alten Weins, den er wärmstens empfahl und den der junge Mann mit großem Genuss probierte. Aber seltsam! Kaum hatte er das erste Glas getrunken, da wurde sein Blick starr ... aus seiner Kehle drang ein Gurgeln ... seine Gesichtszüge verkrampften sich ... und sein Körper wurde steif.

›Ich schaute nicht auf‹, schrieb der alte Mann in seinem Tagebuch, ›denn ich wollte das Gesicht des Jünglings nicht sehen, der sich so wohlgemut zu seinem Mahl niedergelassen hatte, also aß ich weiter – aber ich hörte das Gurgeln und ich wusste, was geschehen war. Wenig später schob ich, für den Fall, dass der Diener zurückkehrte, um das Essgeschirr abzuholen, den Tisch beiseite, öffnete das Behältnis, aus dem meine zweitausend Pfund gestohlen worden waren – verflucht sei der Dieb! –, und legte die Leiche mitsamt dem Wein hinein. Dann verschloss ich das Behältnis und schlug zwei große Nägel hinein. Ich schob den Tisch zurück, räumte Stuhl und Teller des Jünglings fort, öffnete die verschlossene Tür wieder und setzte mich, um mein Mahl zu beenden. Ich konnte nicht anders, als leise zu lachen, während ich aß und dachte, wie ihm sein Essen verdorben worden war.

Ich schloss jenes Zimmer zu, da ich glaubte, es könnte sich ein Geruch entwickeln, der Aufmerksamkeit erregte, und wählte einen Raum am anderen Ende der Galerie als mein Speisezimmer. Alles schien gut gegangen zu sein. Wieder und wieder zählte ich meine zweitausend Pfund und betrachtete sie entzückt, weil ich sie zurückhatte – denn es schien mir, als sei es mein eigenes Geld und mein Recht, mich in seinen Besitz zu bringen. Ich schrieb also meiner Schwester, ihr Sohn habe sich nicht bei mir eingefunden, doch sollte dies noch geschehen, würde ich mein Bestes tun, um seine Pläne zu unterstützen. An jenem Tag war mir leicht ums Herz – und es heißt, dies sei ein schlechtes Zeichen.

Ja, so weit war alles in Ordnung – aber am nächsten Tag dann waren wir beim Essen zu zweit und doch hatte ich keinen Gast geladen! Und so geschah es auch am nächsten Abend und am nächsten und ging immer so weiter! Sobald ich im Begriffe war, mich zu setzen, trat der ungebetene Gast ein und nahm auf dem Stuhl mir gegenüber Platz. Ich aß nicht mehr zu Hause, doch das änderte nichts. Er erschien, wo ich auch speiste, und dies zehrte an mir. Ich versuchte ihn nicht zu beachten, aber vergebens. Worte waren sinnlos. Ich verlor meinen Appetit und nahm so viel ab, dass ich bald dem Tode nahe war.

Endlich suchte ich, von Verzweiflung getrieben, Bruder Giuseppe auf. Er war in früheren Tagen ein Hallodri gewesen und hatte, wie es hieß, voller Ungeduld auf das Erbe seines Vaters gewartet. Doch als der alte Mann dann plötzlich starb, gab Giuseppe das ganze Geld aus und wandte sich dem Glauben zu. Ich dachte, er sei der richtige Mann für mich und schilderte ihm meinen Fall. Er empfahl mir Reue und Wiedergutmachung. Ich versuchte es, doch ich konnte keine Reue empfinden, denn ich hatte das Geld. Aber dann dachte ich, wenn ich mich davon trennte, wäre ich vielleicht erlöst. Also schaute ich mich nach einem günstigen Geschäft um, und als ich hörte, dass Bartolomeo Malfi in Schwierigkeiten war, bot ich ihm zweitausend Pfund für sein Land – obwohl ich wusste, dass es die dreifache Summe wert war. Wir unterzeichneten den Vertrag und dann ging ich nach Hause und öffnete die Tür des Zimmers, in dem sich das Geld befand, aber ach – er saß auf der Truhe, in der es eingeschlossen war und ich kam nicht heran. Zwei- oder dreimal spähte ich in das Zimmer, doch stets war er dort. Also war ich gezwungen,

den Kauf mit anderen Mitteln zu tätigen, was mir Verdruss bereitete, wenngleich es ein gutes Geschäft war. Dann ging ich wieder zu Freund Giuseppe, aber er sagte, dass nur Wiedergutmachung allein mein Problem lösen könne – doch das war für mich schlimm und so wartete ich und sagte mir, ich werde essen und mich nicht darum scheren, ob er nun da sitzt oder nicht. Aber verflucht sei er! Er ließ mir das Mark in den Knochen gefrieren und es gab kein Entkommen vor ihm. Daher sagte ich eines Tages zu ihm: ›Wie wäre es, wenn ich mit dem Geld nach England führe?‹, und er nickte mit dem Kopf.‹

Und so holte der alte Mann die Geldbeutel aus der Truhe und machte sich auf den Weg nach England. Seine Schwester lebte mit ihrer Tochter noch in eben jenem Haus, das sie schon zu Lebzeiten ihres Gatten bewohnt hatte, und es war ihr Eigentum. Da beide an dem Haus hingen, hofften sie, es halten zu können, wenn der junge Mann mit seinem Vorhaben Erfolg gehabt hatte. Es war ein kleines Haus mit einem Garten voller Blumen, den die Damen selbst pflegten. In unmittelbarer Nachbarschaft befand sich die Dorfkirche und der Friedhof grenzte direkt an den Garten an.

Nachdem die armen Damen nichts von Arthurs Ankunft gehört hatten, machten sie sich große Sorgen. Und als nun der alte Mann erschien und erklärte, ihn niemals gesehen zu haben, waren ihr Schmerz und ihr Kummer groß. Es stand außer Zweifel, dass den jungen Mann irgendein Unglück ereilt oder er das Geld genommen und sich damit aus dem Staub gemacht hatte. Letztere Möglichkeit wollten sie kaum zugestehen, aber es war die, von der man in ihrer kleinen Welt allgemein ausging, obwohl der junge Mann wohlerzogen und ein liebevoller Sohn und Bruder gewesen war. Doch die Leute sagten, für sein Alter sei die Versuchung zu groß gewesen und sie gaben der Mutter die Schuld, weil sie ihm so viel Geld anvertraut hatte. Aber wie dem auch sein mochte, es war für die beiden in jeder Hinsicht ein schwerer Schlag, denn Arthur war ihr alleiniger Halt und ihre einzige Stütze gewesen und sie hatten ihn von ganzem Herzen geliebt.

Mit Antritt der Reise war der alte Mann von der Gesellschaft seines schrecklichen Gastes erlöst worden und begann sich ein wenig zu erholen, aber es bereitete ihm große Pein, wenn er sich daran erinnerte, dass diese Ruhe mit zweitausend Pfund erkauft werden sollte, und er begann darüber nachzusinnen, wie er dem Geist ein Schnippchen schlagen konnte. Doch während er noch darüber nachdachte, geschah etwas, das ihn um die Sicherheit des Geldes bangen ließ.

Auf der Reise hatte sich herausgestellt, dass das enorme Gewicht einer gewissen Truhe, die er mit sich führte, Aufmerksamkeit erregte, wann immer sein Gepäckstück getragen werden musste. Bei seiner Ankunft bei den Verwandten waren zwei Arbeiter herbeigerufen worden, um sie ins Haus zu bringen, und er hatte einige Bemerkungen gehört, die ihn zu der Annahme veranlassten, dass die Männer bezüglich des Inhaltes der Truhe die richtigen Schlüsse gezogen hatten. Später sah er, wie die beiden sich in verdächtiger Weise um das Haus herumtrieben, und fortan fürchtete er ausgeraubt zu werden, sodass er das Haus nicht mehr verließ und nachts keinen Schlaf mehr fand.

So viel haben wir von Jacopo Ferraldi selbst erfahren, doch hier endet das Tagebuch und nach der Überlieferung heißt es, dass er eines Morgens ermordet in seinem Bett aufgefunden wurde und seine Truhe ausgeplündert worden war. Die ganze Familie, also Mutter und Tochter und ihre einzige Dienerin, wurde des Mordes angeklagt, und obwohl sie ihre Unschuld beteuerten, wurden sie für schuldig befunden und hingerichtet.

Das Tagebuch meines Vorfahren, aus dem ich zitierte, wurde auf seinem Frisiertisch gefunden, und offenbar hatte er, als ihn seine Mörder überraschten, gerade Eintragungen gemacht, denn die letzten Worte lauten: ›Ich glaube, ich habe ihre Pläne durchkreuzt und niemand wird wissen …‹ Dann kommt ein großer Fleck, als sei ihm die Feder aus der Hand gefallen. Vielleicht mag es seltsam erscheinen, dass dieser Mann, der so misstrauisch und verschwiegen war, dem Papier eben das anvertraute, was er besser für sich behalten hätte. Aber dieser Fall ist nicht einzigartig, denn auch unter ähnlichen Umständen verspüren Menschen, deren Seele ein Geheimnis bedrückt, ein unwiderstehliches Verlangen, sich mitzuteilen, selbst wenn die Gefahr der Entdeckung besteht. Und falls sich kein anderer Vertrauter findet, muss der arme Teufel zum Papier Zuflucht nehmen.

Da die Familie von Arthur Allan nunmehr ausgelöscht war, erbte ein Vetter Jacopos, ein mittelloser Soldat, Titel und Besitztümer. Das Tagebuch mit der vollständigen Schilderung der Ereignisse wurde nach Italien gesandt, wo man Nachforschungen über die verschwundenen zweitausend Pfund anstellte, doch vergebens. Zunächst ging man davon aus, dass die Damen einen Komplizen gehabt hatten, der sich mit dem Geld aus dem Staub gemacht hatte. Später aber wurde einer der beiden Männer, die bei der Ankunft des alten Italieners die Geldtruhe ins Haus getragen hatten, bei dem Versuch ertappt, italienische Goldmünzen und einen Diamantring, den Jacopo immer getragen hatte, zu verkaufen. Als man der

Sache nachging, gestand der Mann schließlich, den Mord gemeinsam mit seinem Kumpan begangen zu haben. Dennoch erklärte er, dass sie die stabile Truhe nicht ausgeraubt hätten, denn es sei ihnen nicht gelungen, sie zu öffnen, und bevor sie die Schlüssel hätten suchen können, wären sie durch einen bellenden Hund gestört worden. Die Truhe fortzutragen hätten sie nicht gewagt, da sie ungewöhnlich aussah und vermutlich Aufmerksamkeit erregt hätte. Und so sei ihnen als einzige Beute etwas Schmuck und einige Münzen geblieben, die der alte Mann bei sich trug. Aber diese Geschichte wurde nicht für glaubwürdig befunden, vor allem, weil der Komplize nicht auffindbar war und Nachforschungen ergaben, dass er sofort nach dem Verbrechen jene Gegend verlassen hatte.

Damit ruhte die Angelegenheit für beinahe zweieinhalb Jahrhunderte. Niemand weinte Jacopo Ferraldi eine Träne nach und das Schicksal der Allans war der Öffentlichkeit gleichgültig. Man war froh, dass sich Jacopos Besitz nun in den Händen seines Nachfolgers befand, der seine Reichtümer offenbar weit besser zu nutzen wusste. In dem langen Zeitraum, der nun verstrich, war das Schicksal der Familie wechselvoll, doch als ich geboren wurde, bewohnte mein Vater immer noch den gleichen alten Palazzo und wir lebten in einigem Wohlstand. Ich entsinne mich, dass in meiner Kindheit das Zimmer mit dem Hohlraum im Fußboden, in dem Jacopo die Leiche seines Gastes versteckt hatte, stets meine Neugier weckte. Sie war dort gefunden worden und hatte ein christliches Begräbnis erhalten, aber der Hohlraum existierte immer noch und das Zimmer war abgeschlossen, da es dort angeblich spukte.

Ich habe nie etwas Außergewöhnliches *gesehen*, aber ich kann das schreckliche Jammern und Stöhnen bezeugen, das nachts mitunter aus jenem Zimmer drang, und dem ich auf der Galerie staunend und scheu lauschte, sofern ich jemanden überreden konnte, mir Gesellschaft zu leisten. Nach Einbruch der Dunkelheit ging ich jedoch niemals allein an der Tür vorbei und auch die Diener taten dies nicht. Es war ein

Versuch unternommen worden, die Geräusche zu ersticken, indem man die Tür zugemauert hatte, aber nur mit dem Erfolg, dass die Laute schlimmer wurden. Und da die Wand nichts nutzte und zudem hässlich aussah, riss man sie ab und besänftigte so den rastlosen Geist wieder.

Das Tagebuch des alten Mannes befindet sich bis heute bei den Familienurkunden und sein Bild hängt immer noch in der Galerie. Viele Fremde, die von der seltsamen Geschichte hörten, baten um Erlaubnis, es ansehen zu dürfen. Heute wird der Palazzo von einem österreichischen Adligen bewohnt, doch ist mir nicht bekannt, ob der Geist die Bewohner weiterhin durch sein Wehklagen belästigt.

Und damit«, sagte Graf Francesco, »komme ich nun zu meiner Geschichte. Politische Gründe zwangen mich vor etlichen Jahren, mit meiner Familie Italien zu verlassen. Abgesehen von ein wenig Bargeld besaß ich nichts von Wert und so beschloss ich, meine musikalische Begabung zu nutzen, die ich bisher nur zu meinem Vergnügen gepflegt hatte. Meine Stimme war nicht gut genug, um in der Öffentlichkeit aufzutreten, doch ich konnte Gesangsunterricht geben und hatte, als ich noch in Italien gewesen war, als begabter Amateur gegolten. Ich will Sie nicht mit den traurigen Einzelheiten meiner ersten Zeit in England langweilen, aber Sie werden sich vorstellen können, welche Probleme ein unglücklicher Ausländer meistern muss, bevor er Beziehungen knüpfen kann. Es genügt zu sagen, dass meine geringen Mittel bald völlig erschöpft waren und ich, und schlimmer noch, meine Frau und

Kinder sehr häufig Hunger litten und wir selbst für lebensnotwendigste Dinge in der Schuld einer meiner wohlhabenderen Landsleute standen. Ich war der Verzweiflung nahe und weiß nicht, welche Dummheit ich vielleicht begangen hätte, wäre ich ledig gewesen. Aber meine Familie war auf mich angewiesen und ich hatte die Pflicht, mich nicht von meinen Problemen zu Grunde richten zu lassen, so groß sie auch sein mochten.

Eines Abends hatte ich im Haus eines Adligen in St. James Square gesungen und einige schmeichelhafte Komplimente von einem jungen Mann erhalten, der offenbar der italienischen Musik sehr zugetan war und sie auch zu verstehen schien. Es war vor allem ein glücklicher Zufall gewesen, dass ich auf diesem Fest sang, denn ich war dem Gastgeber gänzlich unbekannt. Doch Signor A., ein Bekannter von mir, den man eigentlich für den Anlass verpflichtet hatte, war im letzten Moment erkrankt und hatte mich mit einem Empfehlungsschreiben an seiner Stelle geschickt.

Ich wusste natürlich, dass ich für meine Dienste gut bezahlt werden würde, aber gern wäre ich mit der Hälfte der erwarteten Summe zufrieden gewesen, hätte ich sie bereits an jenem Abend bekommen können, denn unsere Barschaft war vollkommen erschöpft und wir besaßen nicht einmal mehr einen Sixpence, um am nächsten Morgen ein Frühstück einzukaufen.

Als sich die große Tür der Halle hinter mir geschlossen hatte und ich auf dem Gehsteig stand, mit all dem Luxus und der Pracht auf der einen Seite und ich in meinem Elend auf der anderen, schien mir der Gegensatz grausam, denn auch ich war einmal reich gewesen und hatte in hell erleuchteten Palästen gewohnt, in denen süße Musik erklungen war und livrierte Diener meinen Anweisungen Folge geleistet hatten. Ich war verzweifelt, und während ich meinen Hut ins Gesicht zog und über den Platz zu schreiten begann, ersann ich abenteuerliche Pläne, um meinem Elend zu entkommen oder es wenigstens zu lindern. Zweifellos wirkte ich wie rasend, denn

Sie wissen, dass wir Italiener zu gestikulieren pflegen, und ich nehme an, ich machte meinen Gedanken entsprechende Gebärden, die Aufmerksamkeit erregt haben müssen. Aber ich war zu sehr in meine Gedanken versunken, um irgendetwas zu bemerken, bis mich eine Stimme aufschreckte, die sagte: ›Signor Ferraldi, immer noch hier in dieser feuchten, kalten Nacht! Haben Sie keine Angst um Ihre Stimme? Es lohnt sich, auf sie aufzupassen.‹

›Aus welchem Grund?‹, fragte ich schroff. ›Sie gibt mir kein Brot!‹

Wenn die Störung nicht so unerwartet gekommen wäre, hätte ich wohl nicht in dieser Weise geantwortet, aber ich reagierte in meiner Überraschung, bevor ich überhaupt wusste, wer mich angesprochen hatte. Als ich aufschaute, sah ich den jungen Mann, den ich bei Lord L. kennen gelernt und der mir Komplimente über meinen Gesang gemacht hatte. Ich nahm meinen Hut ab und entschuldigte mich und wollte schon weitergehen, als er meinen Arm ergriff.

›Verzeihung‹, sagte er, ›aber lassen Sie uns ein Stück gemeinsam gehen‹, und nach einer kleinen Pause fügte er hinzu: ›Ich nehme an, Sie leben im Exil.‹

›Ganz recht‹, erwiderte ich.

›Und ich denke‹, so fuhr er fort, ›ich habe Ihnen in Ihrer Überraschung ein Geheimnis entlockt, das Sie mir nicht freiwillig anvertraut hätten. Ich weiß wohl um die Probleme, die viele Ihrer Landsleute – Herren wie wir – haben, wenn sie gezwungen sind ihr Land zu verlassen. Und ich bitte Sie, mich nicht für unverschämt oder aufdringlich zu halten, wenn ich Sie auffordere, mir Ihre Lage offen zu schildern!‹

Dieses mitfühlende Angebot war offenbar so aufrichtig und in diesem Moment so willkommen, dass ich nicht zögerte, der Bitte meines neuen Freundes zu entsprechen. Ich erzählte ihm alles und fügte hinzu, ich hoffte, mit der Zeit bekannt zu werden, und dass ich dann ohne Zweifel meinen Weg machen würde, doch dass wir im Moment zu verhungern drohten.

Während dieser Unterhaltung waren wir immer wieder um den Platz herumgegangen, an dem er wohnte. Bevor wir uns vor seiner Tür voneinander verabschiedeten, überredete er mich, ein – wie ich es nenne – Geschenk anzunehmen, denn er hatte damals keinen Grund zu glauben, dass ich es jemals zurückzahlen konnte. Er nannte es einen Vorschuss von zehn Goldmünzen für einige Gesangsstunden, die ich ihm geben sollte. Die erste Rate einer Summe, die er mir am folgenden Tag zahlen wollte.

Mit ungewöhnlich leichtem Herzen begab ich mich nach Hause und machte am nächsten Morgen meinem freundlichen Bekannten die Aufwartung, der sich erwartungsgemäß als viel versprechender Schüler erwies. Mit bezaubernder Offenherzigkeit erzählte er mir, dass er in gesellschaftlichen Kreisen wenig Einfluss besitze, denn seine Familie, wenngleich wohlhabend, gelte als neureich, doch er habe zwei Schwestern, die Musik ebenso liebten wie er. Sie würden in Kürze nach London kommen und gewiss begeistert Unterricht nehmen, da ich ebenjene Stimme besäße, die sie gern hörten.

Dies war die erste verheißungsvolle Wendung in meinem neuen Leben und das Glück sollte mir hold bleiben. Als die Familie nach London kam, wurde ich von ihr mit großer Freundlichkeit aufgenommen. Ich gab ihnen Unterricht, sang bei ihren Festen und sie nahmen jede Gelegenheit wahr, mich ihren Freunden weiterzuempfehlen.

Als sich die Londoner Saison jedoch ihrem Ende näherte, begannen mich wieder Zukunftssorgen zu plagen – denn bald

gab es keine Feste mehr, auf denen ich singen konnte, und meine Schüler würden alle die Stadt verlassen. Aber meine neuen Freunde, die übrigens Greathead hießen, hatten bereits Pläne für mich gemacht, die sie mir nun wärmstens ans Herz legten. Sie sagten, sie würden ein Haus auf dem Lande besitzen mit vielen Nachbarn ringsum, ganz in der Nähe eines großen Badeortes. Wenn ich mich während der Sommermonate dort hinbegäbe, würde ich ohne Zweifel reichlich Unterricht geben können. Und sie fügten hinzu: ›Dort sind wir weitaus angesehener als hier und unsere Empfehlung hat großes Gewicht, wissen Sie.‹

Ich folgte dem Rat meiner Freunde, und bald nachdem sie London verlassen hatten, begab ich mich zu ihnen nach Salton, wie ihr Anwesen hieß. Da ich meine Frau und meine Kinder mit nur wenig Geld in der Stadt zurückgelassen hatte, war ich darauf erpicht, sie möglichst bald zu mir holen. Und so machte ich mich am Morgen nach meiner Ankunft auf, ein Quartier in S. zu suchen und Schritte zu unternehmen, um Einheimischen wie auch Gästen meine Absicht bekannt zu machen. Nachdem ich meine Angelegenheiten geregelt hatte, schickte ich meiner Familie Anweisungen für die Reise und kehrte für einige Tage nach Salton zurück, wie ich es meinen freundlichen Gönnern versprochen hatte.

Das Haus war modern. Genau gesagt, war es von Mr. Greatheads Großvater erbaut worden, der das Vermögen der Familie erworben hatte. Es war von einem großen Garten umgeben und die Fenster blickten auf einen schönen Rasen, eine malerische Ruine, ein funkelndes Flüsschen und einen bezaubernden Blumengarten. Man hätte beim Frühstück keine schönere Aussicht haben können. Dies war meine erste Begegnung mit den schönen, eleganten englischen Häusern und das Gebäude erfüllte sowohl drinnen als auch draußen meine Erwartungen vollkommen. Nach dem Frühstück baten mich Mr. Greathead und sein Sohn sie auf einem Gang durch den Garten zu begleiten, in dem sie einige Veränderungen vorzunehmen gedachten.

›Unter anderem‹, sagte Mr. Greathead, ›wollen wir den Lauf des Baches verlegen, aber meine Frau hängt an der alten Hecke, die direkt im Weg steht, und lässt nicht zu, dass ich sie entferne.‹

Die besagte Hecke begrenzte den Blumengarten auf zwei Seiten, schien aber dort nicht hinzugehören, wie ich fand.

›Warum?‹, fragte ich. ›Was verbindet Mrs. Greathead denn mit der Hecke?‹

›Warum? Die Hecke ist sehr alt und einstmals säumte sie den Friedhof, denn die alte Ruine, die Sie dort sehen, ist der Überrest der einstigen Pfarrkirche. Der Blumengarten gedeiht meiner Ansicht nach auf Grund der nahrhaften Erde des Friedhofs so gut. Doch bemerkenswert ist, dass in der Hecke und auf dieser Seite des Gartens zahlreiche in Italien heimische Blumen wachsen, und zwar schon, solange sich jemand erinnern kann. Niemand weiß, wie es zugeht, doch anscheinend entwickeln sie sich aus alten Samen, die seit langer Zeit im Boden ruhen. Sehen Sie jenes Alpenveilchen, das dort wild in der Hecke wächst.‹

Beim Abendessen wurde das Thema der Veränderungen erneut aufgegriffen, und als Mrs. Greathead wiederum Einwände gegen das Entfernen der Hecke erhob, sagte ihr jüngerer Sohn Harry: ›Mag sein, dass Mama so tut, als sei es um der Blumen willen, aber ich bin sicher, in Wirklichkeit fürchtet sie den Geist zu verärgern.‹

›So ein Unsinn, Harry‹, sagte Mrs. Greathead. ›Sie dürfen ihm nicht glauben, Mr. Ferraldi.‹

›Hör mal, Mama‹, sagte der Junge, ›du wirst dich niemals überzeugen lassen, dass es kein Geist war, den du damals gesehen hast.‹

›Was es auch gewesen sein mag‹, erwiderte sie, ›ich werde nicht zulassen, dass die Hecke entfernt wird.‹ Und dann fügte sie hinzu: ›Ich nehme an, Sie würden jeden, der an Geister glaubt, auslachen, Mr. Ferraldi.‹

›Ganz im Gegenteil‹, erwiderte ich. ›Ich glaube selbst daran, und zwar aus gutem Grund, denn wir haben einen berühmten Geist in unserer Familie.‹

›Nun ja‹, sagte sie, ›Mr. Greathead und die Jungen lachen jedenfalls über mich. Doch als ich nach dem Tod von Mr. Greatheads Großvater – sein Vater wohnte niemals in diesem Haus, weil er vor dem alten Herrn bei einem Unfall starb – herkam, um hier zu leben, wusste ich nichts davon, dass es hier angeblich spukte. Und selbst wenn es mir bekannt gewesen wäre, hätte ich es vielleicht nicht geglaubt. Doch eines Abends, als die jüngeren Kinder bereits zu Bett gegangen waren und Mr. Greathead und George mit einigen Freunden im Esszimmer weilten, schlenderte ich mit meiner Schwester, die uns gerade besuchte, durch den Garten. Es war eine helle, sternenklare Nacht im August. Wir unterhielten uns äußerst angeregt, denn meine Schwester hatte an jenem Tag einen Antrag von einem Herrn bekommen, den sie später heiratete. Dies erwähne ich, um Ihnen deutlich zu machen, dass wir gewiss nicht an übernatürliche Dinge dachten – im Gegenteil, wir waren vollkommen vertieft in das Thema, über das wir sprachen. Ich schaute zu Boden, wie man es häufig tut, wenn man konzentriert den Worten eines anderen lauscht. Meine Schwester sprach also gerade, als sie plötzlich innehielt und ihre Hand auf meinen Arm legte, wobei sie sagte: ›Wer ist denn das?‹

Ich hob die Augen und sah nur wenige Meter von uns entfernt einen alten Mann, ausgemergelt und dünn, mit seltsam altmodischen Kleidern und einem hohen, spitzen Hut auf dem Kopf. Ich hatte keine Ahnung, wer er sein mochte oder was er dort machte, denn er stand nahe bei dem Blumengarten. Also blieben wir stehen, um ihn zu beobachten. Ich weiß nicht, ob Sie die Überreste des alten Grabsteines in der Ecke des Gartens sahen. Es heißt, es sei der Grabstein eines einstigen Pfarrers der Gemeinde und das Datum 1550 ist immer noch auf ihm sichtbar. Der alte Mann ging von der Hecke bis zu dem Grabstein und schien dabei seine Schritte zu zählen. Er ging wie jemand, der den Boden abschreitet, um ihn zu messen. Dann blieb er stehen und schien das Ergebnis seiner Messung mit Stift und Papier, die er in der Hand hielt, zu notieren. Anschließend tat er das Gleiche auch auf der anderen Seite der Hecke. Er schritt zu dem alten Grabstein und wieder zurück.

Zu jener Zeit hatten wir erwogen, die Hecke zu entfernen und den alten Grabstein auszugraben. Und mir kam der Gedanke, dass mein Mann möglicherweise mit jemandem darüber gesprochen hatte und dieser Mann sich nun um die Sache kümmerte, wenngleich seine Kleidung und sein Aussehen mich verwirrten. Zudem schien es seltsam, dass er keine Notiz von uns nahm. Und ich sollte vielleicht noch erwähnen, dass wir keine Schritte vernahmen, obwohl wir uns ganz in seiner Nähe befanden. Aber damals fielen mir diese Dinge nicht auf. Doch gerade wollte ich zu ihm gehen und ihn fragen, was er dort mache, als ich spürte, wie meine Schwester meinen Arm losließ und zu Boden sank. Im gleichen Augenblick konnte ich den geheimnisvollen alten Mann nicht mehr sehen. Er war plötzlich verschwunden.

Meine Schwester war nicht in Ohnmacht gefallen, doch sie sagte, ihre Knie hätten nachgegeben und sie wäre vor Schreck zu Boden gestürzt. Ich kann Ihnen versichern, dass auch ich mich nicht sehr wohl fühlte. Dennoch half ich ihr auf und wir eilten zum Haus zurück, um zu berichten, was wir gesehen hatten. Die Herren begaben sich zu der Stelle, aber natürlich entdeckten sie nichts und lachten uns aus. Als jedoch wenig später Harry geboren wurde, holte ich eine Pflegerin aus dem Dorf, und eines Tages fragte sie mich, ob ich je gesehen hätte, wie ›der alte Herr umgeht‹? Ich hatte den Vorfall schon fast vergessen und erkundigte mich, welchen alten Herrn sie meinte. Und darauf erzählte sie mir, dass vor langer Zeit ein Herr aus dem Ausland hier ermordet worden sei, genau gesagt, in dem alten Haus, das Mr. Greatheads Großvater abgerissen habe, als er das jetzige Gebäude errichtete. Und seitdem spuke es an diesem Ort und niemand würde nach Einbruch der Dunkelheit an der Hecke und dem alten Grabstein vorbeigehen, da sich dort der Geist immer aufhalte.‹

›Aber ich hätte gedacht‹, sagte ich, ›dass es eher ihr Wunsch sei, diese Dinge zu entfernen statt zu erhalten, denn dann besucht der Geist diesen Ort doch wahrscheinlich überhaupt nicht mehr.‹

›Ganz im Gegenteil‹, erwiderte Mrs. Greathead. ›Wie die Leute in der Nachbarschaft sagen, trug sich der Vorbesitzer des Hauses mit dem gleichen Gedanken und beschloss beides zu entfernen, doch da wurde der alte Mann wirklich unangenehm und sogar im Haus gesehen. Die Pflegerin versicherte mir, ihre Mutter habe ihr berichtet, dass auch der alte Mr. Greathead Hecke und Stein entfernen wollte, dann aber ganz plötzlich seine diesbezüglichen Anweisungen widerrief, und obwohl er nichts dergleichen eingestand, glaubten alle Leute, er habe den Geist gesehen. Fest steht jedenfalls, dass diese Hecke von den Besitzern des Hauses niemals angetastet wurde.‹

Die jungen Männer lachten und neckten ihre Mutter wegen ihres Aberglaubens, aber die Dame stand unerschütterlich zu ihrer Meinung und sagte, dass ihr abgesehen von allen Bedenken bezüglich des Geistes die Hecke wegen ihrer italienischen Blumen gefallen würde und der alte Grabstein wegen seines ehrwürdigen Alters.

Und so wurde Mr. Greatheads Plan geändert und der Bach sollte von Hecke und Grabstein fortgeführt werden.

Einige Tage später kam meine Familie an und ich richtete mich für den Sommer in S. ein. Mein Wagnis war von Erfolg gekrönt und durch die Empfehlungen von Mr. und Mrs. Greathead und ihre Güte, die sie mir und meiner Frau entgegenbrachten, hatten wir ein sehr angenehmes Leben. Als die Zeit nahte, nach London zurückzukehren, luden sie uns ein, vor unserer Abreise noch zwei Wochen bei ihnen zu verbringen, und so begaben wir uns an dem Tag, an dem wir aus unserer Wohnung auszogen, nach Salton.

Die Vorbereitungen zur Verlegung des Bachlaufes hatten begonnen und kurz nach meiner Ankunft ging ich mit Mr. Greathead in den Garten, um die Arbeiten in Augenschein zu nehmen. Unter den Arbeitern befand sich ein Junge von etwa vierzehn Jahren. Wir standen ganz in seiner Nähe, als er auf einmal etwas vom Boden aufhob und Mr. Greathead mit den Worten: ›Gehört das Ihnen, Sir?‹, reichte. Bei näherer Betrachtung erwies es sich als eine Goldmünze aus dem sechzehnten Jahrhundert, die das Datum 1545 trug. Kurz darauf hob der Junge, der grub, eine weitere Münze auf und dann noch eine.

›Jetzt wird es aber interessant‹, sagte Mr. Greathead. ›Ich

glaube, wir sind auf einen vergrabenen Schatz gestoßen.‹ Und er flüsterte mir zu, er halte es für besser, den Ort des Geschehens nicht zu verlassen.

Und so blieb er dort, bis es Zeit wurde, sich für das Abendessen umzukleiden, und da ich die Sache interessant fand, leistete ich ihm Gesellschaft. Es wurden in dieser Zeit noch viele andere Münzen gefunden, und als Mr. Greathead ins Haus ging, schickte er die Arbeiter fort und beauftragte einen Diener mit der Bewachung des Platzes – denn er sah den Gesichtern der Männer an, dass er wohl nie etwas von dem Fund erfahren hätte, wäre er nicht zufällig da gewesen. Am folgenden Tag kamen noch einige Münzen ans Licht, doch dann schien das Lager erschöpft. Als die Dorfbewohner von der Entdeckung der Münzen hörten, sahen sie in ihnen die Erklärung, warum der alte Mann gerade an diesem Platz umgegangen war. Zweifellos hatte er das Geld vergraben, aber nun, da es entdeckt war, würde sein Geist Ruhe finden.

Meine beiden Kinder waren mit mir in Salton. Sie schliefen in einem Zimmer im zweiten Stock und eines Morgens ging ich hinauf, um nach dem Jüngeren der beiden zu schauen, denn meine Frau hatte mir berichtet, der Kleinen gehe es nicht gut. Es war ein freundliches Zimmer mit zwei kleinen weißen Betten, mehreren Drucken und Stickbildern und anderen Dingen, wie man sie gerahmt an den Wänden von Kinderzimmern hängen sieht. Nachdem ich mit dem Kind geredet hatte und auf meine Frau wartete, die gerade mit dem Dienstmädchen sprach, stand ich, die Hände in den Taschen, da und betrachtete untätig die Wanddekorationen. Unter ihnen befand sich etwas, das meine Aufmerksamkeit fesselte, da ich zunächst nicht begreifen konnte, warum dieses verfärbte Pergament, auf dem sich einige Striche und Punkte befanden, unter Glas gerahmt worden war. Da und dort standen einige Worte, die ich nicht zu entziffern vermochte, daher nahm ich den Rahmen von seinem Nagel und trug ihn zum Fenster. Dort sah ich, dass es sich um italienische Worte handelte, die in einer fast unleserlichen altmodischen Handschrift geschrieben waren. Bei dem Ganzen schien es sich um einen groben Plan oder eine Skizze zu handeln, von, wie ich zunächst dachte, einem Zeltlager, doch bei näherem Hinsehen erkannte ich, dass es sich um einen Teil eines Friedhofes mit Grabsteinen handelte. Von einem der Grabsteine waren Linien zu verschiedenen Punkten gezogen worden und an diesen Linien befanden sich Zahlen und hier und dort auch ein Wort wie *rechts, links* usw. Zudem bildeten überall zwei Linien, die sich im rechten Winkel überschnitten, ein Kreuz. Nachdem ich eine Zeit lang darüber nachgedacht hatte, dämmerte es mir, dass es sich hier um eine einfache Karte des alten Friedhofes und der Hecke handelte, die vor einigen Tagen unser Gesprächsthema gewesen waren.

Beim Frühstück erwähnte ich dies gegenüber Mr. und Mrs. Greathead, die der gleichen Meinung waren. Man hatte den Plan beim Abriss des alten Hauses gefunden und ihn auf Grund seines Alters aufgehoben.

›Aus welcher Zeit stammt er?‹, fragte ich, ›und wie erklärt sich, dass er von einem Italiener angefertigt wurde?‹

›Die zweite Frage kann ich nicht beantworten‹, sagte Mr. Greathead, ›aber ich glaube, es steht ein Datum darauf.‹

›Nein‹, erwiderte ich. ›Ich habe den Plan genau untersucht und kein Datum entdeckt.‹

›Oh doch, es gibt ein Datum und einen Namen, denke ich, aber ich habe den Plan nie selbst angesehen.‹ Und um die Frage zu klären, schickte er seinen Sohn Harry nach oben, um den Plan zu holen, während er hinzufügte: ›Sie wissen, dass vor

einigen Jahrhunderten italienische Architekten und Gestalter verschiedenster Art keine Seltenheit in unserem Land waren.‹

Harry brachte den Rahmen und wir fanden uns bezüglich unserer Vermutungen, was die Zeichnung darstellte, bestätigt. Aber wir konnten weder ein Datum noch einen Namen entdecken.

›Und doch denke ich gehört zu haben, dass sie vorhanden sind‹, sagte Mr. Greathead. ›Wir wollen den Plan aus dem Rahmen nehmen.‹

Dies war schnell geschehen und wirklich fanden wir Datum und Namen.«

Der Graf hielt inne und fügte dann hinzu:

»Ich nehme an, Sie werden den Namen erraten?«

»Jacopo Ferraldi?«, fragte ich.

»So ist es«, erwiderte er, »und sofort kam es mir in den Sinn, dass er das Geld, das angeblich in der Nacht seiner Ermordung gestohlen worden war, vergraben und diesen Plan angefertigt hatte, um es wieder finden zu können. Und so erzählte ich Mr. Greathead die Geschichte, die ich Ihnen soeben erzählt habe, und nannte meine Gründe für die Vermutung, dass sich noch weiteres Gold finden würde.

Mit Hilfe der Karte des alten Mannes machten wir uns sofort ans Werk – und die gesamte Familie beteiligte sich tatkräftig an der Suche. Wie ich erwartet hatte, entdeckten wir, dass der Grabstein im Garten jene Stelle war, von der alle Linien ausgingen und die die Punkte zeigte, wo sich das Geld befand. Es lag an mehreren Stellen und schien einmal in

Säcken gewesen zu sein, die im Laufe der Zeit verrottet waren. Wir fanden die gesamte Summe, die in dem Tagebuch erwähnt worden war, und Mr. Greathead überließ mir, da er der Besitzer des Grundstückes war, in seiner Großzügigkeit alles. Ich sei der legale Erbe, der ich aber gewiss nicht war, denn es handelte sich um die Beute eines Mörders und Diebes, und stand rechtmäßigerweise den Allans zu. Doch da diese Familie, soweit wir wussten, mit der Hinrichtung der beiden unglücklichen Damen ausgelöscht worden war, nahm ich das Geschenk mit großer Dankbarkeit und ruhigem Gewissen an. Es erlöste uns von unseren erdrückenden Problemen und erlaubte es mir, bessere Zeiten abzuwarten.«

»Und«, sagte ich, »was war mit dem Geist? War er mit diesem Ausgang zufrieden oder nicht?«

»Das entzieht sich meiner Kenntnis«, erwiderte der Graf. »Ich habe nichts darüber gehört, ob er seitdem wieder gesehen wurde. Ich glaube, dass die Dorfbewohner, die diese Dinge besser verstehen als wir, sagen, sie wären nicht überrascht, wenn er sich nun der Entfernung von Hecke und Grabstein nicht mehr widersetzen würde, doch Mr. Greathead wünscht sie in Erinnerung an diese seltsamen Geschehnisse zu erhalten.«

Auf der Straße nach Brighton

Richard Middleton (1882–1911)

Langsam war die Sonne hinter den rauen weißen Kreidehügeln fast gänzlich ohne den geheimnisvollen Zauber des Morgengrauens aufgegangen und fiel nun auf eine glitzernde Welt aus Schnee. Während der Nacht hatte es starken Frost gegeben und die Vögel, die hier und dort matt herumhüpften, hinterließen keine Spuren auf der silbrigen Straße. An manchen Stellen unterbrachen geschützt liegende Höhlen unter den Hecken die Monotonie der weißen Decke, die sich auf die Erde gelegt hatte, und der orangefarbene Himmel färbte sich zuerst in tiefem Blau, das sich dann zu einem zarten Blau wandelte, so blass, dass es eher wie ein Paravant aus dünnem Papier anmutete als wie ein grenzenloser Raum. Über die ebenen Felder strich ein kalter, lautloser Wind, der feinen Pulverschnee von den Bäumen wehte, aber die mit Hauben geschmückten Hecken kaum bewegte. Nachdem die Sonne den Horizont überschritten hatte, schien sie rascher zu klettern, und während sie höher stieg, begann sie eine Wärme auszustrahlen, die sich mit dem beißenden Wind mischte.

Vielleicht war es dieser seltsame Wechsel von Wärme und Kälte, der den Landstreicher aus seinen Träumen riss. Einen Moment lang kämpfte er mit dem Schnee, der ihn bedeckte, wie jemand, der sich in seinem Bettzeug verheddert hat, dann setzte er sich abrupt mit starrem, fragendem Blick auf. »Mein Gott! Ich dachte, ich läge im Bett«, sagte er bei sich, als er die weite Landschaft sah, »und dabei war ich die ganze Zeit hier im Freien.« Er streckte seine Glieder, stand vorsichtig auf und schüttelte den Schnee von sich ab. Dabei ließ ihn der Wind erschauern und er wurde sich bewusst, wie warm sein Lager gewesen war.

»Nanu, ich fühle mich doch recht gut«, dachte er. »Vermutlich kann ich von Glück reden, dass ich hier überhaupt noch aufgewacht bin. Oder auch nicht – es gibt ja nicht viele Gründe, weshalb es sich lohnt.« Er schaute auf und sah die Hügel vor dem blauen Himmel leuchten, wie die Alpen auf einer Ansichtskarte. »Das heißt ungefähr vierzig Meilen«, fuhr er grimmig fort. »Gott allein weiß, was ich gestern hinter mich gebracht habe. Bin gelaufen, bis ich fix und fertig war, und jetzt ist Brighton nur noch zwölf Meilen entfernt. Zum Teufel mit dem Schnee, zum Teufel mit Brighton, zum Teufel mit allem!« Die Sonne kroch höher und höher und geduldig machte er sich wieder auf den Weg, den Rücken den Hügeln zugewandt.

»Tut es mir Leid oder nicht, dass mich nur der Schlaf übermannte, ja oder nein, ja oder nein?« Seine Gedanken schienen zu einem Begleitrhythmus seiner regelmäßigen Schritte zu werden, doch er suchte keine Antwort auf sie. Sie genügten als Taktgeber für seinen Schritt.

Wenig später, nachdem er an drei Meilensteinen vorbeigeschlendert war, überholte er einen Jungen, der sich gerade vorbeugte, um eine Zigarette anzuzünden. Er trug keinen Mantel und wirkte in all dem Schnee unsagbar zerbrechlich. »Auch auf der Walze, Chef?«, fragte der Junge heiser, als der Mann an ihm vorüberging.

»Sieht so aus«, erwiderte der Landstreicher.

»Ach! Dann werde ich Sie ein Stück begleiten, wenn Sie nicht zu schnell gehen. Um diese Tageszeit ist es hier ein wenig einsam.«

Der Landstreicher nickte und der Junge begann neben ihm herzuhinken.

»Ich bin achtzehn«, sagte er beiläufig. »Ich wette, Sie haben mich für jünger gehalten.«

»Fünfzehn, hätte ich gesagt.«

»Die Wette hätten Sie verloren. Ich bin letzten August achtzehn geworden und seit sechs Jahren auf der Straße. Als ich kleiner war, bin ich fünfmal von zu Hause abgehauen und jedes Mal hat die Polizei mich zurückgebracht. Die Polizei war sehr nett zu mir. Nun habe ich kein Zuhause mehr, von dem ich weglaufen könnte.«

»Ich auch nicht«, sagte der Landstreicher ruhig.

»Oh, aber ich sehe schon, was Sie sind«, keuchte der Junge. »Sie sind ein Herr und haben bessere Zeiten gesehen. Für Sie ist es schwerer als für mich.« Der Landstreicher warf der hinkenden, schwächlichen Gestalt einen Blick zu und verlangsamte seinen Schritt.

»Ich bin noch nicht so lange dabei wie du«, räumte er ein.

»Nein, das habe ich an der Art gesehen, wie Sie laufen. Sie sind noch nicht müde geworden. Erwarten Sie etwas am Ende des Weges?«

Der Landstreicher dachte einen Moment nach. »Ich weiß es nicht«, sagte er bitter. »Ich erwarte immer etwas.«

»Das wird sich mit der Zeit geben«, stellte der Junge fest.

»In London ist es wärmer, aber es ist schwerer, etwas zu futtern zu bekommen. Eigentlich ist es gleich.«

»Dennoch, es besteht die Möglichkeit, dass man jemandem begegnet, der versteht ...«

»Auf dem Land sind die Menschen besser«, unterbrach ihn der Junge. »Letzte Nacht durfte ich in einem Stall bei den Kühen übernachten und heute Morgen hat der Bauer mich geholt und mir Tee und ein Stück Brot gegeben, weil ich so klein bin. Natürlich bin ich in dieser Beziehung im Vorteil. Aber in London da gibt es Abends im Embankment Suppe und die übrige Zeit scheuchen dich die Polizisten ständig weiter.«

»Gestern Abend habe ich mich am Straßenrand fallen lassen und bin auf der Stelle eingeschlafen. Es ist ein Wunder, dass ich nicht gestorben bin«, sagte der Landstreicher. Der Junge schaute ihn prüfend an.

»Woher wissen Sie denn, dass Sie nicht gestorben sind?«, fragte er.

»Das verstehe ich nicht«, sagte der Landstreicher nach einer Weile.

»Ich will Ihnen was sagen«, erwiderte der Junge heiser, »Leute wie wir kommen davon nicht los, selbst wenn wir wollten. Immer hungrig und durstig und hundemüde und unterwegs. Und trotzdem wird mir übel, wenn mir jemand ein schönes Zuhause und Arbeit anbietet. Sehe ich vielleicht stark aus? Ich weiß, ich bin klein für mein Alter, aber ich treibe mich seit sechs Jahren so herum. Und sie glauben nicht, dass ich längst tot bin? Einmal bin ich in Margate beim Baden ertrunken und ein andermal hat mir ein Zigeuner mit einer Eisenstange einfach den Schädel eingeschlagen und zweimal bin ich erfroren wie Sie gestern Nacht. Und auf dieser Straße hier hat mich ein Auto überfahren und trotzdem bin ich jetzt hier unterwegs. Ich laufe nach London, um wieder fortzugehen, weil ich nicht anders kann. Tot! Ich sage Ihnen, wir kommen nicht davon los, selbst wenn wir wollten.«

Die Stimme des Jungen erstickte in einem Hustenanfall und der Landstreicher blieb stehen, bis er sich erholt hatte.

»Zieh lieber eine Weile meinen Mantel an, Junge«, sagte er, »Dein Husten klingt ganz schön schlimm.«

»Fahren Sie zur Hölle!«, sagte der Junge wütend und paffte an seiner Zigarette. »Ich komme schon zurecht. Ich hatte Ihnen von der Straße erzählt. Sie haben es noch nicht begriffen, aber Sie werden bald dahinterkommen. Wir sind alle tot hier draußen und wir sind alle müde und trotzdem kommen wir nicht von ihr los. Im Sommer duftet es wunderbar nach Staub und Heu und an einem heißen Tag bläst einem der Wind ins Gesicht, und wie herrlich ist es, an einem schönen Morgen im feuchten Gras aufzuwachen. Ich weiß nicht, ich weiß nicht …« Plötzlich taumelte er und der Landstreicher fing ihn in seinen Armen auf.

»Ich bin krank«, flüsterte der Junge, »… krank.«

Der Landstreicher schaute die Straße hinauf und hinunter, aber er konnte weder Häuser entdecken noch sonst irgendetwas, um Hilfe zu finden. Doch während er noch unschlüssig mitten auf der Straße stand und den Jungen stützte, tauchte plötzlich in einiger Entfernung ein Auto auf, das sich durch den Schnee rasch näherte.

»Was ist los?«, sagte der Fahrer ruhig, nachdem er angehalten hatte. »Ich bin Arzt.« Er schaute den Jungen aufmerksam an und lauschte auf seine krampfartige Atmung.

»Lungenentzündung«, stellte er fest. »Ich werde ihn ins Krankenhaus mitnehmen und Sie auch, wenn Sie möchten.«

Der Landstreicher dachte an das Armenhaus und schüttelte den Kopf. »Ich werde lieber laufen«, sagte er.

Als sie den Jungen in das Auto hoben, zwinkerte er dem Landstreicher matt zu.

»Wir treffen uns hinter Reigate«, murmelte er. »Sie werden sehen.« Und der Wagen verschwand auf der weißen Straße.

Den ganzen Vormittag lief der Landstreicher patschend durch den schmelzenden Schnee. Am Mittag erbettelte er an der Tür eines Häuschens etwas Brot und verkroch sich in einer einsamen Scheune, um es zu essen. Drinnen war es warm und nach seiner Mahlzeit schlief er im Heu ein. Als er erwachte, war es dunkel geworden und er stapfte auf der matschigen Straße mühsam weiter.

Zwei Meilen hinter Reigate löste sich eine Gestalt, eine zerbrechliche Gestalt, aus der Dunkelheit und gesellte sich zu ihm.

»Auf der Walze, Chef?«, sagte eine heisere Stimme. »Dann werde ich Sie ein Stück begleiten, wenn Sie nicht zu schnell gehen. Um diese Tageszeit ist es hier ein wenig einsam.«

»Aber die Lungenentzündung!«, rief der Landstreicher entsetzt.

»Ich bin heute Morgen in Crawley gestorben«, erwiderte der Junge.

Der Tote von Varley Grange

Unbekannter Verfasser

»Hallo Jack! Wohin des Wegs? Fahren Sie über Weihnachten nach Hause zu Ihrem alten Herrn?«

Zwei Jahre ist es nun her, dass Jack Darent, der in meinem alten Regiment diente, am 23. Dezember vor mir stand. Er zog gerade seine Lederhandschuhe an und trug einen langen Ulstermantel und einen Zylinder. Eine Kutsche, in der sich schon Gewehr und Lederkoffer befanden, wartete auf ihn. Jack Darent war von großer, kräftiger Gestalt und hatte ein gut aussehendes frisches Gesicht und die lustigsten blauen Augen der Welt. Er hielt eine Zigarette zwischen den Lippen, und obwohl das Jahr schon weit vorangeschritten war, trug er eine Blume im Knopfloch. Wann hatte ich den stattlichen Jack Darent je gesehen und er war nicht gut angezogen, gesund und unbeschwert gewesen? Während ich die Stufen zum Club hinaufrannte, drehte er sich um und lachte fröhlich.

»Mein guter Freund, sehe ich aus wie ein Mann, der sich auf einem weihnachtlichen Familientreffen schickanieren lässt? Haben Sie eine Ahnung, was mich zu Hause erwarten würde? Drei unverheiratete Tanten und ein lediger Onkel, mein ältester Bruder und seine geistlose Frau und sechs laute Kinder meiner Schwester zum Essen. Zweimal täglich Kirche und zwischen den Gottesdiensten ein heiteres Spielchen! Nein, vielen Dank! Ich habe meine alten Eltern wirklich sehr gern, aber bei dieser Art von Nationalfeiertagen werden Sie mich nicht zu Hause finden.«

»Sie respektloser Flegel!«, erwiderte ich lachend. »Ach, wenn Sie ein verheirateter Mann wären ...«

»Ach, wenn ich ein verheirateter Mann wäre!«, erwiderte Captain Darent fast mit einem Seufzer und dann senkte er seine Stimme und fragte rasch: »Wie geht es Miss Lester, Fred?«

»Meiner Schwester geht es ausgezeichnet, danke«, erwiderte ich mit geziemendem Ernst. Und nicht ohne eine gewisse Boshaftigkeit fügte ich hinzu: »Sie geht zu vielen Bällen und amüsiert sich prächtig.«

Captain Darent schaute zutiefst betrübt.

»Ich weiß nicht, wie ein armer Tropf in einem Marschregiment und obendrein ein jüngerer Sohn, der von der Zukunft nichts zu erwarten hat, heutzutage jemals heiraten soll«, sagte er beinahe zornig, »und außerdem sind die Mädchen heute so viel Luxus und Verschwendung gewohnt, dass sie nicht mehr darauf verzichten können. Die Ehe hat sich in unserem Jahrhundert überholt, Fred, vor allem wegen der Preise für Fleisch und Damenhüte. In fünfzig Jahren werden die Menschen ausgestorben und das Land entvölkert sein. Aber ich muss aufbrechen, alter Knabe, sonst verpasse ich meinen Zug.«

»Sie haben mir noch gar nicht gesagt, wohin Sie fahren, Jack.«

»Oh, ich fahre zu dem alten Henderson nach Westernshire. Er hat dort für ein Jahr ein möbliertes Haus gemietet mit einem erstklassigen Jagdrevier. Wir werden zu siebt sein – allesamt Junggesellen und allesamt gleich gesinnte Seelen. Wir werden den ganzen Tag auf die Jagd gehen und die halbe

Nacht am Kamin sitzen. Denken Sie nur, was Sie aufgegeben haben, alter Knabe, als Sie Ehemann wurden!«

»Sie sagten Westernshire?«, fragte ich. »Wo liegt dieses Haus und wie heißt es? Ich bin in Westernshire geboren und kenne jedes Anwesen in der Grafschaft.«

»Oh, ich glaube, es ist irgendein baufälliges altes Haus«, antwortete Jack unbekümmert. »Mit Giebeln und verschnörkelten Schornsteinen und unbequemem altmodischem Mobiliar – Sie kennen solche Häuser. Aber Henderson sagt, die Jagd sei ausgezeichnet, daher werden wir uns mit unserem Quartier abfinden müssen. Er hat seinen französischen Koch mitgenommen und ein paar gute Tröpfchen, ich habe also keinen Zweifel daran, dass wir nicht verhungern oder verdursten werden.«

»Gut, aber wie heißt das Haus?«, beharrte ich mit wachsendem Interesse an dem Thema.

»Lassen Sie mich nachschauen«, sagte er und zog einen Brief aus der Tasche. »Ja, hier steht es – Varley Grange.«

»Varley Grange!«, wiederholte ich entsetzt. »Da hat doch seit Jahren niemand mehr gewohnt.«

»Ich glaube nicht«, erwiderte Jack unbekümmert. »Die Jagd war getrennt verpachtet worden. Aber Henderson fand wohl Gefallen an dem Haus und meinte, er würde es nehmen, wie es ist, mit Möbeln und allem. Mein lieber Fred, warum schauen Sie mich so ernst an?«

»Jack, ich flehe Sie an, fahren Sie nicht in dieses Haus«, sagte ich und legte meine Hand auf seinen Arm.

»Nicht hinfahren! Lester, Sie müssen verrückt sein! Warum, um alles in der Welt, sollte ich dort nicht hinfahren?«

»Man hört Geschichten – von diesem Haus werden ungute Dinge erzählt.« Mir fehlte der Mut zu sagen: ›Dort spukt es‹ und ich spürte selbst, wie haltlos und kindisch mein Versuch war ihn von dem beabsichtigten Besuch abzubringen. Dennoch – ich war über Varley Grange im Bilde.

Ich glaube, der stattliche Jack Darent dachte insgeheim, ich sei nicht mehr ganz bei Trost, denn ich bin sicher, dass ich bei der Nennung des Namens jenes Hauses, das Mr. Henderson gemietet hatte, seltsam bestürzt und entsetzt aussah.

»Ich glaube allerdings, dass es kalt ist und zugig und von Ratten und Mäusen bewohnt wird«, sagte er lachend, »und ich habe keinen Zweifel, dass es nicht die Annehmlichkeiten von Queens Gate besitzt. Aber ich habe versprochen zu kommen und ich muss nun unverzüglich aufbrechen. Es bleibt mir daher keine Zeit, alter Junge, die tiefere Bedeutung Ihrer verblüffenden Warnung zu ergründen. Leben Sie wohl und – und grüßen Sie mir die Damen.«

Er rannte die Stufen hinunter und sprang in die Kutsche.

»Schreiben Sie mir, wenn Sie Zeit finden«, rief ich ihm hinterher. Aber ich glaube nicht, dass er mich durch das Rattern der anfahrenden Kutsche hindurch hörte. Er nickte und lächelte mir zu und war rasch außer Sichtweite verschwunden.

Ich für meinen Teil ging langsam zu meinem gemütlichen Haus in Queens Gate zurück. Dort führte meine Frau die Aufsicht über den kleinen Fünf-Uhr-Teetisch. Unsere dicken, rotbackigen Kinder tollten auf dem Kaminvorleger zwischen Puppen und Bauklötzen und zwei völlig verwöhnten und überfütterten Möpsen herum. Meine Schwester Bella – unter uns gesagt, das hübscheste und auch liebenswerteste Mädchen in ganz London – saß in ihrem schönen braunen Samtkleid auf dem Boden und ertrug es mit großer Langmut, dass die Hunde über sie tobten und die Kinder sie an ihrem blonden Haar zogen.

»Nanu, Fred, du siehst ja aus, als hättest du schlechte Neuigkeiten erfahren«, sagte meine Frau bei meinem Eintreten besorgt.

»Ich weiß nicht, ob ich wirklich schlimme Dinge erfahren habe. Ich sagte gerade Jack Darent Lebewohl, der über Weihnachten fortfährt.« Unwillkürlich wandte ich mich zu meiner Schwester. Darent war ein armer Mann und ein jüngerer Sohn und natürlich eine schlechte Partie für die wunderschöne Miss Lester. Dennoch ahnte ich dunkel, dass Bella der Freund ihres Bruders nicht gleichgültig war.

»Ach!«, sagte sie scheinheilig. »Soll ich dir eine Tasse Tee bringen, Fred?«

Es ist erstaunlich, wie Frauen ihr Gesicht unter Kontrolle haben und so tun können, als würde es sie nicht im Geringsten interessieren, wenn der Name ihres Geliebten fällt. Aber Bella schaute so gleichgültig drein, dass sie es etwas übertrieb, wie ich fand.

»Und was glaubst du wohl, wohin er unterwegs ist, Bella?«

»Wer? Oh, Captain Darent! Woher soll ich wissen, wohin er fährt? Archie, mein Schatz, schieb Ponto den Kopf der Puppe bitte nicht ganz in den Hals. Wenn du das machst, wird er ihn bestimmt abbeißen.«

Diese letzte Bemerkung war an meinen Sohn und Erben gerichtet.

»Tja, ich glaube, du wirst überrascht sein, wenn du es erfährst. Er fährt nach Westernshire und wird in Varley Grange wohnen.«

»Was sagst du da?« Nun bestand kein Zweifel mehr, dass ihr Interesse an dem Thema geweckt war! Miss Lester wurde weiß wie ihr Kragen. Sie sprang unwillkürlich auf und verstreute dabei Hunde, Kinder und Spielsachen, die auf ihrem Rock gelegen hatten, im ganzen Zimmer.

»Das ist nicht dein Ernst, Fred! Varley Grange! Aber es ist doch schon seit zehn Jahren nicht mehr bewohnt. Und das letzte Mal – ach, erinnerst du dich an jene armen Leute, die es mieteten? Was es doch für eine schreckliche Geschichte hat!« Sie erschauerte.

»Tja, nun ist es vermietet worden«, sagte ich, »an einen Mann namens Henderson – einen Junggesellen. Ich kenne ihn. Er hat eine Reihe von Herren für eine Woche zur Jagd eingeladen und Jack Darent ist einer von ihnen.«

»Um Himmels willen, halte ihn davon ab, dass er fährt!«, rief Bella händeringend.

»Meine Gute, er ist bereits fort!«

»Oh, dann schreib ihm – schick ihm ein Telegramm – sag ihm, dass er zurückkommen soll!«, bestürmte sie mich atemlos.

»Ich fürchte, das hat keinen Zweck«, sagte ich ernst. »Er würde nicht zurückkommen. Er würde mir nicht glauben, er würde denken, ich sei verrückt.«

»Hast du ihm etwas gesagt?«, fragte sie schwach.

»Nein, dazu blieb mir keine Zeit. Ich sagte schon ein paar Worte, aber er begann zu lachen.«

»Ja, so ist es immer!«, sagte sie außer sich. »Die Leute lachen und tun das Ganze als Unsinn ab und sie gehen dorthin und erleben es selbst und dann ist es zu spät!«

Sie war so erregt, dass sie das Zimmer verließ. Meine Frau sah mich erstaunt an. Da sie nicht aus Westernshire stammte, waren ihr die alten Geschichten der Grafschaft nicht vertraut.

»Was um alles in der Welt hat das zu bedeuten, Fred?«, fragte sie mich verblüfft. »Was ist mit Bella los und warum ist sie so entsetzt darüber, dass Captain Darent in diesem Haus wohnen wird?«

»Es heißt, dass es dort spukt und –«

»Du willst doch nicht sagen, dass du an solchen Unsinn glaubst, Fred?«, fiel meine Frau mir ins Wort und warf einen besorgten Seitenblick auf unseren Erstgeborenen, der selbstredend mit offenen Augen und Ohren neben uns stand und jedes Wort der Unterhaltung seiner Eltern verschlang.

»Ich weiß nicht, was ich glauben soll und was nicht«, erwiderte ich ernst. »Ich kann nur sagen, dass sich sehr merkwürdige Geschichten um dieses Haus ranken, viele glaubwürdige Zeugen dort seltsame Dinge gesehen haben und denen, die sie sahen, großes Unheil zugestoßen ist.«

»Was hat man dort gesehen, Fred? Bitte, erzähle mir die Geschichte! Nein warte, ich glaube, ich werde erst die Kinder hinausschicken.«

Meine Frau läutete nach dem Kindermädchen, und sobald die Kleinen das Zimmer verlassen hatten, wandte sie sich wieder zu mir.

»Auch wenn ich nicht an Geister und dergleichen Unsinn glaube, möchte ich deine Geschichte doch gerne hören.«

»Viel kann ich nicht berichten«, erwiderte ich.

»In früheren Tagen gehörte Varley Grange der alten Familie Varley, die heute nicht mehr existiert. Vor ein paar Jahrhunderten gab es in dieser Familie eine Tochter, die wegen ihrer Schönheit und Faszination weithin bekannt war und einen mittellosen Landedelman heiraten wollte, der sie aus ganzem Herzen liebte. Aber Dennis Varley, ihr Bruder und Herr von Varley Grange, verweigerte seine Zustimmung und sperrte seine Schwester in das Kloster, das damals vor den Toren des Parks stand – noch heute gibt es davon einige Ruinen. Die arme Nonne brach ihr Gelübde und floh in der Nacht mit ihrem Geliebten. Ihr Bruder verfolgte sie und brachte sie zurück. Der Geliebte entkam, doch der Herr von Varley schwor, dass kein Spross seines Geschlechtes den alten Namen der Familie schänden und entehren dürfe und ermordete seine Schwester in seinem eigenen Haus.

Seit jenem Tag hat der Geist von Dennis Varley keine Ruhe mehr gefunden, auch nicht im Grab – er wandert nachts durch das alte Haus und es gibt zahllose Menschen, die ihn gesehen haben. Hin und wieder huscht die blasse, schattenhafte Gestalt einer Nonne durch die alte Halle oder die düsteren Korridore, und wenn die beiden seltsamen Gestalten gemeinsam erscheinen, ereilen den unglücklichen Menschen, der sie gesehen hat, mit erbarmungsloser Grausamkeit Unglück und Krankheit und sogar der Tod.«

»Ich wundere mich, dass du diesen Unsinn glaubst«, sagte meine Frau, als ich mit meiner Geschichte zu Ende war.

Ich zuckte die Achseln und erwiderte nichts, denn wer ist so starrköpfig wie jene, die Dinge einfach nicht glauben wollen, weil sie sie nicht verstehen?

Etwas mehr als eine Woche später ging ich eines Nachmittags allein die Pall Mall entlang, als mir plötzlich Jack Darent entgegenkam.

»Hallo Jack! Wieder zurück? Aber Sie sehen seltsam aus!«

Mit dem Mann war eine Veränderung vorgegangen, die mir auf den ersten Blick ins Auge fiel. Sein offenes, unbekümmertes Gesicht sah nun düster und sorgenvoll aus und ließ das fröhliche Lächeln vermissen.

»Kommen Sie mit in den Club, Fred?«, sagte er und nahm meinen Arm. »Ich muss Ihnen etwas erzählen.«

Im Club zog er mich in eine Ecke des Raucherzimmers.

»Sie hatten vollkommen Recht. Ich wünsche bei Gott, ich wäre niemals in dieses Haus gefahren.«

»Wollen Sie damit sagen – Sie haben etwas gesehen?«, fragte ich neugierig.

»Ich habe *alles* gesehen«, erwiderte er mit einem Schaudern. »Es heißt, dass man innerhalb eines Jahres stirbt…«

»Mein lieber Freund, so beruhigen Sie sich doch«, unterbrach ich ihn. Ich sah mit großem Entsetzen, wie sehr der Mann sich verändert hatte.

»Ich will Ihnen davon erzählen, Fred.«

Er zog seinen Stuhl zu meinem heran und dann erzählte er mir seine Geschichte, etwa in den folgenden Worten:

»Sie entsinnen sich des Tages, an dem ich aufbrach und Sie mich an der Tür des Clubs aufhielten und mit mir sprachen. Ich musste mich sehr beeilen, um den Zug zu erreichen, doch ich schaffte es gerade noch. Die anderen Burschen warteten schon auf mich. Da waren Charlie Wells, Bob Harford, der gute Colonel Riddell, der alte Meisterschütze, zwei Burschen vom Garderegiment, beide recht gut aussehend, ein Rechtsanwalt namens Thompson, Henderson und ich – insgesamt waren wir acht. Sie können sich vorstellen, dass wir eine außerordentlich unterhaltsame Reise hatten und Varley Grange in bester Stimmung erreichten. In der Nacht schliefen wir alle wie die Murmeltiere.

Am nächsten Tag waren wir von elf Uhr morgens bis zur Abenddämmerung unterwegs und in meinem ganzen Leben habe ich noch keinen erfolgreicheren Tag auf der Jagd erlebt, denn es wimmelte buchstäblich von Fasanen. Als wir nach Hause kamen, waren wir alle rechtschaffen müde und sprachen tüchtig einem köstlichen Abendessen und einem ausgezeichneten Wein zu. Nach dem Essen zogen wir uns in die Halle zurück. Diese Halle ist der schönste Raum des Hauses. Sie ist groß und hell und bis in halbe Höhe mit dunkler alter Eiche getäfelt und an der Decke befinden sich schwere geschnitzte Eichenbalken. Am Ende verläuft eine Galerie, auf die die Tür meines Schlafzimmers führte und die auf beiden Seiten Schwingtüren von den anderen Korridoren trennen.

Da saßen wir Burschen nun und rauchten und tranken Brandy mit Soda und redeten – Sie wissen schon, wie das ist, wenn Männer zusammen sind – über Sport, die Jagd und Lachsfischen. Ich versichere Ihnen, dass keiner von uns etwas anderes im Sinn hatte als von irgendeinem seltsamen Zwischenfall auf der Jagd oder aus dem Leben zu berichten, um die Erlebnisse der vorherigen Erzähler noch zu übertrumpfen. Ich erinnere mich, dass wir gerade einer langen Geschichte des alten Colonel über seine Erlebnisse unter Wisenten in Kaschmir lauschten, als plötzlich einer von uns – ich entsinne mich nicht, wer es war – einen Schrei ausstieß und aufsprang, während er auf die Galerie hinter uns deutete. Wir wandten uns alle um und dort stand – ich gebe Ihnen mein Ehrenwort, Lester – ein Mann, der sich über das Geländer der Galerie beugte und auf uns herunterstarrte.

Wir sahen ihn alle. Jeder Einzelne von uns. Wir waren acht, wie Sie sich erinnern. Volle zehn Sekunden stand er da und schaute mit einem schrecklichen Glitzern in den Augen zu uns herunter. Er hatte einen langen lohfarbenen Bart und seine Hände, die verschränkt auf seiner Brust lagen, bestanden aus nichts als Haut und Knochen. Aber es war sein Gesicht, das so ungeheuer schrecklich aussah. Es war aschgrau – das Gesicht eines Toten.

»Wie war er gekleidet?«

»Das konnte ich nicht sehen. Er trug eine Art schwarzen Umhang um die Schultern, glaube ich, aber der untere Teil seiner Gestalt war hinter dem Geländer verborgen. Nun, wie ich schon sagte, saßen wir etwa zehn Sekunden lang völlig

sprachlos da. Und dann bewegte sich die Gestalt und zog sich langsam rückwärts durch die offene Tür in den Raum, der sich hinter ihr befand, zurück. Es war mein Schlafzimmer! Kaum war sie verschwunden, kamen wir wieder zu Sinnen. Wir stürzten alle zur Treppe, und wie Sie sich vielleicht vorstellen können, durchsuchten wir das Haus bis in den hintersten Winkel. Vor allem mein Schlafzimmer nahmen wir genauestens unter die Lupe, aber vergebens. Es war nicht die geringste Spur von irgendeinem lebenden Wesen zu entdecken. Sie können annehmen, dass in dieser Nacht keiner von uns schlief. Wir entzündeten jede Kerze und jede Lampe, die wir entdecken konnten, und saßen bis zum Morgengrauen da, aber es passierte nichts mehr.

Am nächsten Morgen beim Frühstück bat uns Henderson, dem die ganze Sache großen Verdruss zu bereiten schien, nicht mehr darüber zu sprechen. Er sagte, bevor er das Haus gemietet habe, sei er darüber in Kenntnis gesetzt worden, dass es dort angeblich spuke, aber da er an solch kindischen Unsinn nicht glaube, habe er den Gerüchten wenig Beachtung geschenkt. Wir sollten jedoch wegen der Diener nicht darüber sprechen, da sie es leicht mit der Angst zu tun bekommen würden. Henderson war der felsenfesten Überzeugung, dass die Gestalt, die wir am gestrigen Abend gesehen hatten, jemand war, der sich verkleidet hatte, um uns einen Streich zu spielen. Er bat uns nach dem Abendessen unsere geladenen Gewehre mitzubringen, in der Zwischenzeit aber die entsetzliche Erscheinung möglichst zu vergessen.

Natürlich kamen wir seinem Wunsch bereitwillig nach, obwohl ich nicht glaube, dass sich einer von uns auch nur einen Moment lang vorstellen konnte, wie man durch noch so große Verkleidungskünste diese entsetzliche Gestalt, die wir alle nur zu deutlich gesehen hatten, hätte schaffen können. Es wären die besten Schauspieler des Landes und die raffiniertesten Theatertricks von Nöten gewesen, um jenes Gesicht zu schminken, das buchstäblich das einer Leiche gewesen war. Doch ein solcher Mensch konnte sich nicht ohne unser Wissen unter uns oder im Haus aufhalten.

Auf der Jagd war uns das Glück wieder hold und frische Luft, Bewegung und Sport vertrieben schließlich bei den meisten von uns bis zu einem gewissen Grad den Eindruck dessen, was wir gesehen hatten, aus den Köpfen. An diesem Abend erschienen wir nach dem Essen mit unseren geladenen Gewehren in der Halle. Doch obwohl wir bis in die frühen Morgenstunden dort saßen und immer wieder zu der Galerie am Ende der Halle emporschauten, tat sich in jener Nacht nichts.

Auf diese Weise vergingen zwei weitere Nächte, in denen der Herr mit dem lohfarbenen Bart nicht wieder erschien. Die angenehme Gesellschaft, die vergnügte Stimmung und die Fasane ließen uns ihn fast vergessen.

In der dritten Nacht rauchten wir wie üblich unsere Pfeifen und Zigarren. Der warme Schein des hellen Holzfeuers in dem großen Kamin erleuchtete die alte Halle und hüllte uns wohltuend ein. Da schien es mir plötzlich, als käme von hinten ein kühler Hauch, eisige Luft, wie man sie spürt, wenn man in eine feuchte, kalte Gruft oder einen Keller geht.

Ein heftiger Schauer durchlief meinen ganzen Körper und noch bevor ich ihn sah, wusste ich, dass er da war.

Er beugte sich über das Geländer der Galerie und schaute auf uns herunter, genau wie beim letzten Mal. Nichts war anders an der Haltung, dem starren, bösartigen Blick in jenen eisigen Augen, dem weißen, blutleeren Gesicht. Uns acht, die wir dort unten versammelt waren, ergriff panisches Entset-

zen. Acht starke, gesunde, gebildete Engländer des 19. Jahrhunderts, und doch schäme ich mich nicht zu sagen, dass wir vor Furcht wie gelähmt waren. Dann packte einer, der rascher die Fassung wiedergewonnen hatte als die anderen, sein Gewehr, das in der Ecke des Kamins stand, und feuerte.

Die Halle füllte sich mit Rauch, doch als er sich verzog, sahen wir alle die Gestalt unseres übernatürlichen Besuchers, der wie beim vorherigen Mal rückwärts langsam in das hinter ihm liegende Zimmer ging, ein boshaftes Lächeln voll hämischen Spotts auf seinem entsetzlichen totengleichen Gesicht.

Am nächsten Morgen trat der seltsame und bemerkenswerte Umstand ein, dass vier von uns acht – wie sie sagten – mit der Morgenpost einen wichtigen Brief erhalten hatten, der sie zwang, mit dem ersten Zug in die Stadt zurückzukehren. Bei dem einen war die Mutter krank geworden, ein zweiter musste seinen Anwalt aufsuchen, während die anderen beiden in dringenden Angelegenheiten fortgerufen wurden, zu denen sie keine näheren Angaben machten.

Und damit blieben an jenem Tag nur vier von uns in dem Haus zurück. Wells, Bob Harford, unser Gastgeber und ich. Eine verbissene Entschlossenheit, uns nicht einem Schrecken dieser Art geschlagen zu geben, hielt uns noch dort. Mit dem Morgenlicht kehrten auch die Vernunft und ein natürlicher Mut zurück. Wir konnten sogar über das Entsetzen der vergangenen Nacht lachen, während wir bei einem späten Frühstück in dem angenehmen Morgenzimmer bei Speck und

Nieren und heißem Kaffee sprachen und die Morgensonne heiter durch die rautenförmigen Fensterscheiben schien.

›Unser Gehirn muss uns einen Streich gespielt haben‹, sagte einer.

›Oder der Champagner unseres Gastgebers‹, meinte ein anderer.

›Ein schlau ausgeheckter Schabernack‹, sprach der Dritte.

›Ich werde Ihnen sagen, was wir tun werden‹, sagte unser Gastgeber. ›Da nun die anderen alle fort sind und ich nicht annehme, dass einer von uns an diese familiären Gründe glaubt, die sie seltsamerweise zum Aufbruch zwangen, werden wir nun Abend für Abend aufbleiben und auf dieses Wesen warten, was immer es sein mag. Ich glaube nicht an Geister. Aber ich habe mir heute Morgen vor dem Frühstück die Mühe gemacht, den Pfarrer der Gemeinde aufzusuchen, einen alten Herren, der mit all den Legenden der Gegend gut vertraut ist, und ich habe von ihm die ganze Geschichte unseres bärtigen Freundes erfahren, die ich Ihnen, wenn Sie möchten, gern weitergeben werde.‹

Dann erzählte uns Henderson die Geschichte von Dennis Varley, der seine Schwester, die Nonne, ermordet hatte – eine Geschichte, die ich hier nicht wiederholen will, Lester, denn wie ich sehe, Sie kennen sie bereits.

Der Geistliche hatte ihm zudem berichtet, dass auf ebenjener Galerie manchmal auch die Gestalt der ermordeten Nonne gesehen wurde, wenngleich dies nur sehr selten geschah. Wurden sowohl der Mörder als auch sein Opfer gesehen, erwartete den unglücklichen Menschen, der ihrer ansichtig wurde, schreckliches Unheil. Und war gar das Gesicht der Nonne enthüllt, sollte diesen Menschen innerhalb eines Jahres der Tod ereilen.

›Natürlich‹, schloss unser Gastgeber, ›halte ich all diese Geschichten für nichts als Ammenmärchen. Außerdem bin ich immer noch der Meinung, dass hier irgendwelche menschlichen Energien – vermutlich eine Bande von Gaunern oder Einbrechern – am Werke sind und wir vermutlich eine gut ge-

plante Schurkerei aufdecken werden. Wahrscheinlich haben die Lumpen die Leichtgläubigkeit der früheren Bewohner dieses Hauses missbraucht und sich in irgendwelchen Geheimgängen und verborgenen Räumen des Hauses eingenistet, um von dort aus unbemerkt und unverdächtig ihre Raubzüge ausführen zu können. Nun, wollen Sie mir helfen, dieses Geheimnis zu lüften?‹

Sogleich erklärten wir uns bereit. Es ist verblüffend, wie tapfer wir alle um elf Uhr morgens waren. Wie viel Schneid und Kühnheit jeder der Männer sich zuschrieb. Wie leichtsinnig wir über den ›alten Knaben mit dem Bart‹ scherzten und welche Witze wir über die ermordete Nonne rissen:

›Wenn sie hübsch wäre, würde sie ihr Gesicht öfter zeigen!‹ – ›Keine Sorge, Bob Harford wird sie schon nicht anschauen, er ist zu häßlich!‹ – ›Am besten von uns sieht Jack Darent aus, wahrscheinlich wird sie sich gleich auf ihn stürzen, er wird doch immer von den Frauen verfolgt‹ und dergleichen mehr, bis wir laut und herzhaft über unsere eigenen Scherze lachten. Das war um elf Uhr morgens.

Um elf Uhr abends hätten wir ganz anders über uns gesprochen.

Um elf Uhr abends nahm dann jeder ernst und etwas bedrückt schweigend den ihm zugeteilten Posten ein.

Unser Gastgeber hatte einen sorgfältigen Plan für unser Vorgehen ausgearbeitet. Jeder von uns wurde mit etwa dreizehn Metern Abstand zum nächsten Mann postiert, sodass nie zwei von uns gleichzeitig einer optischen Täuschung erliegen konnten, etwa den Schatten, die der Schein des Feuers auf die Eichentäfelung warf oder den Reflexionen des runden Spiegels über dem Kaminsims. Unser Gastgeber bezog mitten in der Halle Posten, das Gesicht der Galerie am Ende zugewandt. Wells nahm eine Position auf halber Höhe der kurzen geraden Treppe ein. Harford stand am oberen Ende der Treppe auf der Galerie. Ich befand mich ihm gegenüber am anderen Ende. Auf diese Weise musste die Gestalt – ob Gespenst oder Einbrecher – zwangsläufig zwischen zwei von uns treten, wenn sie erschien, und würde von beiden Seiten sichtbar sein. Wir waren bereit zu glauben, dass sich einer von uns durch seine Sinne oder seine Phantasie täuschen ließ, aber ohne Zweifel konnten nicht zwei Menschen, die das gleiche Objekt aus verschiedenen Blickwinkeln sahen, der gleichen optischen Täuschung erliegen.

Jeder Mann war mit einem geladenen Revolver, einem Brandy mit Soda und ausreichend Pfeifentabak oder Zigarren für die ganze Nacht ausgestattet. Um Punkt elf Uhr nahmen wir unsere Plätze ein und warteten.

Zuerst waren wir alle vier sehr schweigsam und, wie ich schon sagte, etwas bedrückt. Aber nachdem eine Stunde verstrichen war, ohne dass wir etwas gesehen oder gehört hatten, begannen wir miteinander zu reden. Allerdings gestaltete sich die Unterhaltung recht schwierig. Zum einen mussten wir praktisch schreien, zumindest wir auf der Galerie, wenn wir uns mit Henderson in der Halle verständigen wollten. Und obwohl Harford und Wells sich ganz bequem unterhalten konnten, war ich, der ich Letzteren von meinem Ende der Galerie überhaupt nicht sehen konnte, gezwungen, mit ihm über Harford zu kommunizieren, der sich damit amüsierte, jede intelligente Bemerkung, die ich machte, verfälscht weiterzugeben. Zum anderen sorgten die Naturelemente für ein solches Getöse, dass die Unterhaltung noch weiter erschwert wurde.

Ich kann mich nicht erinnern, in meinem Leben schon einmal so eine Nacht erlebt zu haben. Es goss in Strömen, der

Wind heulte wild und pfiff um die hohen Schornsteine und kahlen Ulmen draußen herum. Gelegentlich machte er eine Pause und dann fuhr wieder und wieder ein lang gezogenes, schluchzendes Stöhnen um das Haus. Es klang wie der Schrei eines Menschen, der Höllenqualen leidet. Es war eine Nacht, in der man erschauert und dem Himmel dafür dankt, ein Dach über dem Kopf zu haben.

So saßen wir Stunde um Stunde auf unseren verschiedenen Posten, lauschten dem Wind und unterhielten uns ab und an. Doch während die Zeit unmerklich verstrich, sprachen wir immer seltener und wurden langsam von einer Niedergeschlagenheit ergriffen.

Schließlich verfielen wir in tiefes Schweigen. Dann plötzlich spürten wir alle jenen kühlen Luftzug, wie ein Hauch aus einem Leichenhaus, den wir bereits kannten, und fast im selben Moment stießen Henderson unten in der Halle und Wells auf halber Höhe der Treppe einen heiseren Schrei aus.

Harford und ich sprangen auf und dann sahen wir es auch.

Der tote Mann kam langsam die Treppe hinauf. Er bewegte sich, wie es schien, ruhig gleitend, nur ein paar Zentimeter an dem armen Wells vorbei, der sich, kreidebleich vor Entsetzen, an die Wand drückte. Henderson stürmte in wilder Verfolgung die Treppe hinauf, während Harford und ich oben auf der Galerie beim Näherkommen der Erscheinung unwillkürlich zurückwichen.

Dann befand sich der Tote zwischen uns.

Wir sahen das Glitzern seiner blinden Augen – die welke

Haut seines ausgedorrten Gesichtes – den Mund, der unter dem lohfarbenen Bart offen stand wie der Mund einer Leiche. Wir spürten den kalten Windhauch des Todes, der ihn begleitete, und das Übelkeit erregende Entsetzen seiner schrecklichen Gegenwart. Ach! Werde ich das jemals vergessen können?«

Während er am ganzen Körper erschauerte, vergrub Jack Darent sein Gesicht in den Händen und schien für einige Minuten zu sehr von seinen Gefühlen übermannt, um weitersprechen zu können.

»Mein lieber Freund, und es besteht keinerlei Irrtum?«, fragte ich vor Ehrfurcht flüsternd.

Er hob den Kopf.

»Verzeihen Sie mir, Lester, das alles hat mich so sehr mitgenommen, dass es mir noch nicht gelungen ist, darüber hinwegzukommen. Doch das Schlimmste habe ich Ihnen noch gar nicht erzählt.«

»Gütiger Himmel, gibt es noch etwas Schlimmeres?«, rief ich.

Er nickte.

»Kaum war dieses schreckliche Wesen an uns vorbeigegangen«, fuhr Darent fort, »da packte mich Harford am Arm und deutete auf das andere Ende der Galerie.

›Schauen Sie!‹, rief er heiser. ›Die Nonne!‹

Dort, aus der entgegengesetzten Richtung, kam uns die verschleierte Gestalt einer Nonne entgegen.

Wir sahen die langen fließenden schwarz-weißen Gewänder, das Schimmern des Kreuzes an ihrem Hals, hörten das Klimpern der Rosenkranzperlen an ihrer Taille. Aber ihr Gesicht war verborgen.

Eine Art Verzweiflung packte mich. Mit enormer Überwindung ging ich auf diese neue Erscheinung zu. Es *muss* ein Schabernack sein, sagte ich mir und hatte fast den Vorsatz gefasst, die wallenden Stoffbahnen herunterzureißen und herauszufinden, wer oder was es war. Ich schritt auf die Gestalt zu. Einen halben Meter vor ihr blieb ich stehen. Die

Nonne hob langsam ihren Kopf – und Lester – ich *sah ihr Gesicht!*«

Einen Moment lang herrschte Schweigen.

»Und wie sah es aus, Jack?«, fragte ich dann.

Er schüttelte den Kopf.

»Das werde ich keiner lebenden Kreatur je erzählen können.«

»War es so grauenhaft?«

Er nickte und erschauerte.

»Und was passierte dann?«

»Ich glaube, ich wurde ohnmächtig. Jedenfalls erinnere ich mich an nichts mehr. Die anderen brachten mich am folgenden Tag ins Pfarrhaus. Mich hatte das Erlebte so mitgenommen, dass ich wirklich krank war. Ich hätte nicht in dem Haus bleiben können. Ich verweilte gestern den ganzen Tag im Pfarrhaus und kehrte heute Morgen in die Stadt zurück. Ich wünschte bei Gott, ich hätte Ihren Rat angenommen, mein alter Freund, und wäre nie in dieses schreckliche Haus gefahren.«

»Das wünschte ich auch, Jack«, sagte ich leidenschaftlich.

»Wissen Sie, dass ich innerhalb eines Jahres sterben werde?«, fragte er mich nach einer kurzen Pause.

Ich versuchte die Sache herunterzuspielen.

»Mein lieber Freund, nehmen Sie das Ganze doch nicht so ernst. Welche Bedeutung diese schrecklichen Erscheinungen auch haben mögen, was diese Sache betrifft, handelt es sich vielleicht um nichts weiter als Ammenmärchen. Warum, um

Himmels willen, sollten Sie sterben – ausgerechnet Sie, ein großer starker Kerl mit einer eisernen Konstitution. Sie sehen nicht aus, als ob Sie sterben würden!«

»Mag sein, aber ich werde sterben. Ich kann Ihnen nicht sagen, was mir diese Gewissheit gibt – aber ich weiß, dass es so sein wird«, antwortete er mit leiser Stimme. »Und auch Harford wird schreckliches Unheil zustoßen. Die anderen beiden haben die Nonne nicht gesehen, doch er und ich, wir sind verloren.«

Mittlerweile ist ein Jahr ins Land gegangen. Letzten Sommer war in gesellschaftlichen Kreisen eine Woche lang oder länger die Geschichte des armen Bob Harford in aller Munde. Das Mädchen, mit dem er verlobt gewesen war und das er von ganzem Herzen liebte – ein junges, schönes und wohlhabendes Mädchen –, brannte am Vorabend ihres Hochzeitstages mit einem trunksüchtigen verlogenen Halunken durch, der schon vor langem aus zahllosen Clubs hinausgeworfen worden war und von jedem ehrbaren Mann in der Stadt gemieden wurde. Er besaß nichts als ein hübsches Gesicht und viel Charme, doch damit war es ihm gelungen, das wankelmütige Herz der schönen Verlobten des armen Bob zu erobern. Harford seinerseits verkaufte daraufhin seine gesamte Habe und ging fort in die einsamen Wälder Kanadas und seitdem ward nichts mehr von ihm gehört.

Und was wurde aus Jack Darent? Dem armen, gut aussehenden, hoch gewachsenen Jack mit seinem strahlenden glücklichen Gesicht und den fröhlichen Augen, die Bella Lesters Herz erobert hatten? Fern im südlichen Afrika liegt der arme Jack Darent in einem unbekannten Grab – getötet von einem Zulu auf der verhängnisvollen Ebene von Isandula!

Und Bella geht in Trauerkleidung mit untröstlichen Augen und grämt sich zutiefst – im Herzen eine Witwe.

Das Gobelinzimmer

Sir Walter Scott (1771–1832)

Es war um die Zeit, als der amerikanische Unabhängigkeitskrieg zu Ende ging und die Soldaten von Lord Cornwallis Armee, die sich in Yorktown ergeben hatte, wie auch andere, die während der unüberlegten und unseligen Auseinandersetzung in Gefangenschaft geraten waren, in ihr Heimatland zurückkehrten, um von ihren Abenteuern zu berichten und sich von ihren Strapazen zu erholen. Unter ihnen befand sich ein General namens Browne. Er war ein vortrefflicher Soldat und ein feiner Herr, der auf Grund seiner Herkunft und seiner Fähigkeiten sehr geschätzt wurde.

Einige Geschäfte hatten den General zu einer Reise durch die westlichen Grafschaften veranlasst und eines Morgens näherte er sich einer kleinen ländlichen Stadt, die ein Bild von besonderer Schönheit und ausgeprägt englischem Charakter bot.

Das Städtchen mit seiner würdevollen alten Kirche, deren Turm von der Frömmigkeit längst vergangener Zeiten zeugte, lag inmitten von kleinen Wiesen und Kornfeldern, die von uralten, hohen Hecken begrenzt und unterteilt wurden. Es waren nur wenige Anzeichen moderner Neuerungen zu entdecken. Die Umgebung des Ortes deutete weder auf die Öde des Verfalls noch auf die Geschäftigkeit neuer Zeiten hin. Die Häuser waren alt, aber in gutem Zustand und der wunderhübsche kleine Fluss, der linker Hand an der Stadt vorbeiführte, rauschte unbekümmert dahin.

Auf einer sanften Anhöhe fast eine Meile südlich der Stadt sah man zwischen zahlreichen alten Eichen und dichtem Gebüsch die Türme eines Landsitzes so alt wie die Rosenkriege, an dem jedoch zu Zeiten Königin Elizabeths und ihrer Nachfolger offenbar weitreichende Veränderungen vorgenommen worden waren. Es war kein sehr großes Gebäude gewesen, doch welche Räumlichkeiten es einst auch beherbergt haben mochte, es war zu vermuten, dass sie hinter seinen Mauern immer noch existierten. Zumindest kam General Browne zu diesem Schluss, während er beobachtete, wie aus mehreren der alten, kunstvoll verzierten Schornsteine fröhlich der Rauch aufstieg. Die Mauer des Parks führte zwei- oder dreihundert Meter an der Straße entlang und die Stellen, die Einblick in das waldige Gelände gewährten, ließen einen üppigen Wildbestand vermuten. Dann boten weitere Stellen Einsicht und offenbarten nunmehr die gesamte Vorderfront des alten Landsitzes und schließlich einen Blick auf seine eigentümlichen Türme. Die Fassade war reich an bizarren Verzierungen, während der schlichte, kraftvolle Charakter anderer Gebäudeteile darauf hinzuweisen schien, dass sie mehr zur Verteidigung als zum Prunk errichtet worden waren.

Unser reisender Soldat war hingerissen von den Einblicken auf den Landsitz, welche ihm durch Wald und Haine, die das alte, feudale Gebäude umgaben, gewährt worden waren. Und so wollte er herausfinden, ob es nicht einer näheren Betrachtung wert sei und vielleicht Gemälde oder andere Dinge von Interesse beherbergte, die den Besuch eines Fremden lohnend machten. Er ließ den Park hinter sich, fuhr durch eine saubere, ordentlich gepflasterte Straße und hielt vor der Tür eines gut besuchten Wirtshauses an.

Bevor er Pferde bestellte, um seine Reise fortzusetzen, erkundigte sich General Browne nach dem Eigentümer des Landsitzes, der seine Bewunderung geweckt hatte, und er war gleichermaßen überrascht und erfreut, als er erfuhr, dass er einem Edelmann gehörte, den wir hier Lord Woodville nennen wollen. Welch ein glücklicher Zufall! Viele von Brownes frühen Erinnerungen an Schule und Universität waren mit dem jungen Woodville verknüpft, und wie er sich nun durch Nachfragen versicherte, handelte es sich bei ihm um ebenjenen Besitzer dieses herrlichen Anwesens. Woodville war nach dem Tod seines Vaters vor wenigen Monaten in den Adelsstand erhoben worden, und wie der General von dem Wirt erfuhr, nahm er nun nach Ablauf der Trauerzeit das väterliche Anwesen in Besitz, begleitet von einer ausgewählten Gesellschaft von Freunden, um in der Gegend, die für ihr Wild berühmt war, der Jagd zu frönen.

Dies war eine frohe Kunde für unseren Reisenden. Frank Woodville war während der Schul- und Studienjahre Richard Brownes Gefährte und Vertrauter gewesen. Sie hatten ihre Freuden und Pflichten geteilt und dem aufrechten Soldaten wurde warm ums Herz, als er hörte, dass sein Jugendfreund einen so großartigen Landsitz sein Eigen nennen konnte und ein Anwesen, das, wie der Wirt ihm zwinkernd versicherte, seiner Stellung angemessen war und sie noch verbesserte. Nichts lag für den Reisenden näher, als seine Fahrt zu unterbrechen, die in keiner Weise zur Eile gebot, um dem alten Freund unter solch erfreulichen Umständen einen Besuch abzustatten.

Die Pferde hatten daher nichts anderes zu tun, als die Reisekutsche des Generals zu Woodville Castle zu bringen. Ein Knecht führte sie zu einem neuen Pförtnerhaus, das im gotischen Stil errichtet worden war, um es dem Landsitz anzupassen. Gleichzeitig läutete er eine Glocke, die das Nahen von Besuchern ankündigte. Offenbar hatte das Ertönen der Glocke den Aufbruch der Gesellschaft verzögert, die an diesem Morgen verschiedenen Vergnügungen nachzugehen beabsichtigte. Als der General den Hof des Anwesens erreichte, bummelten dort mehrere junge Männer in Sportkleidung umher. Als Browne ausstieg, erschien der junge Lord an der Tür des Herrenhauses und einen Moment lang sah er seinen Freund wie einen Fremden an, denn die Strapazen und Wunden des Krieges hatten den General sehr verändert. Doch der Zweifel währte nur bis zu dem Moment, in dem der Besucher zu sprechen anhob, und dann folgte eine herzliche Begrüßung, wie sie nur zwischen Menschen möglich ist, die die glücklichen Tage der sorglosen Kinder- und Jugendzeit gemeinsam verbracht haben.

»Hätte ich einen Wunsch frei gehabt, mein lieber Browne«, sagte Lord Woodville, »so hätte ich mir gewünscht, dass gerade Ihr zu diesem Anlass kommt, den meine Freunde freundlicherweise wie einen Festtag begehen. Glaubt nicht, dass wir Euch während der Jahre, in denen Ihr von uns fort wart, aus den Augen verloren haben. Ich habe Euch durch Eure Gefahren, Eure Triumphe und Eure Missgeschicke hindurch verfolgt und sah mit Entzücken, dass der Name meines alten Freundes, ob im Sieg oder in der Niederlage, stets mit Anerkennung verbunden wurde.«

Der General antwortete geziemend und beglückwünschte seinen Freund zu seiner neuen Stellung und zu dem Besitz eines Anwesens von solcher Schönheit.

»Doch Ihr habt bisher nichts davon gesehen«, sagte Lord Woodville, »und ich vertraue darauf, dass Ihr uns nicht eher verlassen werdet, als bis Ihr es besser kennen gelernt habt. Ich muss gestehen, dass meine momentane Gesellschaft recht groß

ist und das alte Haus, wie andere Gebäude dieser Art, nicht so viele Zimmer besitzt, wie seine Außenmauern zu versprechen scheinen. Aber wir können Euch ein gemütliches altmodisches Zimmer herrichten und ich möchte fast vermuten, dass Ihr auf Euren Feldzügen gelernt habt, mit schlimmeren Quartieren vorlieb zu nehmen.«

Der General zuckte die Achseln und lachte. »Ich nehme an«, so erwiderte er, »dass das schlimmste Zimmer in Eurem Haus bei weitem besser ist als jenes alte Tabakfass, in dem ich zufrieden meine Nächte verbrachte, als ich mit der leichten Artillerie im Busch war, wie die Leute in Virginia es nennen. Darin lag ich wie Diogenes persönlich, so entzückt über meinen Schutz vor den Elementen, dass ich den vergeblichen Versuch unternahm, es zu meinem nächsten Quartier rollen zu lassen. Aber mein damaliger Kommandeur wollte unter keinen Umständen solchen Luxus gestatten und so nahm ich mit Tränen in den Augen Abschied von meinem geliebten Fass.«

»Nun, wenn Ihr Euer Quartier nicht fürchtet«, sagte Lord Woodville, »werdet Ihr mir gewiss wenigstens eine Woche Gesellschaft leisten. Gewehre, Hunde, Angelruten, Köder und Möglichkeiten zur sportlichen Betätigung im Wasser und auf dem Land sind zur Genüge vorhanden und Ihr werdet kein Vergnügen ersinnen, dem wir hier nicht auf irgendeine Weise nachgehen können. Und wenn Ihr die Jagd vorzieht, werde ich Euch persönlich begleiten, um festzustellen, ob Ihr Eure Schießkunst verbessert habt, während Ihr zwischen den Indianern in den fernen Kolonien weiltet.«

Der General ging in allen Punkten freudig auf das Angebot seines freundlichen Gastgebers ein. Nachdem die Gesellschaft während des Vormittags verschiedenen Vergnügungen nachgegangen war, kam man zum Essen zusammen. Lord Woodville war es eine Freude, die edlen Eigenschaften seines wieder gefundenen Freundes herauszustreichen und ihn seinen Gästen wärmstens ans Herz zu legen, von denen die meisten von hohem Stand waren. Er brachte General Browne dazu, über die Erlebnisse zu sprechen, deren Zeuge er geworden war, und jedes seiner Worte verriet gleichermaßen den tapferen Offizier und klugen Mann, der auch in der größten Gefahr einen kühlen Kopf bewahrt. Die Gesellschaft betrachtete den Soldaten mit großem Respekt und als einen Mann, der außergewöhnlich viel persönlichen Mut unter Beweis gestellt hatte – eine Eigenschaft, von der sich jedermann mehr als von allen anderen wünscht, dass sie ihm zugeschrieben wird.

Der Tag in Woodville Castle endete wie in Herrenhäusern dieser Art üblich. Der Gastgeber hielt sich an die guten Sitten. Nachdem die Gläser noch einmal eingeschenkt worden waren, wurde musiziert, worin der junge Lord meisterliche Fertigkeiten besaß. Für diejenigen, die andere Vergnügungen vorzogen, standen Billardtisch und Karten bereit, doch die körperliche Betätigung des Tages forderte eine frühe Nachtruhe und bald nach elf Uhr begannen sich die Gäste in ihre verschiedenen Zimmer zurückzuziehen.

Der junge Lord führte seinen Freund General Browne höchstpersönlich zu dem Zimmer, das für ihn hergerichtet worden war. Es entsprach der Beschreibung, die er von ihm gegeben hatte, und war gemütlich, aber altmodisch. Das Bett war ein wuchtiges Möbel, wie es zu Ende des 17. Jahrhunderts üblich gewesen war, und seine verblassten Seidenvorhänge waren mit dicken Goldbordüren eingefasst. Die Gobelins, die mit ihren verblichenen Reizen die Wände des kleinen Zimmers bedeckten, ließen eine düstere Atmosphäre entstehen und wogten sanft in der herbstlichen Brise, die durch das

alte Gitterfenster drang, welches im Lufthauch knarrte und quietschte. Auch der Toilettentisch im Stil des beginnenden 19. Jahrhunderts mit seinem Perückenhalter aus braunroter Seide und seinen hundert seltsam geformten Kästchen, die für Dinge dienten, welche seit mehr als fünfzig Jahren aus der Mode waren, hatte eine ehrwürdige und somit schwermütige Ausstrahlung. Doch nichts hätte heller und fröhlicher brennen können als die beiden großen Wachskerzen. Ihnen machte lediglich das flackernde Holzfeuer im Kamin Konkurrenz, das unentwegt sein Licht und seine Wärme in dem gemütlichen Zimmer verbreitete, welches ungeachtet seiner altmodischen Einrichtung in keiner Weise die Annehmlichkeiten modernen Lebens vermissen ließ, die notwendig oder wünschenswert sind.

»Dies ist ein altmodisches Schlafgemach, General«, sagte der junge Lord, »doch ich hoffe, Ihr werdet nichts finden, dass Euch Eurem alten Tabakfass nachtrauern ließe.«

»Ich bin bezüglich meines Quartiers nicht heikel«, erwiderte der General, »doch müsste ich eine Wahl treffen, so würde ich dieses Zimmer bei weitem den heiteren und morderneren Räumen Eures Familiensitzes vorziehen. Glaubt mir, angesichts seiner modernen Annehmlichkeiten und seines ehrwürdigen Alters wie auch der Tatsache, dass es sich im Besitz Eurer Lordschaft befindet, werde ich mich hier besser aufgehoben fühlen als im besten Hotel Londons.«

»Ich bin voller Zuversicht – nein, ich habe keinen Zweifel –, dass Ihr es hier so bequem haben werdet, wie es meinem Wunsche entspricht, mein lieber General«, sagte der junge Edelmann. Er wünschte seinem Gast ein letztes Mal eine gute Nacht, schüttelte ihm die Hand und zog sich dann zurück.

Der General schaute sich noch einmal um und beglückwünschte sich im Stillen zu seiner Rückkehr zum friedlichen Leben und dessen Bequemlichkeiten, die ihm durch die Erinnerung an die Strapazen und Gefahren, die er gerade durchgestanden hatte, umso teurer erschienen. Er legte seine Kleider ab und bereitete sich auf eine genüssliche Nachtruhe vor.

Anders als in den herkömmlichen Geschichten dieser Art lassen wir nun den General bis zum nächsten Morgen in seinem Zimmer allein.

Die Gesellschaft versammelte sich zu früher Stunde, um das Frühstück einzunehmen, doch General Browne, der Gast, den Lord Woodville von allen, die seine Gastfreundschaft um sich versammelt hatte, am meisten zu schätzen schien, fand sich nicht ein. Mehr als einmal drückte der Lord sein Erstaunen über die Abwesenheit des Generals aus und endlich schickte er einen Diener, um sich nach seinem Wohlbefinden zu erkundigen. Der Mann kehrte mit der Auskunft zurück, dass General Browne ungeachtet des nebligen und unfreundlichen Wetters seit den frühen Morgenstunden draußen spazieren gegangen sei.

»Die Eigenheiten eines Soldaten«, sagte der junge Adlige zu seinen Freunden, »vielen von ihnen wird eine ständige Wachsamkeit zur Gewohnheit und sie finden nach den frühen Morgenstunden keinen Schlaf mehr, da es ihr Dienst dann zumeist erfordert, auf der Hut zu sein.«

Doch die Erklärung, die Lord Woodville seinen Gästen anbot, schien ihn selbst kaum zu befriedigen. Er verfiel in Schweigen und wartete geistesabwesend auf die Rückkehr des Generals, der nahezu eine Stunde, nachdem die Frühstücksglocke geläutet hatte, endlich erschien. Er sah erschöpft und fiebrig aus. Zur damaligen Zeit gehörte das Pudern und Richten der Haartracht zu den wichtigsten Be-

schäftigungen eines Mannes während des gesamten Tages und ihr Aussehen war für den Lebensstil von ebensolcher Bedeutung wie heute das Anlegen einer Krawatte, doch das Haar von Richard Browne war völlig zerzaust, ungepudert und feucht vom Tau. Seine Kleider hatte er rasch übergeworfen mit einer nachlässigen Gleichgültigkeit, die für einen Soldaten erstaunlich war, zu dessen Pflichten man gewöhnlich ein wenig Aufmerksamkeit für die Toilette zählt. Er wirkte seltsam verstört und bleich.

»Ihr habt uns heute Morgen ein Schnippchen geschlagen, mein lieber General«, sagte Lord Woodville. »Oder war Euer Bett nicht in dem Maße nach Eurem Geschmack, wie ich es erhofft hatte und Ihr es zu erwarten schient? Wie habt Ihr vergangene Nacht geruht?«

»Oh, ausgezeichnet – bemerkenswert gut – so gut wie niemals in meinem Leben!«, sagte der General rasch, doch sein Freund sah deutlich, dass Browne die Situation peinlich war. Der General trank nun hastig eine Tasse Tee, doch alles andere, was ihm angeboten wurde, lehnte er ab, und er schien in Gedanken völlig woanders zu sein.

»Werdet Ihr heute auf die Jagd gehen, General?«, fragte sein Freund und Gastgeber, doch musste er die Frage zweimal wiederholen, bevor er eine schroffe Antwort erhielt. »Nein, Eure Lordschaft. Ich bedaure sehr, aber ich werde nicht die Ehre haben, einen weiteren Tag in Eurer Gesellschaft zu verbringen. Meine Postpferde sind bestellt und werden jeden Moment eintreffen.«

Alle Anwesenden zeigten sich erstaunt und Lord Woodville erwiderte unverzüglich: »Postpferde, mein teurer Freund! Was wollt Ihr denn mit Pferden, wo Ihr mir doch versprochen habt, wenigstens eine Woche bei mir zu verweilen?«

»Ich glaube«, sagte der General, offenbar aufs Äußerste verlegen, »dass ich in meiner ersten Wiedersehensfreude etwas davon gesagt habe, einige Tage hier zu bleiben, aber ich musste inzwischen feststellen, dass dies vollkommen ausgeschlossen ist.«

»Das ist äußerst merkwürdig«, erwiderte der junge Adlige. »Gestern noch schient Ihr völlig abkömmlich zu sein und heute kann Euch noch keine Nachricht erreicht haben, denn unsere Post ist noch nicht aus der Stadt gekommen, daher ist es nicht möglich, dass Ihr irgendeinen Brief erhalten habt.«

Ohne sich näher zu erklären, murmelte General Browne etwas von unaufschiebbaren Geschäften und beharrte in einer Weise auf der absoluten Notwendigkeit seiner Abreise, dass sich jeglicher Widerspruch seitens seines Gastgebers verbot. Der Lord sah, dass der Vorsatz gefasst war und jede weitere Bitte zurückgewiesen werden würde.

»Wenn Ihr mich denn verlassen wollt oder müsst, mein lieber Browne«, sagte er, »dann erlaubt mir wenigstens, Euch die Aussicht von der Terrasse zu zeigen, die der Nebel, der sich nun lichtet, bald preisgeben wird.«

Während er noch sprach, stieß er die Schiebetür auf und trat auf die Terrasse hinaus. Der General folgte ihm unwillkürlich, schien jedoch den Worten seines Gastgebers wenig Beachtung zu schenken, der, während er auf die weite, großartige Aussicht schaute, auf die verschiedenen Dinge deutete, die einer Betrachtung lohnten. Und so gingen sie weiter, bis Lord Woodville sein Ziel erreicht hatte, den Gast von der übrigen Gesellschaft fortzulotsen. Dann wandte er sich mit großem Ernst an ihn und sagte:

»Richard Browne, mein alter, teurer Freund, wir sind nun allein. Ich beschwöre Euch, auf meine Fragen mit der Aufrichtigkeit eines Freundes und bei Eurer Ehre als Soldat zu

antworten. Wie habt Ihr während der vergangenen Nacht wirklich geruht?«

»In der Tat äußerst schlecht«, erwiderte der General in dem gleichen ernsten Ton, »so schlecht, dass ich nicht das Risiko eingehen will, noch einmal eine solche Nacht zu verbringen, nicht für alle Ländereien, die zu diesem Anwesen gehören, und nicht für all den Grund und Boden, den ich von dieser Anhöhe hier sehe.«

»Das ist wirklich merkwürdig«, sagte der junge Lord, als spräche er mit sich selbst. »Dann muss doch etwas an den Geschichten über dieses Zimmer sein.« Wieder wandte er sich dem General zu und sagte: »In Gottes Namen, mein guter Freud, seid aufrichtig zu mir und lasst mich die unerbaulichen Dinge erfahren, die Euch unter einem Dach zugestoßen sind, unter dem Ihr nach Wunsch des Besitzers nichts als Bequemlichkeit antreffen solltet.«

Diese Bitte schien den General zu bedrücken und er zögerte einen Moment, bevor er antwortete. »Mein teurer Lord«, sagte er schließlich, »was mir in dieser Nacht geschah, ist so seltsam und so widerwärtig, dass ich mich kaum überwinden könnte, selbst Eurer Lordschaft davon zu berichten, würde ich nicht glauben, dass – unabhängig von meinem Wunsch, Euch jede Bitte zu erfüllen – Aufrichtigkeit von meiner Seite vielleicht zur Klärung eines Sachverhaltes führt, der gleichermaßen unerquicklich und rätselhaft ist. In den Augen anderer würde mich die Geschichte, die ich zu erzählen habe, vielleicht zu einem schwachsinnigen, abergläubischen Dummkopf machen, der sich von seiner Phantasie täuschen und verwirren ließ. Aber Ihr kennt mich seit Kindheit und Jugend und werdet mir nicht unterstellen, dass ich als Mann Gefühle und Schwächen entwickelt habe, von denen ich in jungen Jahren frei war.« An dieser Stelle hielt er inne und sein Freund erwiderte:

»Zweifelt nicht, dass ich vollkommen von der Wahrhaftigkeit Eurer Worte überzeugt sein werde, so seltsam sie auch erscheinen mögen. Mir ist Eure Charakterfestigkeit zu gut bekannt, um Euch zu verdächtigen, Ihr könntet das Opfer einer Täuschung sein, und ich bin mir gewiss, dass Euch Eure Ehre und Eure Freundschaft gleichermaßen davon abhalten werden, das, was auch immer Ihr erlebtet, zu übertreiben.«

»Nun denn«, sprach der General, »dann will ich nach bestem Vermögen mit meiner Geschichte beginnen und mich auf Eure Unvoreingenommenheit verlassen, und doch kann ich mich des sicheren Gefühls nicht erwehren, dass ich lieber feindlichen Geschützen gegenüberstehen würde, als mir die abscheulichen Geschehnisse der vergangenen Nacht noch einmal in Erinnerung zu rufen.«

Wieder hielt er inne, doch als er sah, dass Lord Woodville schwieg und aufmerksam lauschte, fuhr er, wenngleich mit augenscheinlichem Widerwillen, fort, die Geschichte seiner nächtlichen Erlebnisse im Gobelinzimmer zu erzählen.

»Kaum hatte mich Eure Lordschaft am gestrigen Abend verlassen, kleidete ich mich aus und begab mich zu Bett. Aber das Holz im Kamin, der sich beinahe gegenüber von meinem Bett befand, loderte hell und fröhlich, und zudem hielten mich hundert aufregende Erinnerungen an meine Kindheit und Jugend, die die unerwartete Freude über die Begegnung mit Eurer Lordschaft in mir geweckt hatten, davon ab, sofort in den Schlaf zu sinken. Ich sollte jedoch erwähnen, dass alle diese Erinnerungen angenehmer Natur waren und eingebettet in das Gefühl, für eine Weile die Mühen, Strapazen und Gefahren meines Berufes gegen die Freuden eines friedvollen Lebens einzutauschen und jene freundschaftlichen und herz-

lichen Bande wieder anknüpfen zu können, die ich angesichts der harten Notwendigkeit des Krieges zerrissen hatte.

Während sich dergleichen angenehme Überlegungen in meine Gedanken schlichen und mich langsam in den Schlaf lullten, wurde ich plötzlich durch ein Geräusch aufgeschreckt, das wie das Rascheln eines Seidengewandes und das Klappern hochhackiger Schuhe klang, so als würde sich eine Frau durch das Zimmer bewegen. Noch bevor ich den Vorhang zurückziehen konnte, um nach dem Rechten zu sehen, schritt eine kleine Frau zwischen Bett und Kamin hindurch. Die Gestalt hatte mir den Rücken zugewandt, doch an Schultern und Hals konnte ich erkennen, dass es sich um eine alte Frau handelte, die in ein altmodisches Gewand gehüllt war – es war ein Gewand, das locker um den Körper fällt, aber an Hals und Schultern in breiten Falten zusammengenommen ist, die bis auf den Boden herabreichen und in einer Art Schleppe enden.

Ich fand dieses Eindringen wahrlich seltsam, doch kam ich keinen Moment auf die Idee, ich könne etwas anderes sehen als die menschliche Gestalt einer alten Frau dieses Haushaltes, die sich gern wie ihre Großmutter kleidete. Vielleicht war sie aus ihrem Zimmer vertrieben worden, um mich unterbringen zu können – da es, wie Eure Lordschaft erwähnte, nur begrenzte Möglichkeiten gab –, hatte diesen Umstand jedoch vergessen und war um Mitternacht in ihre alte Stube zurückgekehrt. In dieser Annahme bewegte ich mich in meinem Bett und hüstelte leise, um den Eindringling darauf aufmerksam zu machen, dass nunmehr ich diese Räumlichkeiten bewohnte. Die Gestalt wandte sich langsam um, doch gütiger Himmel, welch ein Gesicht zeigte sich mir! Es stand nun außer Frage, was sie war oder ob es sich bei ihr um ein lebendiges Wesen handelte. Auf dem Gesicht, das die starren Züge einer Leiche trug, hatten sich die Spuren der schändlichsten und abscheulichsten Laster eingeprägt, denen sie zu Lebzeiten gefrönt hatte. Es schien, als sei der Leichnam einer grässlichen Verbrecherin von seinem Grab preisgegeben worden und ihre Seele dem Fegefeuer entronnen, um sich vorübergehend mit dem alten Komplizen ihrer Missetaten zu vereinigen. Ich fuhr im Bett hoch und saß, auf meine Hände gestützt, aufrecht da, während ich diese schreckliche Erscheinung anstarrte. Dann schien das hässliche alte Weib einen einzigen, raschen Schritt zu dem Bett hin zu machen, in dem ich lag, hockte sich genau in der gleichen Haltung, die ich in meinem unbeschreiblichen Entsetzen eingenommen hatte, darauf und schob ihr teuflisches Gesicht bis auf einen halben Meter vor meines, mit einem Grinsen, das die Bosheit und den Spott eines leibhaftigen Satans auszudrücken schien.«

Hier hielt General Browne inne und wischte sich den kalten Schweiß fort, der ihm angesichts der Erinnerung an die entsetzliche Erscheinung auf die Stirn getreten war.

»Mein Freund«, sagte er, »ich bin wahrlich kein Feigling. Ich habe mich in allen Situationen tödlicher Gefahr befunden, die mein Beruf mit sich bringt, und ich darf mich wahrhaftig rühmen, dass niemand von Richard Browne behaupten kann, er habe dem Schwert, das er trägt, Schande bereitet. Aber in dieser entsetzlichen Lage, unter den Augen und, wie es schien, beinahe in der Gewalt der Wiedergeburt eines bösen Geistes, verließ mich alle Entschlossenheit. Meine Männlichkeit schmolz gänzlich dahin wie Wachs in einem Brennofen und ich spürte, wie sich meine sämtlichen Haare sträubten. Das Blut schien mir in den Adern zu stocken und ohnmächtig sank ich zurück, ebenso ein Opfer blinden Entsetzens wie ein Dorfmädel oder ein zehnjähriges Kind. Wie

lange ich in diesem Zustand verharrte, kann ich nicht einmal raten.

Ich wurde durch die Turmuhr aus meiner Lethargie gerissen, die ein Uhr schlug, so laut, als befände sie sich direkt in meinem Zimmer. Es dauerte eine Weile, bevor ich es wagte die Augen zu öffnen, aus Angst, sie könnten noch einmal die grässliche Erscheinung sehen. Doch als ich meinen Mut zusammennahm und sie aufschlug, war sie verschwunden. Mein erster Gedanke war die Glocke zu läuten, um die Diener zu wecken und in eine Dachstube oder auf einen Heuboden umzuziehen und einer zweiten Heimsuchung zu entgehen. Nein, ich will die Wahrheit gestehen. Ich nahm nicht aus Scham davon Abstand, mich lächerlich zu machen, sondern weil ich fürchtete, auf dem Weg zur Klingelschnur, die beim Kamin hing, womöglich wieder das teuflische alte Weib zu sehen, das vielleicht, wie ich glaubte, noch in irgendeiner Ecke des Zimmers lauerte.

Ich will nicht verschweigen, dass mich während der übrigen Nacht zwischen unruhigem Schlaf, erschöpftem Wachen und jenem unbestimmten Zustand, der zwischen beidem neutralen Boden bildet, heiße und kalte Fieberanfälle marterten. Hundert schreckliche Dinge schienen mich heimzusuchen. Doch es gab einen großen Unterschied zwischen der Erscheinung, von der ich berichtet habe, und jenen, die folgten, denn ich war mir bewusst, dass es sich bei Letzteren um Trugbilder meiner eigenen Phantasie und meiner überreizten Nerven handelte.

Endlich brach der Tag an und ich erhob mich von meinem Bett. Ich fühlte mich physisch krank und moralisch gedemütigt. Ich schämte mich als Mann und Soldat, umso mehr, weil ich den unbändigen Wunsch verspürte, dem Spukzimmer zu entfliehen, der alle anderen Erwägungen erstickte. Und so streifte ich in der größten Hast meine Kleider über und floh aus dem Haus Eurer Lordschaft, um an der frischen Luft meinen Nerven ein wenig Erleichterung zu verschaffen, die durch die schreckliche Begegnung mit der Erscheinung aus einer anderen Welt, denn dafür muss ich sie halten, in ihren Grundfesten erschüttert worden waren. Nun haben Eure Lordschaft den Grund für meine Verfassung erfahren und meinen plötzlichen Wunsch, Euer gastfreundliches Haus zu verlassen. Ich bin mir gewiss, dass wir uns an anderen Orten noch häufig begegnen werden, aber Gott bewahre mich davor, eine weitere Nacht unter diesem Dach zu verbringen!«

So seltsam die Geschichte des Generals sein mochte, er erzählte sie mit einer solch tiefen Überzeugung, dass sie keine der üblichen Bemerkungen zuließ, mit denen dergleichen Geschichten gewöhnlich kommentiert werden. Lord Woodville fragte ihn nicht einmal, ob er sicher sei, das Ganze nicht geträumt zu haben, und schlug auch keine der Erklärungen vor, die gern für übernatürliche Erscheinungen abgegeben werden, etwa dass es sich um wilde Phantasien oder eine Täuschung des Sehnervs gehandelt habe. Er schien ganz im Gegenteil tief überzeugt von dem Wahrheitsgehalt dessen, was er gehört hatte. Und nach einer langen Pause bedauerte er, offenbar mit großer Aufrichtigkeit, dass sein alter Freund in seinem Hause solche Qualen durchlitten hatte.

»Ich bedaure Euer Leid umso mehr, mein lieber Browne«, fuhr er fort, »als es das unselige und völlig unerwartete Ergebnis eines Experiments ist, das ich selbst zu verantworten habe. Ihr müsst wissen, dass zur Zeit meines Vaters und meines Großvaters, wenn nicht schon früher, der Raum, den ich Euch vergangene Nacht zuwies, abgeschlossen war, da von dort übernatürliche Erscheinungen und Geräusche berichtet

wurden. Als ich vor einigen Wochen das Anwesen übernahm, hielt ich die Unterbringungsmöglichkeiten, die das Haus meinen Freunden bot, für nicht so ausreichend, um den Bewohnern der unsichtbaren Welt ein bequemes Schlafzimmer zu überlassen. Aus diesem Grunde ordnete ich an, das Gobelinzimmer, wie wir es nennen, zu öffnen, und ließ, ohne seinen altmodischen Charakter zu zerstören, neue Möbelstücke hineinstellen, die der heutigen Zeit gemäß sind. Da aber die Dienerschaft in starkem Maße an den Spuk in dem Zimmer glaubte und dies auch der Nachbarschaft und vielen meiner Freunde bekannt war, fürchtete ich, dass vielleicht der erste Bewohner des Gobelinzimmers befangen und geneigt sein könnte, den schlechten Ruf des Gemachs zu bestätigen und damit meinen Plan zu vereiteln, es in einen nutzbaren Teil des Hauses umzuwandeln. Ich muss gestehen, mein lieber Browne, dass mir Eure überraschende Ankunft am gestrigen Tage, die mich auch aus zahllosen anderen Gründen erfreute, eine äußerst günstige Gelegenheit schien, um mit den hässlichen Gerüchten, die dem Raum anhafteten, aufzuräumen, denn Eure Tapferkeit stand außer Frage und Ihr wart frei von jeglicher Voreingenommenheit. Ich hätte deshalb keine geeignetere Person für mein Experiment wählen können.«

»In der Tat«, sagte General Browne etwas hitzig, »bin ich Eurer Lordschaft unendlich verbunden – wahrhaftig zu besonderem Dank verpflichtet. Ich werde mich wohl noch eine Weile an die Folgen des Experiments, wie es Eure Lordschaft zu nennen beliebt, erinnern.«

»Nun seid Ihr ungerecht, mein lieber Freund«, sagte Lord Woodville. »Ihr braucht nur einen einzigen Augenblick nachzudenken, um zu der Überzeugung zu gelangen, dass ich das Leid, dem Ihr unglücklicherweise ausgesetzt wart, nicht vorauszusehen vermochte. Gestern Morgen noch stand ich dem Thema übernatürlicher Erscheinungen vollkommen ungläubig gegenüber. Und ich bin gewiss, hätte ich Euch von den Geschichten über das Zimmer erzählt, wären ebendiese ein Grund für Euch gewesen, Euch den Raum selbst als Unterkunft zu wählen. Es war mein Missgeschick, vielleicht mein Fehler, aber es kann mir nicht wirklich als Schuld angelastet werden, dass Ihr auf so seltsame Weise gepeinigt wurdet.«

»Es war in der Tat seltsam«, sagte der General und seine gute Laune kehrte zurück. »Und ich gestehe, dass ich kein Recht habe, Eurer Lordschaft gram zu sein, weil Ihr mich so behandelt habt, wie ich mich selbst einzuschätzen pflegte, als ein Mann der Härte und Tapferkeit. Aber ich sehe, meine Postpferde sind gekommen und ich darf Eure Lordschaft nicht länger von seinen Vergnügungen abhalten.«

»Nein, mein alter Freund«, sagte Lord Woodville, »da Ihr keinen weiteren Tag bei uns verweilen könnt, worauf ich in der Tat nicht länger drängen kann, gebt mir wenigstens noch eine halbe Stunde. Ihr pflegtet Gemälde zu lieben und ich besitze eine Galerie mit Porträts, von denen einige von van Dyke stammen. Sie zeigen meine Vorfahren, in deren Besitz sich einst dieses Anwesen befand. Ich denke, der Wert einiger dieser Gemälde wird Euch beeindrucken.«

General Browne nahm die Einladung an, wenngleich etwas widerstrebend. Es war augenscheinlich, dass er erst wieder frei atmen und seine Gemütsruhe wieder finden konnte, wenn er Woodville Castle weit hinter sich gelassen hatte. Doch er konnte die Einladung seines Freundes nicht ausschlagen, umso weniger, als er sich etwas für die Übellaunigkeit schämte, die er seinem wohlmeinenden Gastgeber gegenüber gezeigt hatte.

Und so folgte der General Lord Woodville durch mehrere Räume in eine lange Galerie, in der Gemälde hingen. Und während sie die Porträts nacheinander betrachteten, nannte der Lord seinem Gast die Namen und gab einige Erklärungen zu den dargestellten Personen ab. Der General war wenig an den Einzelheiten dieser Schilderungen interessiert. Sie waren in der Tat von jener Natur, wie man sie in alten Familiengalerien üblicherweise findet. Hier gab es einen Edelmann, der das Anwesen für den König zu Grunde gerichtet hatte, dort eine Dame, die es durch die Ehe mit einem reichen Anhänger der Parlamentspartei wieder zu retten vermochte. Dort hing ein Kavalier, der sich durch einen Briefwechsel mit der verbannten Königsfamilie in St. Germain in Gefahr gebracht hatte, hier einer, der in der Revolution auf Seiten König Williams gewesen war, und ein dritter hatte abwechselnd für die Whigs und die Torys gekämpft.

Während Lord Woodville seinen Gast mit diesen Ausführungen voll stopfte, kamen sie zur Mitte der Galerie. Plötzlich bemerkte der Adlige, wie General Browne erschreckte und sein Gesicht einen Ausdruck äußerster Überraschung annahm, der nicht frei von Furcht war. Sein Blick hing wie gebannt an dem Porträt einer alten Dame in einem Gewand, wie es zu Ende des 17. Jahrhunderts Mode gewesen war.

»Das ist sie!«, rief er laut, »das ist ihre Gestalt und ihr Gesicht, wenngleich sein Ausdruck nicht so teuflisch ist wie der des verfluchten alten Weibes, das mich in der vergangenen Nacht heimgesucht hat.«

»Wenn dem so ist«, sagte der junge Adlige, »kann kein Zweifel mehr an der schrecklichen Wirklichkeit Eurer Erscheinung bestehen. Dies ist das Gemälde einer verderbten Ahnherrin, deren böse und ungeheuerliche Verbrechen in der Familiengeschichte niedergeschrieben sind, die sich in meiner Urkundenschatulle befindet. Doch es wäre zu schrecklich, sie aufzuzählen. Es mag genügen, wenn ich Euch sage, dass in jenem unseligen Zimmer ein grauenhafter Mord verübt wurde. Ich werde es wieder jener Einsamkeit überlassen, der es meine Vorfahren überantworteten, die es besser wussten. Und wenn ich es verhindern kann, wird nie wieder jemand dem übernatürlichen Grauen ausgesetzt werden, das einen mutigen Mann wie Euch erschüttern konnte.«

Und so schieden die Freunde, die sich in so heiterer Laune getroffen hatten, in ganz anderer Stimmung voneinander – Lord Woodville, um Anweisung zu geben, das Gobelinzimmer auszuräumen und dessen Tür zuzumauern. Und General Browne, um in einer weniger schönen Umgebung und mit einem weniger erlauchten Freund jene qualvolle Nacht zu vergessen, die er in Woodville Castle verbracht hatte.

Alle Bücher ...

1. Der Spiegel des Schreckens
OMNIBUS 20149

2. Willkommen im Haus der Toten
OMNIBUS 20150

3. Das unheimliche Labor
OMNIBUS 20151

4. Es wächst und wächst und wächst ...
OMNIBUS 20152

5. Der Fluch des Mumiengrabs
OMNIBUS 20153

6. Der Geist von nebenan
OMNIBUS 20236

7. Es summt und brummt – und sticht!
OMNIBUS 20308

8. Die Puppe mit dem starren Blick
OMNIBUS 20262

9. Nachts, wenn alles schläft ...
OMNIBUS 20263

10. Der Gruselzauberer
OMNIBUS 20355

11. Die unheimliche Kuckucksuhr
OMNIBUS 20356

12. Die Nacht im Turm der Schrecken
OMNIBUS 20023

13. Meister der Mutanten
OMNIBUS 20396

14. Die Geistermaske
OMNIBUS 20397

15. Die unheimliche Kamera
OMNIBUS 20398

16. ... und der Schneemensch geht um
OMNIBUS 20399

17. Der Schrecken, der aus der Tiefe kam
OMNIBUS 20417

18. Endstation Gruseln
OMNIBUS 20418

19. Die Rache der Gartenzwerge
OMNIBUS 20419

20. Der Geisterhund
OMNIBUS 20432

21. Die Wut der unheimlichen Puppe
OMNIBUS 20463

22. Mein haarigstes Abenteuer
OMNIBUS 20464

23. Gib Acht, die Mumie erwacht
OMNIBUS 20465

24. Wer die Geistermaske trägt
OMNIBUS 20460

25. Der Werwolf aus den Fiebersümpfen
OMNIBUS 20461

26. Die unheimliche Puppe kehrt zurück
OMNIBUS 20462

27. Es wächst weiter
OMNIBUS 20537

28. Der Kopf mit den glühenden Augen
OMNIBUS 20538

29. Hühnerzauber
OMNIBUS 20539

30. Wenn das Morgengrauen kommt
OMNIBUS 20540

31. Ich kann fliegen!
OMNIBUS 20562

32. Mein unsichtbarer Freund
OMNIBUS 20593

33. Der Schreckensfisch
OMNIBUS 20596

34. Die Geisterschule
OMNIBUS 20598

35. Das verwunschene Wolfsfell
OMNIBUS 20604

36. Um Mitternacht, wenn die Vogelscheuche erwacht
OMNIBUS 20655

37. Der Vampir aus der Flasche
OMNIBUS 20657

38. Der Schneemann geht um
OMNIBUS 20659

39. Die Geisterhöhle
OMNIBUS 20694

40. Panikpark
OMNIBUS 20695

41. Bei Anruf Monster
OMNIBUS 20696

42. Die Monster vom Fluss
OMNIBUS 20697

43. Fünf x Ich
OMNIBUS 20711

44. Rache ist ...
OMNIBUS 20719

45. Spürst du die Angst?
OMNIBUS 20722

46. Der Ring des Bösen
OMNIBUS 20728

47. Der Werwolf ist unter uns
OMNIBUS 20458

48. Das Versteck der Mumie
OMNIBUS 20732

49. Bitte lächeln!
OMNIBUS 20923

50. Das Geisterauto
OMNIBUS 20926

51. Der Geist ohne Kopf
OMNIBUS 20930

52. Das Geisterpiano
OMNIBUS 20932

53. Es atmet
OMNIBUS 20937

54. Fürchte dich sehr!
OMNIBUS 20941

55. Der Geist im Spiegel
OMNIBUS 20968

56. Das Biest kommt in der Nacht
OMNIBUS 20982

57. Das Phantom in der Aula
OMNIBUS 20336

58. Das Sumpfmonster
OMNIBUS 21135

59. Vollmondfieber
OMNIBUS 21140

60. Die Nacht der glühenden Kürbisse
OMNIBUS 21143